队列之末 III
挺身而立

〔英国〕福特·马多克斯·福特 著

肖一之 译

上海三联书店

卷 上

第一章

慢慢地,夹杂在无法忍受的喧嚣中,喧哗声一头来自街道,一头来自宽阔的正高声回应着的操场,对瓦伦汀而言,电话铃音的深处开始带上了一种,一种它好多年前给人的感觉——成了不可捉摸的命运的超自然附庸的一部分。

不知道出于什么折腾人的原因,电话机就那么放在一间大教室的角落里,没有任何遮挡。在这个紧要关头,电话不容置疑地铃声大作,一直传到外面由沥青铺成的操场上。那里,在她的严令下,女孩们勉强被控制住了,焦躁不安地排成队列。把听筒一放到耳边,瓦伦汀就立刻被一个听起来有点熟悉的声音拉进一则令人费解的消息之中。她听到的时候这个声音刚好说到一句话的中间:

"……应该有人把他管起来,你也许不喜欢这样!"之后又是一片噪音盖住了这个声音。

她突然觉得在这个时候也许全世界的人都该被管起来。她知道她自己就需要有人管管。但是她并没有什么男性亲属来完成这项任务。她弟弟？但是他正在一艘扫雷艇上服役。现在应该在港口了。现在……永远都安全了！还有一个她从来都没有见过的叔祖父。在哪里当院长来着……赫里福德？埃克塞特？……不知道在哪……她刚才是说了**安全**吗？**她激动得颤抖起来！**

她对着话筒说："我是瓦伦汀·温诺普……本校的体育教师，你知道的。"

她必须得摆出一副理智的样子……至少声音听起来还很理智！

电话里，那急迫的仅依稀记得的声音现在又说了更多令人费解的话。声音听起来就好像是从洞穴里传出来的，而且好像因为着急而语速飞快，所有的 s 的"嘶"音都发得很夸张，就像是激动得从嘴里喷出来一样。

"他哥哥，嘶，嘶，嘶，得了肺炎，所以他的情人，嘶嘶，嘶嘶，嘶嘶，也没时间照顾……"

声音消失了，等到再出现的时候正说着："听说他们现在是朋友了！"

之后很长的一段时间，这个声音都被淹没在操场上传来的女孩们尖叫的声浪中，淹没在工厂汽笛啸叫的海洋中，还杂着数不清的一个接一个的爆炸声。那些住在学校周围肮脏郊区街道里的人，他们是从哪里搞到爆炸物的？更重要的是，他们是哪来的精神，搞出这么吓人的大动静？挺无聊的人啊！住在红褐色的盒子一样的房子里。表面上看怎么都不是一个伟大的民族。

电话里嘶嘶作响的声音继续充满恶意地喷吐着,"门房说他连家具都没有了,看起来他连门房都不认识了……"这些听起来完全不可能的消息几乎被外面的喧嚣盖住了,但是说话的声音打定了主意要使被说出来的话带给人痛苦。

尽管如此,想要不高高兴兴地听这些话是不可能的。那个东西,在那里,遥远遥远的地方,一定已经签好了——就在几分钟前。她想象沿着一条长长的线,阴沉失意的大炮最后一次隆隆作响。

"我根本就,"瓦伦汀·温诺普冲着送话器大喊,"不知道你想干什么或者你是谁。"

她听到了一个头衔……什么什么夫人……有可能是布拉斯特斯。她猜应该是学校的一位女校董想要安排什么体育活动来庆祝这个喜庆的日子。这位或者那位女校董总是想要学校做这做那来庆祝什么日子。毫无疑问,幽默感缺失的校长——也不是**彻底**没有!——在耐心听了半个小时之后,把这位贵族夫人的电话转给了瓦伦汀·温诺普。毫无疑问地,校长派人到了她们都站在那里,紧张到不敢呼吸的操场上,专门来告诉瓦伦汀·温诺普有人打电话过来,她——瓦诺斯多切特小姐,也就是校长——觉得她,温诺普小姐应该听听。那个时候瓦诺斯多切特小姐肯定还能听明白现在这位听不清楚她的话的贵族夫人到底在说什么。但是,那都是十分钟以前了……那时候告警号炮①,或者是空袭警报,管它哪个,

---

① 一种大型的烟火信号弹,一般用于海上传递紧急信号。

还没有响呢……"门房说他什么家具都没有了……他看起来连门房都不认识了……该有人管管他！"……瓦伦汀又回想了一遍她从（暂定就是）布拉斯特斯夫人那里听来的消息。她猜夫人现在应该是在担心那位雇她，瓦伦汀，当体育教师之前的因为年纪太大而不能服役的训练军士。她自己想象了一下这位尊敬的、说话嘟嘟囔囔的先生的样子，黑色的门警制服上缀着几条绶带。他多半是住进了收容所。学校的校董们给他安排进去的。肯定是连家具都当掉了……

瓦伦汀·温诺普内心燃起了愤怒的火焰。她想象自己的眼睛在闪光。现在是说这个的时候吗？

她都不知道外面放的到底是告警号炮、高射炮，还是空袭警报。声音响起的时候——不管这是什么东西发出的声音——她正走在从操场到教室的地下通道里，准备去接这个该死的电话。所以她没听到这个声音。她错过了这个全世界都竖起耳朵等了这么多年——等了一代人的时间——的声音。似乎是永远的等待。什么声音都没有。当她离开操场的时候，周围一片死寂。所有人都在等待；女孩子们用一只脚的橡胶鞋底蹭着另一只脚的脚踝。

随后……在这辈子剩下的时光里，她无法回忆起数以百万计热切等待着的人们感受到的幸福的最强烈一击。除了她以外，谁都能回忆起来……可能是如同刀扎一般的心弦激荡，可能是像吸入了一口火焰那样喘了口气！……现在都结束了，现在他们处在一种状态，一种形势，一种可能以某种方式影响某些事情的情境……

她想起那个假定的训练军士还有一个得了肺炎的哥哥和他因此无暇顾及的情人……

她正要告诉自己:"我就是不走运!"在这个当口,她高兴地想起来,她的运气并不是这样的。总的来说,她的运气还是不错的——有起有落。虽然有段时间还很焦虑——但是谁都焦虑过,而且她的身体很好,妈妈身体健康,弟弟已经安全了……焦虑,是的!但是不曾有过什么特别糟糕的事情……

那么,这倒是一件尤其倒霉的事情,她希望它不是什么坏兆头——预示着未来的事情**会**出问题,预示着她会错过人人都经历的事情。比如说,永远结不成婚;永远不会知道生育孩子的喜悦,如果生孩子是件喜事的话!可能是,也可能不是。有人说是,有人说不是。不管怎样,这有可能是个不好的兆头,预示着她将会错过一些人人都有的共同经历!……就像法国人说的,从没有去过卡尔卡松①……也许她永远都见不到地中海。要是从来都没见过地中海,你根本就成不了一个修养良好的人;那是提布鲁斯的海,那是文选编者们的海,那是萨福的海,甚至……蓝色,难以置信的蓝色!②

人们现在可以旅行了。真不敢相信!不敢相信!不敢相信!但是你真的**可以**。下周你就可以旅行了!你可以叫一辆出租车!一直到查令十字街③火车站!然后再雇一个行李员!一个四肢健全的

---

① 法国南部城市,旅游胜地,旧城保存有完好的中世纪防御设施,其历史最早可以追溯至罗马时期。

② 提布鲁斯(前54—前19),古罗马诗人。萨福(前630—前570),古希腊著名女抒情诗人。

③ 曾经的伦敦中心地区,有几条大街在此交会。

行李员!……双翼,白鸽的双翼。然后我就可以逃走,逃走,①去盛满雷基特蓝②的一望无边的洗衣盆旁边吃石榴。不敢相信,但是你真的**可以**!

她觉得自己又像是十八岁一样!骄傲自大!她说道,用她那健康、带着金属音调的考克尼③肺的下端说道。她曾经用同样的声音在妇女参政权集会上斥责闹事的人,那是在……在这以前……她直接冲着电话吼道:

"我说,不管你是谁!我觉得他们已经**签好了**。在你那里,他们用的是告警号炮还是空袭警报来宣布这个消息的?"她重复了三遍,她才不管是布拉斯特斯夫人还是布拉斯随便什么夫人。她就要离开这个破学校去享用石榴的美味,在尤利西斯的妻子珀涅罗珀④洗过衣服的岩石阴影下吃石榴。水里泛起蓝色的波涛!在那些地方,内衣会不会因为海水的颜色变成蓝的?她可以!她可以!她可以!和她妈妈,还有弟弟,一起去,可以吃到……哦,新鲜的土

---

① 出自《圣经·诗篇》,原作"我说:'但愿我有翅膀像鸽子,我就飞去得享安息。'"

② Reckitt's blue,源自十九世纪的一种衣物漂白增光剂,用来漂去白色衣物上的污点。

③ 伦敦东区的俗称,或者是对任何生活在城市里的人的蔑称,后一个意思现在已经很少用。

④ 《荷马史诗》中尤利西斯忠贞的妻子。在尤利西斯失踪后,她拒绝了所有的求婚者,等待丈夫归来。

豆！在十二月里，湛蓝的海水……**塞壬唱的是什么歌，是否……**①

她再也不要向什么什么夫人表示尊敬了。到现在为止，她不得不这样做，以免在校董面前给学校和瓦诺斯多切特小姐抹黑，虽然她是位独立的有收入的年轻姑娘。现在……她再也不要向任何人表示尊敬了。她挺过了这段难受的日子，全世界都挺过了这段难受的日子！再也不用尊敬谁了！

正像她可能已经预料到的，她马上就遭到了现世报——因为她过于自大了！

电话里的嘶嘶作响的恶毒声音说出了她最不想听到的那个地址："林肯，嘶，嘶，嘶，律师学院②！"

嘶，罪孽！……就像恶魔一样！

好痛。

那个残忍的声音说："我是，嘶，嘶，从那里给你打的电话！"

瓦伦汀勇敢地说："好吧，今天是个大日子。我猜你也和我一样，被这些欢呼烦得不得了。我听不见你想要什么。我也不想管。就让他们欢呼去吧！"

她是那么觉得的。她不应该那么想。

---

① 出自托马斯·布朗爵士所著《瓮葬》。托马斯·布朗爵士（1605—1682），英国文艺复兴时期著名作家，对医学、宗教、科学等多个学科都有贡献。

② 英国四大律师学院之一，位于伦敦，负责向英格兰和威尔士的律师发放执业许可，在英国大学开设法律专业以前也负责英国的法律教育。

那个声音说:"你记得卡莱尔①怎么说……"

这正是她最不想听到的。她把听筒紧紧地按在耳朵上,打量了这间大教室一圈——或者说礼堂,可以容纳一千名女学生静静地坐在那里听校长做这座学校以之闻名的演讲。压抑!……这个地方看起来就像是非国教派②的礼拜堂一样。光秃秃的高墙上开着哥特式窗户,墙和松节油漆过的屋顶融为了一体。压抑是这个地方的基调,这里是今天最不该来的地方……你**应该**在街上用尿脬敲警察的头盔。这可是伦敦东区,这就是伦敦东区表达自己的方式。和警察打闹是因为面对这种表达感情的方式时警察总是浑身僵硬,尴尬不已,被庆贺的人群挤来挤去,没有表情地看过他们的头顶,就像被下等植物簇拥的高大杨树一样。

但是她站在这里,还有人让她想起托马斯·卡莱尔的消化不良症。

"噢!"她冲着电话惊呼,"你是伊迪丝·埃塞尔!"伊迪丝·埃塞尔·杜舍门,现在当然是麦克马斯特夫人了!但在想起她的时候,你可不习惯叫她什么什么夫人。

最意想不到的人,真的是最想不到的!因为很久以前她就下定决心,和伊迪丝·埃塞尔之间什么都结束了。她肯定不可能去

---

① 托马斯·卡莱尔(1795—1881),十九世纪英国散文家、哲学家,因为他对十九世纪英国社会政治和道德的著名评论被人称为"切尔西的圣人"。

② 非国教派是指英国宗教改革之后拒绝按照英国国教的规定行事的新教徒。与保留了很多天主教仪式和繁复纹饰的英国国教相比,非国教派更倾向于简洁朴实的风格。

亲近她,这位升为贵族的人士复仇般地敌视所有——你可以说,在黑暗阴影中随着黑暗的想法诞生的东西。敌视所有不是对伊迪丝·埃塞尔马上就有用的东西!

此外,她虽然没有真才实学,却也爱附庸风雅,她有一整套可以在合适的场合引用的名人名言。说起爱情就是罗塞蒂,说起乐观就是勃朗宁——用上的时候可不多。她还准备了几句瓦尔特·萨维奇·兰德①来显示她对晦涩的散文也非常熟悉,还有就是那句屡试屡灵的卡莱尔的名言,专门用来给欢快的气氛迎头泼上一盆冷水:元旦的时候、唱圣歌赞美上帝的时候、胜利的时候、周年纪念的时候、庆祝的时候……现在正从电话线那头传过来的就是那句名言:"然后我记起来,今天是他们的救赎者的诞辰!"

瓦伦汀对这句话再熟悉不过了,不知道伊迪丝·埃塞尔夸张又狠狠地念诵这句名言多少次了。这是引自兵营旁边的切尔西圣人日记里的一段话。

"今天,"这段话的全文是,"我看见拐角酒馆里的士兵比平时醉得还厉害。然后我记起来,今天是他们的救赎者的诞辰!"

切尔西圣人真是高人一等,他忘了那个日子以前还叫圣诞节!伊迪丝·埃塞尔也是如此,想要显示她是如何的高人一等。她想要证明今天多少是个公众庆祝的日子,直到她,瓦伦汀·温诺普,提醒了她,麦克马斯特夫人,她,麦克马斯特夫人,对此全然不觉。你

---

① 罗伯特·勃朗宁(1812—1889),十九世纪英国著名诗人。瓦尔特·萨维奇·兰德(1775—1864),英国作家。

知道,真的完全没有意识到。她和文森特爵士——你知道的,著名批评家,一起生活在与世隔绝的精神慰藉中:他们的眼中只有崇高的事物,他们无视告警号炮,到现在为止,收集了一大堆配得上他们身份的令人赞叹的首版图书,受到有头衔的朋友们,还有社交界的欢迎。

不过,瓦伦汀记得她曾经坐在神秘莫测的伊迪丝·埃塞尔·杜舍门脚边,**那些日子**都去哪了?——还因为同情她婚姻里的不幸,欣赏她挑家具的好品位,她的大房间和她的精神出轨。所以,她好脾气地对着电话说:

"你还真是没变,伊迪丝·埃塞尔?我能为你做什么?"

她语气里的居高临下把自己吓了一跳,她也为自己这么随意就说出这样的话感到惊讶。随后,她意识到外面的喧哗渐渐消散了,一切在慢慢地重归宁静,高喊声消退了。声音传到了远方,重叠到一起。操场上再也听不见女孩们的声音了,校长肯定让她们走了。自然,周围的居民也不会一直在小街上放鞭炮……就她一个人,与世隔绝,和最不可能的人在一起!

麦克马斯特夫人特地打电话找她,而她,瓦伦汀·温诺普,在这里居高临下地和麦克马斯特夫人说话。为什么?麦克马斯特夫人找她能有什么事?**她不会**——但是她当然可以!——想对麦克马斯特不忠,想让她,瓦伦汀·温诺普,来当天真、不谙人事的同谋或者追随者。或者替她圆谎的人。管它是什么。这个人就是只蠢鹅……很明显,麦克马斯特就是那种不论谁是麦克马斯特夫人都会想——都会做——对他不忠的人。小个子,留着副黑胡子,小心谨慎的驼背男人。一个典型的批评家!所有批评家的老婆多半都对他们不忠。他们没有"创造"的天赋。你说什么？年轻姑娘不该用这个词！

她的思绪就像一个无法无天的伦敦东区女学生那样乱窜。怎么可能停下来。这可是为了庆祝今天这个大日子！有人让她暂时敲不成警察的头，那她就得在心里蔑视一番合法权威——比如文森特·麦克马斯特爵士，皇家统计部第一秘书，著有的《瓦尔特·萨维奇·兰德评论集》以及其他二十二本评论集。它们都收入了著名无聊人士丛书……多好的书啊！她现在还粗鲁傲慢地对待麦克马斯特夫人，人家可是数不清的苏格兰文人的厄革里亚①啊！再也不用尊重谁了！这会是那波及全世界的大灾难的永久后果吗？刚刚过去的灾难！谢天谢地，从十分钟之前开始人们就可以管它叫**刚刚过去的**灾难了！

她肯定在电话前咯咯地笑出声来了，电话里，麦克马斯特夫人的声音带上了恳切的哄骗语调——就像她知道瓦伦汀根本就没有专心听一样，她说："瓦伦汀！瓦伦汀！**瓦伦汀！**"

瓦伦汀敷衍地答道："我在听！"

其实她没有。她真正在想的是今天早上的女教师会议到底有没有意义，在校长的起居室里开的那么严肃的会议。毫无疑问，女教师和她们上头的校长都担心的是如果他们，校长、女教师、男教

---

① 代指女顾问或女导师。

师、牧师——靠他们创造了我等等等等!^①——仅仅因为一声告警号炮响起引发的疯狂庆祝就不再受人尊敬的话,整个世界就要崩溃了!想想就很恐怖啊!女孩们再也不会安安静静地坐在那个非国教派的礼堂里听校长压抑的讲话。

就在那间礼堂里,她昨天下午才讲过一次话,里面提到了"一所伟大公立学校的声誉"这个短语。这位身材瘦削、脸色白皙的女士一脸严肃,一点阳光稳稳地照在她的浅色鬈发上,她非常认真地要求女孩们再也不要重复前一天表达喜悦的方法。前一天传来了假消息,结果整个学校——真恐怖!——唱起了:

把比尔皇帝^②吊上枯苹果树

光荣光荣光荣啊把茶水煮!

讲话的时候,校长很确定现在她面前的是一所改过自新的学校,是一所不管怎样都觉得自己很愚蠢的学校,因为前一天她们为之庆祝的居然是假消息。所以她给女孩们灌输的是,她们应该感受到的欢乐的本质,是一种可以让她们安安静静回家的压抑的快

---

① 此处化用《圣经》语句,讽刺学校教师自以为是的样子。源自《圣经·歌罗西书》,原作"因为万有都是靠他造的,无论是天上的、地上的、能看见的、不能看见的,或是有位的、主治的、执政的、掌权的,一概都是借着他造的,又是为他造的。"

② 指弗里德里希·威廉·维克托·艾伯特·冯·霍亨索伦(1859—1941),末代德意志皇帝和普鲁士国王,史称威廉二世。

乐。再也不会流血了,这是个回家庆祝的好理由——就像家庭作业一样。但是我们并没有胜利。事实上,停止战争就意味着胜利是不可能的……

瓦伦汀惊讶地发现自己正在思考什么时候才**能**感觉到胜利……正在战斗的时候自然不能这么想,等你赢了的时候却又不准这么想!那要什么时候?校长告诉女孩们,作为英国——不,重新团结起来的欧洲!——未来的母亲们,她们的职责,嗯,事实上,应该是好好继续写家庭作业,而不是在大街上扛着失败者的假人像乱窜!她说她们的责任是进一步推广女性文化——她说感谢上帝,没有让女孩们忘记这个责任!——从重新启蒙的欧洲大陆的一端到另一端……就像是说,现在你们可以随便点灯了,因为再也不用担心潜艇偷袭或者空袭了!

瓦伦汀疑惑为什么,就在一个叛逆的瞬间,她想要感受胜利的喜悦……想要**有人**感受到胜利的喜悦。嗯,他……他们……曾经那么渴望胜利。他们就不能享受一会儿胜利吗?——哪怕只有短短的一天公众假期!就算是错的,或者俗不可耐的?有人曾经说,再渺小的人性沙砾也比一片十诫的荒原要珍贵!

但在那天早上的教师会议上,瓦伦汀意识到了真正让他们感到害怕的是另外一件事。很确定的恐惧。如果,在这个岔路口,在这个历史的长桌从一头裂到另一头的地方,整个学校的女孩们——整个欧洲,甚而整个世界未来的母亲们——失去了控制,她们还会再回来吗?权威们——全世界的掌权者——都担心这个问题,远胜于担心其他任何东西。再也不能让世人放尊重点了,难道没有这种可能吗？再也不会尊重合法的权威和神圣的体验？

听着这些操碎心了、光彩不再的、营养不良的淑女们的担忧，瓦伦汀·温诺普发现自己开始胡思乱想了。

"再也不会尊重……不尊重赤道！不尊重公制单位。不尊重沃尔特·司各特爵士！或者不尊重乔治·华盛顿！或者不尊重亚伯拉罕·林肯！不尊重第七诫！！！！！！[①]"

然后她看到了令人脸红的一幕，白皙、羞涩、认真严肃的瓦诺斯多切特小姐——就是校长！——被某位花言巧语的浪荡子诱惑！……这才是最令人忧虑的地方！你必须要把他们——女孩们、普通人、所有人！——趁现在都管起来，因为一旦失去了控制，你就不知道他们会像海里涌上来的大浪那样把你冲到什么地方。天知道！你可能会被冲到任何地方——比如到了做生意的乡绅家庭。绅士人家低买高卖赚钱！[②]所有不可想象的东西！

心里带着点嘲笑，瓦伦汀发现教师会议已经决定那天早上要让女孩们站到操场上——做点小运动。她从来就**不太能**忍受学校里那些头发蓬乱的学究分队队员的轻视。不过，虽然她曾经也是出色的古典学学生，但也不得不承认学校里的学究分队才是所谓的

---

① 据《圣经》记载，十诫是上帝耶和华借由以色列的先知和首领摩西向以色列先民颁布的律法中首要的十条规定。十诫在基督教中也占有重要地位。不同的宗教、教派，戒律内容及其顺序有所不同，新教第七诫是"不可奸淫"，天主教及路德教第七诫则为"毋偷盗"。

② 传统上，英国的绅士是不应该为了挣钱而从事任何工作的，他们的收入都应该来自自己的田产。

资深部队①。她向来都是听人命令的——因为她那著名的父亲坚持要细心地关心她的体质,她才能如此充满活力,令人羡慕。在过去的日子里,她来这里也不过是听从安排而已——为战争服务等等——但是她严守自己的身份,从来都没有在教师会议上发过言。因此,当瓦诺斯多切特小姐充满希望地从她摆了两朵淡粉色康乃馨的办公桌后面冲她说话的时候,真的就像这个世界变了天一样——这已经发生了!

"我们的想法是,温诺普小姐,她们应该被管——请你把她们管起来——尽可能地——那个叫什么?——让她们立正,直到——嗯——骚动……宣布那个……嗯,**你知道的**。我们猜她们应该要,比如说,欢呼三声。然后也许你可以让她们——有秩序地——回到教室去……"

瓦伦汀觉得她根本不能确定自己能够做到。想要把排好队列的六百个女孩个个都盯住是不太现实的。但她还是准备好要试试看。她也愿意承认把六百个兴奋得疯疯癫癫的女孩就这么放到大街上总归是——噢,不太方便!——尤其是街上本来就塞满了,毫无疑问,同样兴奋得疯疯癫癫的居民的时候。如果可以,最好还是把她们关在学校里。她会去试试看。并且,这么做让她很高兴。她觉得自己很健康,令人惊讶地健康!健康得可以去跑四分之一英里……噢,任何时候都可以。或者在任何想要脱离队列的不听指

---

① 原文为 Senior service,原意是指英国的皇家海军,因为他们成军的时间比英国陆军早。

挥的大个子犹太——或者是盎格鲁-条顿——少女的下巴上狠狠地敲一下。这已经是校长或者其他那些愁容满面、半饥不饱的教师做不到的事情了。她很高兴她们认识到了重点。但是她同时也很大度,她觉得这个世界最好还是不要整个颠倒过来,直到告警号炮响起来为止。

她说:"我当然愿意试试看。但就维持秩序来说,如果校长——您,瓦诺斯多切特小姐——还有其他一两位老师可以在操场上四处走动一下,这也可以帮忙维持秩序。自然是轮流来,不用所有的老师整个早上……"

教师会议是在八点半开的,那是大概两个半小时之前的事情了,在这个世界变天之前。在让那些女孩们在这期间都用尽全力地蹦来蹦去之后,她现在居然这样——在这里,她居然一点尊敬都不给明显的合法权威。要是连一位政府部门领导的夫人,一位有爵位,有乡间宅邸,并且是周四下午最受欢迎沙龙的主人的夫人都不尊重的话,你**还能**尊重谁?

她没有专心听电话,因为那头伊迪丝·埃塞尔正跟她讲文森特爵士的近况:可怜的家伙,为了统计部的事情操劳过度,离精神崩溃不远了。并且他还在担心钱的问题,那些因为这个不公平的事情征的可恶的税……

瓦伦汀还分心想了想为什么——究竟是为什么!——肯定至少知道伊迪丝·埃塞尔的故事是有多烦人的瓦诺斯多切特小姐,会找她来听这一大堆废话?瓦诺斯多切特小姐肯定知道,很明显,她和伊迪丝·埃塞尔说话的时间长得足够她做出判断了。那这肯定是件重要的事情。甚至可能还是什么紧急情况,因为,对瓦诺斯多切特小姐来说,在这学校历史上和欧洲的母亲们生活中的关键时刻,维持操场上的秩序是那么重要的事情。

谁会觉得麦克马斯特夫人讲的话是什么生死攸关的大事?她,瓦伦汀·温诺普?这不可能,没有什么事情能影响到她在操场之外的生活,她妈妈安全地待在家里,她弟弟安全地待在彭布罗克码头①上的扫雷艇上……

那……就是对麦克马斯特夫人她自己来说很重要?但是怎么会?她能为麦克马斯特夫人做什么?是要她去教文森特爵士怎么做体操锻炼,这样他也许能免受精神崩溃之苦,然后身强体壮的他可以还上乡间宅邸的抵押贷款?她听说,因为不公平的税收,这个贷款已经成了不可承受的负担,而这些税收又是一场根本就不应该发动的战争的结果。

要是她们觉得她会去做这个就太荒唐了吧!真是荒谬……看看她,健康得不能再健康,强壮得不能再强壮,浑身上下**充满了力量**——看看她,随时准备为了维护秩序,在利厄·赫尔登斯坦姆,那个大个子女孩下巴上敲个不停;或者为了整个世界的所有活力四射的快乐劲头,帮着大家一起无伤大雅地让警察难过难过。结果她现在在这么个非国教派的回廊里。就像修女一样!绝对就跟个修女一样!就在宇宙转折的紧要关头!

她给自己轻轻地吹了声口哨。

---

① 位于英国威尔士的海军军港。

"天啊,"她冷静地感叹道,"我希望这不是个兆头,说我以后就得——噢,像修女一样——在我在这个新世界剩下的时间里。"

有那么一会儿,她开始认真地估量自己的状况——她整个人生的状况。到现在为止的确是像修女一样。她已经二十三岁多了,快满二十四了。身体健康,干净,清白。穿运动鞋的时候有五英尺四英寸高。而且从来都没有人想娶她。毫无疑问,那肯定是因为她是这么健康,这么清白。都没有人试过勾引她。那**绝对**是因为她是如此的单纯、健康。她看起来也没有明显的——那个家伙是怎么说的?——给人颤动愉悦的希望,取悦不了留着准尉副官一样的马蹄铁形胡须、说话咕噜咕噜的绅士。也许她永远都不会结婚了。也永远不会被引诱!

就像修女一样!她这辈子都要在电话机旁边立正站好,这辈子都要站在一间空荡荡的教室里。外面整个世界都在操场上欢呼,或者,甚至已经不在操场上欢呼了,已经跑到皮卡迪利①去了!

但是,不管了,她也想找点乐子!就现在!

好几年来,她都在——噢,是的,就像修女一样!——照料着女孩们的肺和四肢,在这所呆板单调非国教派的——其实是不分教派的,或者国教色彩如此之弱,以至于没有任何区别!——伟大的公立女子学校里。在她们伸展双臂的时候,她必须要担心这些根本管不了但是也还没有让人生厌的东区小丫头们的呼吸。你的

---

① 伦敦中心一处地名。有一条皮卡迪利大街,这条街也穿过一个叫皮卡迪利圆环的广场。

呼吸一定**不能**和动作是一个节奏！不，不，**不是**！**不要**先呼气再吸气！保持呼吸自然！看我！——她完美地呼吸！

就这样，好几年都做这些！一个该死的亲德派的战争服务工作。或者是和平主义者。是的，她这么多年来也是个和平主义者。一开始她还不喜欢这样，因为这是上等人的态度，而她不喜欢当上等人。像伊迪丝·埃塞尔一样的上等人！

但是现在！难道还不够明显吗？她可以真心实意地把手伸进任何一个普通人的手心，还会祝他好运！真心实意地！祝他好运，祝他事业顺利！她回来了，回到人们中间，甚至是回到民族中间。她可以张开嘴！她可以喊出她生来就应该有的底层人民的呼声！她可以是自由、独立的！

实际上她亲爱的、有福气的、头脑不清醒的、非常著名的母亲到现在已经有了一位看上去很抑郁的秘书。她，瓦伦汀·温诺普，再也不用一整天在操场上要学生们完美呼吸之后还要熬通宵打字了……上帝啊，他们可以一起去，弟弟、穿着不整齐的黑色和淡紫色衣服的妈妈、穿着不整齐的黑色不带淡紫色衣服的秘书，还有她，瓦伦汀，脱掉了她女童子军一样的制服，穿着——噢，洁白的平纹布和哈里斯花毛呢——在阿马尔菲①的石松林掩映下，拖着闹嚷嚷的考克尼腔讨论做什么吃。就在地中海边……那时候，没有人能够说她从来没有见过珀涅罗珀的海，格拉古兄弟的母亲的

---

① 阿马尔菲海岸位于那不勒斯南方，是一段山峦起伏的海岸。

海,迪莉娅,莱斯比亚,瑙西卡,萨福①……

"我常常在梦中见到她!"②

她说:"真好啊……**上帝**!"

一点考克尼腔调都没有,但是听起来就像一位真正的托利派英国绅士面对着一个开不了口的提议。是的,这就是个让人开不了口的提议。因为在她神游天外的时候电话那头的声音,在说了讲不完的麦克马斯特府上经济状况的细节之后,相当低三下四地说道:"所以我想,我亲爱的瓦尔,想起了过去的好时光,那……如果,简短地说,我能够帮你们重新在一起。因为我相信你们应该没有通信,作为回报,也许你可以……你自己也能明白,这个时候,这么大一笔款子绝对会**毁**了我们。"

---

① 这里列出的都是著名的女性。格拉古兄弟的母亲指的是科妮莉亚,她的两个儿子是古罗马政治家。迪莉娅是希腊神话中阿波罗的孪生妹妹。莱斯比亚是一位罗马女诗人,也是前文提到的提布鲁斯的爱人。瑙西卡是《荷马史诗》中救过尤利西斯的公主。

② Saepe te in somnis vidi,拉丁文。

第二章

十分钟之后,她把这个问题摆在了瓦诺斯多切特小姐面前,就算没有威胁,语气也非常坚定:"我说,校长,那个女人到底跟你说了什么?我不喜欢她。我不赞成她的行为,我也没怎么听她说话。但是我想知道!"

瓦诺斯多切特小姐正把黑色薄棉外套从她小房间的刷得锃亮的油松木门的衣钩上取下来,脸红了一下,又把她的衣服挂了上去,从门旁边转过身来。她站在那里,瘦瘦的,有点僵硬,有点脸红,有点憔悴,还有点紧张。

"你一定要记住,"她开始说,"我是一位学校教师。"她做了一个惯常动作,用她细瘦的左手掌按了按明显闪着金光的暗棕色发辫。这所学校里的女士们没人能吃饱——已经好几年了。"这已经，"她继续说，"变成了一种本能，接受任何形式的知识。我非常喜欢你，瓦伦汀——如果你允许我私下这么称呼你的话。但在我看来你似乎处于……"

"处于什么？"瓦伦汀问道，"危险？麻烦？"

"你明白，"瓦诺斯多切特小姐回答说，"那个……人，看起来很着急，告诉我一些关于你的事，为的是告诉你——她说给你打电话的目的就是这个——一些消息。关于另……另一个人。你曾经和这个人有过……关系。这个人又重新出现了。"

"啊，"瓦伦汀听到自己叫出了声，"他又重新出现了，是吗？我猜也是。"她很高兴自己还能保持这样的冷静。

也许她根本就不用这么麻烦。她不能说现在的自己和过去的自己——仅仅十分钟之前的自己——有多大的变化，就因为一个她以为自己已经将之抛于脑后的人又重新出现了。一个曾经"羞辱"过她的人。不论怎么说，他曾经羞辱过她！

但也许她的情况真的已经发生了变化。在伊迪丝·埃塞尔从那台机器里说出那句令人难以置信的话之前，她满脑子想的未来都是全家出去野餐，在无花果树下，在异乎寻常的蓝色海洋边——而这个未来看起来是如此的近——近得唾手可得！穿着黑色和紫色衣服的妈妈，妈妈的秘书穿着素净的黑色衣服。弟弟？哦，肯定是个浪漫的人儿。小个子，肌肉结实，穿着白色的法兰绒，戴一顶意大利麦秆编的草帽，还——为什么**不把自己的弟弟想得浪漫点呢**——还系着鲜红的宽大肩饰带。一只脚踩在岸上，另一只脚……站在潮水拍打着的一条轻轻晃动的小船里。好孩子。可爱的好弟弟。之前在海上工作过,所以摆弄个小船不在话下。他们明天就走……但是为什么不是今天下午四点二十分就出发呢?

> 他们有船,他们有人,
> 他们还有钱啊![①]

谢天谢地,他们还有钱!

从查令十字街到瓦隆布罗萨[②]的航线,毫无疑问,两周内就恢复通行了。那些男人——那些火车站搬运工——也会从军队里退役。要想和妈妈、妈妈的秘书,还有弟弟一起舒舒服服地旅行——带上你生活的整个世界,还有它的行李——没有一大堆火车站搬运工是不行的……黄油配给算什么难事!它能和旅行的时候没有火车站搬运工相比吗!

一开了头,她就一直在心里唱着那首一八五几年,要不就是一八七几年的拥英反俄的爱国老军歌,这是她的一位小朋友最近搜寻出来的——为了证明他的国人在历史上的血性:

> 我们和大狗熊干过仗,

---

① 这是瓦伦汀化用《麦卡多莫特的战歌》中的语句。G. H. 麦卡多莫特是维多利亚时期的音乐厅歌星,他最知名的作品就是 G. W. 亨特作于一八七七年的一首战歌。瓦伦汀改编的这两句原为"我们不是靠着唱唱歌就去打仗,我们有船,我们有人,我们还有钱啊。"

② 意大利托斯卡纳大区的一座城镇。

>我们还会再跟他干一仗!
>
>俄国佬永远都别想占了君士坦丁……①

她突然说了声"噢!"

她本来要说的是"噢,**见鬼**!"但突然记起战争已经结束一刻钟多了,她就说了个"噢!"你可不能像打仗的时候那样说话了!你得重新变回一位年轻淑女。和平时期同样也有自己的《保卫王国法案》②。不管怎样,她刚才一直在想那个曾经羞辱了她的大狗熊一样的男人,她又得和他再干一仗了!不过,她又温和而慷慨地说:

"不该叫他大狗熊的!"就算这样,他也是,所谓的"重新出现"的男人——带着他的麻烦,还有其他让人无法抗拒、吞噬一切的东西,转动灰色衣肩,带着让人无法忍受的麻烦,把你和你的问题从路上推到一边。

在去见校长之前,还在学校礼堂里她就在想这所有问题了,就在伊迪丝·埃塞尔刚说完那句**不可原谅**的话之后。

她在那里想了很长时间……十分钟!

她为自己总结出那个在一段自以为几乎已经遗忘的充满令人

---

① 同出自《麦卡多莫特的战歌》。

② 一九一四年八月八日,英国下院通过了《保卫王国法案》,给予了政府在战时管制言论、不加审判即可关押嫌疑人和控制经济资源的权力。随着战争的进一步发展,这个法案的影响范围也越来越广,限制了生活中的种种自由。

难受的烦心事的时光里的头号麻烦。好几年前，伊迪丝·埃塞尔，一记晴天霹雳打到她头上，说她给那个男人生了个孩子。但是她几乎就没把他当成男人。她觉得他就是一团沉重笨拙、灰暗、有头脑的物质，他现在有可能正在漫无目的地游荡——肯定已经迷糊了，因为他连门童都认不出来了——在林肯律师学院一幢空荡荡的房子里，躲在紧闭着的百叶窗背后。绝对是这样，我向你保证！她从来没进过那幢房子，但她还是在头脑里想象着，迎着从百叶窗缝里透进来的一道道光，他在门廊里扭头看着你，灰暗，超级像头熊，随时准备用令人窒息的麻烦把你包裹起来！

她在想，在伟大的伊迪丝·埃塞尔说了那句话之后，时间已经过了多久了。自然，她是带着脸上能做出的所有愤愤不平的表情说的，替那个男人的妻子抱不平。同样，很自然地，伊迪丝·埃塞尔"站到了她那边"。（现在她又试图"让你们重新在一起"了。那个妻子，估计要么不常去伊迪丝·埃塞尔的茶会，要么她去的时候太引人注目了。多半是第二种情况！）那是几年前了？两年？没有那么多！那么，十八个月？肯定不止！肯定，肯定不止！那些时候，一想起时间，头脑就无力地颤抖，就像因为看多了小字而疲倦的眼睛。他肯定是秋天上战场的，那是……不对，他第一次上战场才是秋天去的。他哥哥的朋友特德才是一九一六年上战场的。要不就是另一个……马拉奇。这么多人参战又回来了，还有那么多去了但也许回不来的。或者只有一部分回来了：鼻子没有了……要不就是两只眼睛。或者——或者，靠！噢，靠！然后她握紧了双拳，指甲嵌进了手心里——头脑没有了！

你觉得那肯定是伊迪丝·埃塞尔说的话。"他连门童都没有认出来,人家说他连家具都没有。"那……她记起来了……

那个时候,她——那是见瓦诺斯多切特小姐之前十分钟,被电话机听筒轰炸了十秒钟之后——坐在一张上了清漆的油松长椅上,铁箍的椅子腿刷成黑色,靠在抹过泥子的墙壁上,墙壁涂成了非国教派的鱼雷灰。而她在十秒钟之内就想到了上面这一切……但是**的确**就是那样的!

伊迪丝·埃塞尔说完这些话的瞬间:"这么大一笔款子绝对会**毁了**我们……"瓦伦汀才意识到她说的是她可怜的丈夫欠了人一笔债,而这个人是她,瓦伦汀,根本就不敢去想的人。很自然地,在同一个瞬间,她也一闪念明白过来,伊迪丝·埃塞尔告诉她的是关于他的消息。他又陷进新的麻烦里了:崩溃了,散架了,穷得叮当响……彻彻底底地被摧残了……而且没钱了……而且是一个人……而且还在呼唤她!

她不能——她不敢!——记起他的名字,或者回想起他灰白的脸,他笨拙、强健、可靠的双脚,他微驼的身躯,他刻意的面无表情,他那简直要压垮人但毫不掺假的全知全能……他的男子气。他的……他的可怖!

现在,借伊迪丝·埃塞尔之口——你也许会想,就算是他也会找一个更合适的人吧——他又在呼唤她重新踏进他的种种麻烦织成的令人窒息的网里。如果不是他主动找上来,就算是伊迪丝·埃塞尔也不敢再向她提起他。

太不可想象了,太不能忍受了,她好像是一听到那个提议就给拎起来放到了墙边的长凳上……那个提议是什么？

"如果我能帮助你们重新在一起，我想，也许你可以……"她也许可以什么？

和那个男人，那团灰色物质求情，让他不要强行向文森特·麦克马斯特爵士提出金钱要求。毫无疑问，她……那团灰色物质！会被允许进入麦克马斯特家的客厅去……去讨论时下的道德问题！就是那样！

她还是喘不过气来，电话那头还在嘎嘎嘎说个不停。她希望它能停下来，但是她觉得自己虚弱到没法站起来把听筒挂到钩子上。她希望它能停下来，它给她的感觉就像有一缕伊迪丝·埃塞尔的头发正令人作呕地钻入她鱼雷灰的隐蔽所里。差不多就是那样！

那团灰色物质是永远不会提出他的金钱要求的……这些人年复一年毫不留情地在他身上占便宜，却从来不知道这个被占便宜的到底是个什么样的人。这让他们看起来更可悲。因为这**的确**很可悲，吵吵嚷嚷求着去当皮条客，就为了要躲避永远不会有人来收的债……

现在，在林肯律师学院空荡荡的房间里——因为现在事情多半已经到了这种境地了！——那个男人就是一团灰色的迷雾，一头关在有百叶窗的空房间里的灰色的熊，一团滚动的黑暗。一个灰色的问题！在呼唤**她**！

他妈的这么多——不好意思，她的意思是相当多！——念头都是在十分钟里蹦出来的！到现在可能十一分钟了。后来她意识到思考就是那样的。在一双无动于衷的大手把你从电话旁边抓起来放到箍着腿的长椅上十分钟之后,椅子靠在带着鱼雷灰泥子特有的冷意的墙上,那种伟大的公立(女子)学校最爱的东西……在那十分钟里,你发现自己想到的事情比在两年里想到的都多。或者也没有那么久。

也许这也没有那么令人惊讶。比如说,如果你有两年都没有想过水洗涂料,然后花上十分钟的时间想它一想,在那十分钟里你也可以想出很他妈多的关于它的东西。也许那一切都只是想出来的。不过,当然,水洗涂料不像穷人——常和你们同在①。至少涂料在这个隐蔽所里是常在的,但不是一直在你的精神上。但是从另一面说,你永远是和自己同在的。

但在精神上,你也许不是一直和自己同在的,你继续解释着要怎样正确地呼吸②,却没有想过你过的这种生活是怎么影响着你的……什么?不朽的灵魂?光晕③?个性?……总是影响了什么的东西!

好吧,有两年……啊,**就算是**两年吧,看在老天的分上,别再多想了!……她肯定是处在一种……好吧,就叫**它**是一种"运动暂停状态",也别再多想了!大概就是他们说的克制状态。她一直克制——禁止——自己去想到自己。看,她是多么明智!一个该死的亲德派在一个卷入战争的、痴迷的、吵吵嚷嚷的国家里能想

---

① 语出《圣经·马太福音》,原作"因为常有穷人和你们同在"。

② 此处指的是瓦伦汀作为体育老师,其工作之一就是教学生如何正确地呼吸。

③ 一种神秘主义者认为围绕着人体和生物的微光,是由生命的精华构成。

什么，更何况她还看不太上她的亲德派弟兄们！一种孤独的状态，最后解脱还是靠了……告警号炮！还真是暂停！

但是，对自己还是老实点吧，我的好姑娘！**当电话把你从它的嘴边轰开的时候，其实，你知道，在过去的两年里你一直都在逃避思考你是不是被侮辱了！逃避思考这个。不是其他的！其他东西都不够格。**

当然，她没有暂停思考，而是在焦虑地等待着。因为，如果他做出了暗示——"我知道，"伊迪丝·埃塞尔说过，"你们没有通过信"——或许"没有联系过"才是她的原话？——好吧，他们两样都没有。

不管怎样，如果那团灰色的麻烦，那团乱糟糟的灰毛线认输了，做出了暗示，她就会知道她没有被侮辱过。还是说其实这样有什么意义？

如果同一物种的雄性和雌性单独待在一个房间，而那个雄性又没有……这样真的就是一种侮辱吗？没有人提示的话，这种念头不会无缘无故跑到一个女孩的头脑里，但是一旦在那里，它就变成了闪闪发光的真理！把这个念头放到她的，瓦伦汀·埃塞尔的头脑里的自然是伊迪丝·埃塞尔，她也同样自然地说她并不相信这个，但这是……哦，那个男人的妻子的观点！是那个懒散，比百合花和所罗门①还好的，身姿曼妙到惊人，高挑，精神饱满的女人

---

① 出自《圣经·雅歌》，原作"我是沙仑的玫瑰花，是谷中的百合花。我的佳偶在女子中好像百合花在荆棘内。"

的观点,她永远是从闪光的画报上大踏步向你走来,沿着海德公园的林荫大道的围栏,大笑着,陪伴着尊敬的某某某,某个爵爷的次子或者别的什么人……但伊迪丝·埃塞尔更有修养。她有个爵位,那个女人就没有。但是她更严肃。她会向你展示她读过瓦尔特·萨维奇·兰德的作品,直到最近她才不再像拉斐尔前派晚期艺术家那样戴不透明的琥珀珠子。她几乎没有上过画报,但是她的观点更有修养。她就认为有些男人不会那样做……而那些,所有那些人,都是被伊迪丝·埃塞尔批准参加她的下午茶会的。她就是他们的厄革里亚!让人更有修养的影响!

那个妻子的丈夫呢?他曾经被准许进入伊迪丝·埃塞尔的客厅,现在不行了!肯定是堕落了!

她尖锐地对自己说,在她那种"别兜圈子"的状态下:"得了吧。你爱上了一个已婚男人,他老婆是个交际花,你难过,是因为有位女贵族在你脑子里灌输了这个念头,你们有可能'重新在一起'。在十年之后!"

但她又立即辩解:"不对。**不对**。不对!不是这样的。习惯把话说得模模糊糊的其实没问题,但简单粗暴的总结才会误导人。"

跟她讲的这个"重新在一起"是个什么状况呢?什么都没有,从表面上看,除了会被再次拖进那个男人令人无法忍受的麻烦里,就像倒霉的机械师被皮带卷进了齿轮里——骨头上的肉都被绞了下来!她可以发誓,这是她的第一个念头。她在害怕,害怕,害怕!她突然欣赏起像修女那样与世隔绝的好处来了。再说了,她还想用猪尿脬敲警察来庆祝双十一①呢!

那个家伙——他连家具都没了,看起来他连门童都认不出……脑子不好使了。脑子不好使,而且还道德败坏到进不了有爵号的女士家的客厅,如果那些值得相信的常去那里的人单独和你在一起时,没有招惹他们,他们才不会向你示爱……

她在那宽容的头脑中感受到一阵痛苦。

"哦,那么说不**公平**!"她说。

那个不公平有好几方面。在这场战争以前,当然,在他把所有的钱都借给文森特·麦克马斯特之前,那个——那头灰熊出现在伊迪丝·埃塞尔·杜舍门的乡村牧师宅邸的客厅里再合适不过了,他曾经在那里受到充满热忱的欢迎!……战争结束了,等他的钱——估计是——花光了,精神也垮掉了,因为他连家具都没了,还连门童都没认出来……但在战后,当他的钱都没了的时候,他就不配进麦克马斯特夫人的沙龙了——全伦敦唯一一位还办沙龙的夫人。

这不是人们说的过河拆桥是什么!

很明显,必须得这么做。有这么多烦人的战争英雄,要是你把他们都放进你的沙龙里,那沙龙就没个沙龙的样子了,更别说你还欠他们的情!那本来已经是个紧迫的国家问题了,现在就更要变成迫在眉睫的大问题——再过二十分钟,就在那几声告警号炮响过以后。穷困潦倒的战争英雄们会全部归来,数都数不清。你得嘱

---

① 一战停战日为十一月十一日。

咐你的女仆对来访的人说你不在家——对大概七百万人这样说!

他……她不能再仅仅用"他"来称呼他了,就像个十八岁的女学生痴迷自己最喜欢的演员那样——在她纯真的青春头脑里。她要叫他什么呢?她从来没有——就算他们还有来往的时候——称呼过他某某先生之外的名字——她没法强迫自己在心里念出他的名字——她从来都只用他的姓氏来称呼这团灰色的东西,她妈妈书房里的常客,常常在茶会上见到……有一次,她还和他一起出去,在轻便马车上过了一整夜!想想看!他们还在月下的迷雾中互相辩论提布鲁斯的诗歌。而她肯定想要他亲吻自己——在月下的迷雾中,一头几乎还是,不,完全陌生的熊!

当然,这是不可能的,但是她仍然记得她当时颤抖得有多厉害……哆……哆……哆……颤抖着。

她颤抖了。

接下来他们就被爱德华·坎皮恩爵爷的车给撞了,那个维多利亚十字勋章得主,受欢迎人士,天知道他还有些什么头衔!那个男人正在德国温泉疗养的交际花老婆的教父……或许不是**她的**教父,而是那个男人的,不过是她穿着亮闪闪盔甲的护花使者。那个时候那些将军们的军服裤子外侧还装饰着宽大的红色条带。变化多大啊[①]!真是时代变迁的见证啊!

[①] 在一九一四年以前,英国的陆军军服大多是鲜红色,但是在一九一四年之后,军服逐渐统一为灰暗的颜色。除了降低军服成本的考虑之外,这也是为了避免军官在战场上成为狙击手的目标,军官们只在特别的正式场合才能穿礼服。

那还是一九一二年,就算是七月一号吧,她记不太清楚了。不管怎样,是夏天的天气,就在收割牧草之前或者就是收牧草的时候。霍格的四十英亩草场上的草长得长长的,他们从里面走过,边走边讨论妇女投票权问题。他们走过的时候,她还用手拂弄着茂盛草丛上的草穗……就算是一二年七月一号吧。

现在是双十一……哪年?噢,当然是一八年了!

六年前了!这个世界发生了多大的变化啊!多大的动荡!多大的革命啊!她仿佛听到所有的报纸,世界上所有那些半便士报纸的记者一起大喊着!

见鬼,的确是这样!如果六年前她吻了脑海里那个灰蒙蒙的空洞——那个时候,在轻便马车上,他就坐在她旁边——那不过是个女学生在淘气而已。如果她今天这么做了——通过麦克马斯特夫人的邀请,帮他们重新走到一起——当然,这是不可能的,因为他们隔得远远的或者没有通信——不是,是没有联系过!那如果她今天吻了他……今天……今天——双十一!噢,今天会是个多好的日子,这可不是她的感觉,这是克里斯蒂娜的诗,麦克马斯特夫人最喜欢的诗人的妹妹[①]……或许,有了爵号以后,她又发现了更……更时兴的诗人!那个死在加里波利的诗人是……杰拉

[①] 指的是克里斯蒂娜·罗塞蒂(1830—1894),麦克马斯特第一本评论集的评论对象,同时也是福特最喜欢的拉斐尔前派诗人但丁·罗塞蒂的妹妹。瓦伦汀引用的这两句原文是"要是他今天,今天,今天能来,/噢,今天会是个多好的日子!"

德·奥斯本①是吗?记不起来那个名字是什么了!

但是这六年里她都是那个……三角的一部分。就算你不懂法语,你也不能说这是三人同居②,他们又没住在一起!……他们俩倒是他妈的差点死在一起,就是在将军的汽车撞上他们的轻便马车的时候!就他妈差一点!(你**一定**不该用这些战争时期的口头禅了!**快**让你自己改过来!记住,告警号炮已经响过了!)

那可真是件蠢事!带着一个刚刚……哦,刚刚才到结婚年龄的女学生,出去在轻便马车上坐了一整晚,最后被维多利亚十字勋章得主兼受欢迎人士的车给撞了,他还是你合法妻子的身着有红色条纹裤子的护花使者!你说只要**是**个男人就干不出这事来!

大多数有点见识的男人都知道吃亏的是女人③——女学生也逃不掉!

但是男人两头好处都占全了,你看:在伊迪丝·埃塞尔·杜舍门,那个时候刚刚——也许还不是麦克马斯特夫人呢!不管怎样,她的前夫死了,她刚刚嫁给了那个可悲的小……(不准用那个词!)她,瓦伦汀·温诺普,是他们婚礼唯一的见证人——也是他们之前秘密、谨慎但值得表扬的奸情的证人!之后,伊迪丝·埃

---

① 有研究者认为,此处指的可能是参加英国地中海远征军并死在意大利的鲁伯特·布鲁克。

② ménage à trois,法文。

③ 托马斯·哈代小说《德伯家的苔丝》第五卷题目就叫"女人吃亏"。福特非常仰慕哈代的诗歌,也很熟悉哈代的作品,但是这个表达方法在哈代使用之前就广为流传了。

塞尔说——那肯定是在麦克马斯特被封为骑士的当天，因为伊迪丝·埃塞尔以此为借口没有请她去参见庆祝晚会——伊迪丝·埃塞尔说瓦伦汀给……噢，某某先生……生了个孩子。苍天给她，瓦伦汀·温诺普，做证，虽然某某先生是她妈妈的长期顾问，她，瓦伦汀·温诺普，跟他不过才熟悉到还得用他的姓氏来称呼他的程度。当麦克马斯特夫人像南美洲的驮兽骆马一样唾沫四射指责她给她妈妈的顾问生了个孩子的时候——她自然吃了一惊，不过，当然，这自然是因为轻便马车、汽车、将军，还有将军的妹妹，葆琳·××夫人——要不也许是科罗汀？对，科罗汀夫人！她就在车里，还有那个永远沿着海德公园林荫道围栏大步前进的交际花老婆……当她被这样莫名指责的时候，她的第一个念头——还有，认了吧，她所有的念头！——都不是担心她自己的名声，而是在担心**他的**……

他的事情乱成这样，这就是他麻烦的核心。他陷进了吓人的麻烦事里，没完没了，也解得开——不，她的意思是解不开①！——的麻烦，其他人在替他难过，而他却心不在焉地走开——撞进更多的麻烦里！将军开车撞上轻便马车就是他生活的象征。他走在自己该走的那边，什么错都没有，但他就是要在万恶的汽车载着将军们跑来跑去的时候坐在轻便马车上！然后，女人付出了代价！——

---

① 此处"解开"和"解不开"分别用的是"unravellable"和"un-unravellable"，un在英文中是表示否定的前缀，因为unravellable本身就有un，所以瓦伦汀才会因为其形式错用这个词。

在这件事上,她真的付出了代价。他们驾车用的是她妈妈的马,虽然他们让将军赔了钱,打官司的钱却是赔偿的两倍……而她的,瓦伦汀的,名声也给毁了,因为她凌晨的时候和一个男人单独坐在轻便马车里……不管他有——或者是因为他没有?——在任何形式上"侮辱"了她,在那整个——噢,那个美好、迷幻的夜晚——她注定会被人说给他生了个孩子,然后她也注定要担心他可怜的名声。当然这事他办得很差劲——她是那么年轻、纯洁,一位如此著名,虽然一文不名的人的女儿,更别说还是他们的父亲的最好的朋友。"他不该干这事!"他真的不应该……她听见他们都这么说,现在依然如此!

好吧,他没干!……但是她?

那个奇妙的夜晚。那是快到黎明的时候,在微弱的晨光下,天空有点发白,他们驾车时雾气几乎要漫到他们的脖子了。一颗硕大的星星!她记得只有一颗硕大的星星,虽然,严格说来,那时还有点残月的印迹。但是那颗星星就是**她的**伴郎——她的马车就是系在它身上……他们还在引用……争论,她记得是:

> 你会为躺在火葬堆上的我哭泣,迪莉娅,
> 给我的亲吻中混着泪水……[①]

[①] Flebis et arsuro me, Delia, lecto Tristibus et... 这是罗马诗人提布鲁斯的诗《迪莉娅》。瓦伦汀和提金斯当时争论的是最后一句应该用"混着(mixed)"还是"掺着(mingled)"来翻译。详见本系列第一部。

她突然大声地念出来：

> 晨光和启明星
> 还有声清晰的召唤
> 希望在沙洲上没有呻吟
> 当我……

她说："噢，你**不该**引用这个的，我亲爱的！那是**丁尼生**①！"是丁尼生，但又已然不同了！

她说："不管怎么说，那时候亲了都只是个不通人事的女学生的恶作剧，但是如果我现在让他亲了我，我就是个……"她会是个什么来着……通奸者？……**犯人**！通奸犯更合适！的确更合适。那为什么不是偷人犯？你不能这么说，你必须得是个"冷血的偷人的！"要不道德规则就荡然无存了。

噢，但是肯定不是冷血的！……那，故意的！……这也不是用来描述那个过程的词。接吻的过程！真是有些滑稽，用文字来描述情感状态！

但是如果她现在去林肯律师学院，然后那个麻烦张开它的双臂……那她就是"故意"的。那简直就是"自找麻烦"这个词最

---

① 十九世纪著名的英国桂冠诗人。瓦伦汀所引用的是他的晚期名诗《过沙洲》。

完整的说明。

她很快地对自己说:"这边通向疯狂!"[①]

又说:"这样说真没脑子!"

她让自己的头脑告诉自己,两年前她和一个男人有过一段恋情,这没什么大不了的。世界上不可能有,比如说,快要二十四或者二十五岁却没有经历过**几段**恋情的女教师,就算所谓的恋情不过是某一周的每天下午都有位先生在茶店里一边吃一片西梅蛋糕一边放肆地盯着她看——之后就消失了——但是你至少得有段曾经差点发生的恋情,要不你没法继续当女教师,或者政府部门女职员,或者有点地位的打字员。你把**它**塞到你心里最深的地方,然后在周日早上,在等待那顿绝对不够吃的午饭的时候,就把它拿出来,在心中幻想出西班牙的城堡,你就是城堡里那戴着响板、扭动美臀的女主角,在身后留下一串热辣辣的回眸,就像这样!

是的,她和这个诚实、单纯的家伙有过一段恋情!大好人!说不清楚的好——就像已经去世的阿尔伯特[②],王夫!就是那种无助、一意孤行的家伙,她根本就不应该引诱这样的人。简直就跟开枪打驯良的家鸽一样没有挑战!因为他有个天天上画报的交际花老婆,而他只能坐在家里埋头计算统计数据,或者和她亲爱的、著名的、头脑不清楚的妈妈喝茶,帮她确认文章里的事实。因此一个女人引诱了他,然后他……不,他没有把诱饵完全吞下去!

---

① 出自莎士比亚名剧《李尔王》。
② 指的是维多利亚女王的丈夫阿尔伯特亲王。

但是为什么?因为他是个好人?

非常有可能。

或许还因为——这是她和建筑空中城堡的材料一起深埋内心的不敢面对的想法!还是因为其实他一点兴趣都没有?

他们俩在茶会上彼此围绕着旋转——或者说是他围着她旋转,因为在伊迪丝·埃塞尔的茶会上,她永远是坐着的,像颗固定的小星星,坐在茶壶后面给人递茶杯。但是他会心不在焉地在房间里漫步,看看一排排的书脊,有的时候会教训教训某位来客,最后总是会转回她的旁边,说上一两句话。他那个美丽的——美丽得让人心痛的妻子——由某某伯爵的二儿子陪着沿着海德公园的林荫道大步走来……自讨苦吃……

所以,这是从一二年七月一号到,大概是,一四年八月四号!

在那之后,事情就变得更加混乱了——还掺杂着揪心的消息。他跑到了不该去的地方。还有麻烦,和他上级闹矛盾,还非常不必要地惹上了德国人的炮弹、铁丝、淤泥,钱的问题,政治问题,他心不在焉地走着,没有一个人愿意为他说句好话……解不开的麻烦,也从来没有解开过,不知怎么搞的,还把她卷了进去。

因为他需要她的道义支持!在刚刚结束的战争里,当他不在前线的时候,他有天下午很早就转回到了茶桌旁,在那里待了很久,直到其他人都走了,然后他们走过去,挨着坐在壁炉前的高凳子上,争论……争论战争的好坏!

因为在这世界上,她是他唯一可以说上话的人……他们都有同样敏捷的年轻人的头脑,没有多少浪漫主义……毫无疑问,在他身上多少还是有点，要不然他就不会总是深陷泥潭了。他把自己的一切给了任何向他开口的人。那也没什么。可是那些占他便宜的人居然还把他扯进不可原谅的麻烦里，那就不对了。人应该当心，不要落到这个境地！

因为，要是你自己不当心，看看你是怎样把你最近最亲的人牵扯进来的——那些人必须要和深陷倒霉泥潭的你感同身受，结果你又心不在焉地走开，把更多的东西送出去，卷进更多的麻烦里！这次，她是他的最近最亲的人——或者说曾经是！

想到这里，她的欲望突然控制了她，然后她的脑子开始变得疯狂，要是那个家伙——她两年里都没从他那里收到什么消息——现在**没有**要联系她——她像个蠢驴一样，想当然地以为他**要**那位夫人——她去死！——"帮他们重新在一起！"——她还以为，如果不是他要她这么做，就算是伊迪丝·埃塞尔也没脸给她打电话！

但是她不知道怎么继续下去，她这头虚弱、欲求不满的蠢驴，她让自己的头脑仓促地下了结论，仅仅是一提到他就似乎暗示了——仓促地下了结论，他再次请求她去做他的情人——或者照顾他解决现在这场麻烦，直到他又能……

注意，她可没说她会顺从。但是如果她没有依凭伊迪丝·埃塞尔传话就仓促地认定那真的是他，就绝对不会让自己的头脑去想……想他那该死、自满的完美之处！

因为她想当然地以为，如果他让人给她打电话，那他在没有给她写信的这两年里没有和其他的女人鬼混……啊，他真的没有吗？

看这！这样**是**合理的吗？有这么个家伙，他差一点……**差一**

点……就"欺负了她",就在他去法国前线的前一天晚上,大概是两年前。在那之后她就再也没有从他那里得到一个字!他说起来什么都好,严肃、庞大、闪闪发光、古怪,就是个外套那么灰的约翰·皮尔①,纯种的②英国乡绅,还有别的,像个圣徒,像上帝一样,像耶稣基督一样……这些都是他。但是你不能勾引——就差最后一步——一个年轻姑娘,然后下了地狱,把她也抛在——天知道——地狱里,居然还从来没有想着给她——整整两年里——哪怕是寄一张上面引用着米斯巴③的明信片。你不能这样!你不能这样!

或许,你要是这样做,对你人品的评价就得改改了,你就要让人明白你只是和她玩玩,而之后,在鲁昂或别的什么基地,你一直和女子辅助军团④的人鬼混。

当然,等你回来以后,如果你给你的年轻姑娘打电话——或者让一位有爵号的夫人给她打电话——那倒有可能改变世人眼中对你的评价,至少在那个年轻姑娘的眼里是这样,前提是她是个软心肠的人。

---

① 这是提金斯在本系列第一部里唱过的猎人小调的歌词。

② pur sang,法文。

③ 《圣经》中城市基肋阿得的别名。《圣经·创世记》中说"又叫米斯巴,意思说:'我们彼此离别以后,愿耶和华在你我中间鉴察。'"瓦伦汀这里提到米斯巴是因为在本系列第二部的结尾,当她和提金斯分别的时候,她用希伯来文在提金斯的羊皮卷上写下了类似的话。

④ 一战时成立的全女性部队,主要负责军队里的通信和文书工作。

但是他**这么做了吗**？他做了吗？认为伊迪丝·埃塞尔没脸不请自来地给她打电话这种念头太荒谬了！为了省下三千二百英镑，更别说还有利息——文森特就欠**他**这么多！——伊迪丝·埃塞尔可以摆出最甜蜜的微笑从满满一病区的奄奄一息的病人那里把他们的枕头都求来……她做得很对。她必须要救她的男人。为了救自己的男人，你可以做任何丢脸的事情。

但是那对她，瓦伦汀·温诺普，没有任何帮助！

她从椅子上跳了起来，指甲紧紧地抠进掌心里，跺脚把薄底的鞋跺进一点都不耐跺的铺了焦炭垫层的地板里。[①]她大叫："全都见鬼去吧，他没要她给我打电话。他没要她这么做。他没要她这么做！"她依然在跺脚。

她径直走向电话——现在电话里还在发出着长长、细细、夜鹰般的声音——一把就把听筒从弯弯曲曲蓝绿色的线上扯了下来……弄坏了！带着点意外的满足。

然后她说："站稳了巴夫们[②]！"不是因为损坏了学校公物而忏悔，而是因为她习惯把自己的想法叫作巴夫，这又是因为它们通常有实际、毫无浪漫色彩的特点……很不错的步兵团，巴夫们！

当然，要是没有弄坏电话，她还可以给伊迪丝·埃塞尔打电话，问问她究竟是不是他要……要她帮他们重新在一起……她，瓦伦

---

① 一种早期的建筑防潮工艺。

② 巴夫是英国皇家东肯特步兵团的绰号，见前注。"站稳了巴夫们"是来自这个团的训练口令。本系列的前两部都提到过这个步兵团。

汀·温诺普，就是这样，总是会毁掉解决折磨人的疑惑的唯一办法。

其实，这根本不像她。其实**她**很实际，才没有什么"在命运的诅咒下"这种想法。她把电话砸了，是因为这就好像砸断和伊迪丝·埃塞尔的联系，或者是因为她讨厌声音细细的夜鹰，或者因为她就是想砸了它。世界上没有任何东西，这个世界上没有任何，任何，任何东西可以让她给伊迪丝·埃塞尔打电话去问："是**他**要你给我打电话的吗？"

这样就像是伊迪丝·埃塞尔阻隔了他们的亲密关系。

潜意识让她的脚朝礼堂尽头的大门走去，走向刷了清漆的哥特式建筑的油松木门；为了省钱，木门用的是刷了布朗斯维克黑漆的铸铁片和门钉。

她说："当然，如果把他的家具都搬走的是他老婆，这倒可能是他想要再联系的原因。他们应该已经分开了——但是他不认为男人应该和女人离婚，而她也不会离婚。"

当她从黏糊糊的大门走过——因为清漆的缘故，所有的木制品都感觉黏糊糊的！——在大门边的时候，她说："管它的！"

重要的是……但是她想不出来重要的是什么。你必须要先解决最基本的问题。

第三章

　　最后,她向坐在桌旁,躲在两朵粉红康乃馨后面的瓦诺斯多切特小姐说:"我不是特意想要打扰你,但是我双脚上有个精灵不知如何将我带到了……①这是雪莱的诗,对吧?"

　　事实上,她还在学校礼堂里,还没有弄坏电话的时候,她那精明的头脑就下意识地向她指明,很有可能她想知道的东西瓦诺斯多切特小姐可以告诉她,而且如果她不赶紧的话,也许就会错过她了,既然女学生们已经离开了,校长现在多半也要走了。她匆匆忙忙地穿过了有点压抑的走廊,走廊上装饰过的哥特式窗户

---

　　① 这句话是瓦伦汀化用雪莱的《印度小夜曲》,原诗大意为"我双脚上的一个精灵 / 将我带到了——谁知道是怎么回事? / 你卧房的窗下,我的甜蜜爱人!"

的窗格里居然装着一小片一小片的粉红色碎玻璃。不过不用担心，她可以从近乎弃用、黑乎乎的、摆满了储物柜的更衣室里抄近道。在更衣室里，她在一个有点笨手笨脚的女孩面前停了下来，她脸上长满雀斑，穿着黑色的衣服，坐在凳子上，闷闷不乐地为一只暗黑色的靴子穿鞋带，脚踝摆在另一条腿的膝盖上。她突然有种冲动，想说："佩蒂古尔，再见！"她也不明白为什么。

这个笨手笨脚、十五岁左右、脸上长满雀斑的女孩就是这个地方的象征——基本健康，而又不会高过健康标准太多，还算诚实，但对智识上的诚实又没有任何的渴望，在意想不到的地方显得骨架子大……总是哭哭啼啼的不成样子，所以脸上看起来脏兮兮的……事实上，整个学校就是这么一副"差不多"的样子。学生都有点健康，有点诚实，差不多十二到十八岁，在令人意想不到的地方显得骨架子大，因为最近都没有吃饱……有点情绪化，更多是哭哭啼啼而不是歇斯底里地发疯。

但她没有和女孩说再见，而是说："看！"因为她的腿露了太多，瓦伦汀粗暴地把她有点短的裙子拉了下来，然后帮忙把卡在不愿屈服的腓骨上的同样不愿屈服的靴子系好……青春绽放一段时间后——这段美好的时光肯定会来，也肯定会离去——在正常的情况下，这个姑娘会发现自己成了欧洲母亲中的一位，结婚正是青春绽放时该做的事……在正常情况下，也就是说，在那一天可能会恢复的常态之下。它自然有可能没法恢复！

一滴不冷不热的水露落到了瓦伦汀右手指节上。

"我堂兄鲍勃前天战死了。"女孩的声音从她头顶上方传来。

瓦伦汀耐心地把头更低地埋向靴子。在教育机构里，你必须学会这样的耐心，如果你想要显得很正经又精明的话，你得学会这样的耐心，然后在面对不同寻常的精神动荡的时候把它摆在脸上……这个女孩从来没有叫鲍勃或者其他名字的堂兄。佩蒂古尔和她的两个妹妹，佩蒂古尔二号和三号，能够被大幅减免学费地在这所学校里上学正是因为除了寡居的母亲，她们再也找不出别的亲戚了。她们的父亲，一位拿半薪的少校，战争开始没多久就战死了。所有老师都必须上交关于佩蒂古尔三姐妹道德品质的报告，因此所有老师都知道她们的家庭情况。

"上前线的时候他还要我帮他照顾他的小狗，"女孩说，"这不公平！"

瓦伦汀站起身来，说："我要是你，就会在出门之前把脸洗了。要不然别人会以为你是德国佬！"她把女孩穿歪了的衬衫肩头拉平整。

"试着，"她又加了一句，"想象有个你关心的人刚刚从前线回来了！这样想也不难，还会让你看上去更迷人！"

她边顺着走廊匆匆地跑，边对自己说道："上帝保佑，这让我看起来更迷人了吗？"

她截住了校长，就像她预想的那样，她正要离校回她在富勒姆的家，一个无聊的，但附近有一位主教宅邸的郊区市镇。这样感觉挺合适。这位女士想问题就像位主教，不过她深深地知道郊区儿童有多复杂：有些足以让你大吃一惊，除非你总是把他们不加区分地当成一个整体。

校长女士在回答前三个问题的时候一直站在她的办公桌后，

态度就像一个有点被困住的人一样,但是在瓦伦汀给她引用雪莱的诗之前,她刚好坐下了,现在她是一副准备好彻夜斗争的样子。瓦伦汀依然站着。

"今天,"瓦诺斯多切特小姐非常温柔地说,"你有可能……采取某些行动……这有可能会影响到你一生。"

"那正是,"瓦伦汀回答说,"我来找你的原因。我想知道那个女人究竟和你说了什么,这样才能明白自己处在什么位置,然后决定下一步怎么办。"

校长说:"我不得不放学生们走。我不介意说你对我非常宝贵。校董们——我收到了布尔诺瓦爵爷发来的快件——指示明天给她们放个假。这样有悖我们一贯的宗旨。但是又让一切显得……"

她停住了。瓦伦汀自语道:"上帝,我一点都不了解男人,但是我对女人了解得也太少。她到底想说什么?"

她又自语着:"她紧张了。她肯定想说什么她以为我会不喜欢的东西。"

她大方地说:"我不信有谁能在今天还把那些女孩关在学校里。这个事情谁都没有经验。过去从来没有像今天这样的一天。"

外面皮卡迪利圆环里,人们肯定是肩膀挨肩膀。她还从来没有见过纳尔逊纪念碑从结结实实的人堆里挺拔而出。在河岸街那边,他们也许正在烤整头整头的牛。白教堂应该是人声鼎沸,墙上的搪瓷广告低头看着上百万顶圆礼帽。整个脏兮兮的巨大的伦敦都在她眼前展开。她觉得,*之于伦敦*,她就像松鸡想象自己和林莽的关系一样,但她现在不得不在空荡荡的郊区看着两朵粉红的康乃馨。那多半是染过色的，布尔诺瓦爵爷送给瓦诺斯多切特小姐的！你从来不会见到自然长成的康乃馨是那种颜色！

她说："我想知道那个女人——麦克马斯特夫人——告诉了你什么。"

瓦诺斯多切特小姐低头看着自己的双手。她把小手指勾在一起，双手手背贴在一起。这种手势早就不时兴了……瓦伦汀想到了一八九七年的格顿学院①，那些沉思中的金发女学生最喜欢做出这样的手势……那个时候的滑稽报纸都同情地把她们叫作窈窕女学士。看样子她们俩得在这里说上一阵了。好吧，反正她，瓦伦汀，也没有准备随随便便就把这个问题解决了！……这个说法是从法语来的。②但是你还能用什么别的方法表达呢？

瓦诺斯多切特小姐说："我曾经坐在你父亲的脚下！"

"我就知道！"瓦伦汀自语道，"但是她去的肯定是牛津而不是纽纳姆学院！"她不记得是不是早在一八九五年或者一八九七年的时候牛津已经有女子学院了。应该是有的。

"世界上最伟大的老师……世界上最伟大的影响。"瓦诺斯多切特小姐说。

瓦伦汀想到，这真奇怪，在她，瓦伦汀，在这所伟大的公立

---

① 格顿学院和下文的纽纳姆学院都是剑桥大学的女子学院，分别成立于一八六九和一八七三年。

② 此处是指原文中 brusque 的使用（据上下文，译作"随随便便"），这个词现在的拼写以及很多时候的发音都是遵照法语，但是按照《牛津英语字典》的记载，它应该是从意大利语进入英文的。

(女子)学校当体育教师这么久以来,这个女人知道关于她的一切——至少知道她光耀的出身。但是除了千篇一律的客气,她就像将军对待士官那样礼貌,到现在为止,瓦诺斯多切特小姐对她的注意不比她对一位上等女仆的注意多多少。不过,在另一方面,她也任瓦伦汀按照自己的喜好来安排体育训练,从不干涉。

"我们有听说,"瓦诺斯多切特小姐说,"从你和你弟弟出生那天起,他就跟你们说拉丁文……原来人们觉得他古怪,但是他这么做多**好**啊!……霍尔小姐你是她能想到的最厉害的拉丁学者。"

"这不对,"瓦伦汀说,"我不能用拉丁文**思考**。如果你做不到这一步,就不算真正的拉丁学者。他当然能做到。"

"你根本就不会想到他会这么做,"校长脸上闪过一片淡淡的青春光彩,回答道,"他对世俗人情那么老练,那么明达!"

"我们应该挺怪的,我弟弟和我,"瓦伦汀说,"有这么个父亲……当然,还有母亲!"

瓦诺斯多切特小姐说:"哦……你的**母亲**……"

瓦伦汀的眼前马上就浮现出对她父亲满是仰慕的女学生组成的小圈子,那个时候瓦诺斯多切特小姐也还年轻,周日当她父母在牛津的林荫下漫步的时候,她们都在一旁偷窥。父亲是如此的儒雅、清醒,母亲则是那么拖沓,个子又大,精力充沛,粗枝大叶。小圈子里的女学生都在说:要是他让**我们**来照顾他就好了……她带有点恶意地说:"你没读过我妈妈的小说,我猜……我父亲的文章都是她帮他写的。他没法写东西,他太没有耐心了!"

瓦诺斯多切特小姐惊呼:"噢,你**不该**那么说!"语气中渗出的痛苦就像一个人在捍卫自己的名声一样。

"我不知道我为什么不该这么说,"瓦伦汀说,"是他最先这么说自己的。"

"他自己也不该这么说,"瓦诺斯多切特小姐带着点温柔的虔诚回答道,"为了他的事业,他也应该多考虑考虑自己的名声!"

瓦伦汀带着讽刺的好奇打量着这个消瘦、情绪激动的老姑娘。

"当然,如果你曾经坐在……如果你现在还坐在我父亲的脚下,"她让步了,"这多少都让你有权来关心他的名声……就算这样,我希望你能告诉我那个人在电话里说了什么!"

瓦诺斯多切特小姐上半身突然向桌边靠来。

"正是因为这样,"她说,"我想先告诉你……我想让你先考虑……"

瓦伦汀说:"因为我父亲的名声……够了,那个人——麦克马斯特夫人!——和你说话的时候,有没有把你当成我?我们的姓挺接近的,这很有可能。"

"我们可以说,"瓦诺斯多切特小姐说,"你是他女性教育的观点结出的硕果。而如果你……我很满意在你身上能够发现一颗如此……如此健全、受过教育的头脑安放在一具……噢,你知道的,理性的躯体上……还有……获得收入的能力。有商业价值。你父亲,当然,从来都是有话直说的。"她又接着说:"我必须要说,我和麦克马斯特夫人的谈话——这么一位夫人肯定你也挑不出毛病来。我读过她丈夫的作品。他的作品——你也会这么说,对吧?——还保留着一些经典的火种。"

"他,"瓦伦汀说,"一个拉丁词语都不会。他引用的——如果他要引用的话——都是从学校课本上的译文里来的。要知道,我知道他写作的方法。"

瓦伦汀突然想到,如果伊迪丝·埃塞尔一开始真的**是**把瓦诺斯多切特小姐当成了她的话,有很明显的原因让瓦诺斯多切特小姐担心她父亲作为年轻女性亲密导师的名声。她猜伊迪丝·埃塞尔一定是突然就描述起了那个没有家具也不认识门童的人的情况。伊迪丝·埃塞尔可能会描述的她和他之间可能有过的关系当然会让一所伟大的中产阶级女子公立学校的校长担心。她肯定会被说成生过了一个孩子。一股难受的愤怒的浪潮侵入了她的情绪。

她之前在礼堂里随意想到的一个念头突然在心中重现,盖过了这种感觉。现在,那个念头无比清晰地穿过她,就像一阵温热的浪涛,如果**真是**那个家伙的老婆把他的家具搬走了,还有什么能分开他们?当他人还跟着英国远征军在低地国家①作战的时候,他不可能当掉或者卖掉或者烧掉他的家具!或者说不克服非同寻常的困难的话是不可能的!那还有什么**能**分开他们呢?中产阶级的道德?过去四年就成了场鲜血横流的狂欢节了!那现在算是紧紧跟在狂欢之后的大斋吗②?不用跟得这么紧吧,肯定不会!那如果人们赶紧……她到底想要什么,居然连自己都不知道?

她听见自己几乎是带着哭腔说着,所以,很明显,她情绪正

---

① 欧洲西北部国家的统称,包括荷兰、比利时和卢森堡。

② 大斋是基督教的斋戒节期,不同地区的教派略有不同,一般是从圣灰星期三到复活节前一日为止,期间教徒需斋戒、禁欲、施舍,以求赎罪。

在波动:"听我说,我反对这一切,反对我父亲把我变成的这样子!那些人……那些才气耀眼的维多利亚人说的一直都是疯话。他们从任何地方都能变出一套理论,然后才气耀眼地因为这个理论而疯癫。绝对不计后果——你注意过佩蒂古尔一号吗?——你就**没有**想过人不能一边剧烈地抖动身体,一边完成脑力劳动?我根本就不应该在这所学校里,我也不应该是现在这样!"

看到瓦诺斯多切特小姐迷惑的表情,她自语道:"我说这一大堆到底是为了做什么?你还以为我在试图和这所学校脱离关系!我是这么想的吗?"

然而她的声音还在继续:"肺里的氧气太多了,这里。这是不自然的。这会影响大脑,是种不健康的影响。佩蒂古尔一号就是个例子。她真听我的话,运动,也努力看书学习。现在她傻了。太多的氧气只会让她们中的大多数变傻!"

对她而言,这太不可思议了,仅仅是想象那个家伙的老婆已经离开他,就能让她唾沫四射地说这么一大通——简直就像他父亲唾沫四射地大谈他的某一个天才理论一样!……其实她也就想过一两次,同时保持体力和脑力的生活不可能是没有任何风险的。过去四年里,军事上对身体的重视导致了对身体价值的夸大。她能意识到,在过去的四年中,在这所学校里,她虽然没有真的取代医生和牧师,但是也被看作是补足了他们的职能……但是从这里到提出一整套理论说佩蒂古尔撒谎是因为她的大脑吸收了过多氧气还是扯得远了。

不过,她没法参加举国狂欢。很肯定,伊迪丝·埃塞尔给瓦诺斯多切特小姐讲了一堆她的丑闻。她现在有足够的权力说点夸张的言论发泄一下！

"看来是这样，"瓦诺斯多切特小姐说，"我们现在没法讨论整个学校的课程问题，但是我倾向于同意你的观点。顺便问一下，佩蒂古尔一号有什么问题？我还以为她是个挺老实的姑娘。不过，好像有一个朋友的妻子……也许只是一位你以前的朋友，现在住进了疗养院。"

瓦伦汀叫道："噢，他……但是这太可怕了！"

"看起来，"瓦诺斯多切特小姐说，"事情一团糟。"她又补充说："这看起来是唯一贴切的描述了。"

对瓦伦汀来说，这条消息像一道炫目的强光照到她身上。她无比地难过，因为那个女人住进了疗养院。因为在这个时候再去见她丈夫就显得不够意思了！

瓦诺斯多切特小姐接着说："麦克马斯特夫人急着想听听你的看法……看起来，另外一个唯一能关照……关照你朋友利益的人，他哥哥……"

瓦伦汀没有完全听明白那句话。瓦诺斯多切特小姐说得太流畅了。如果那些人想要你迅速领会当头一棒的新闻，他们就不该用长句子。他们就应该说："他疯了，而且一分钱都没了。他哥哥要死了，他妻子还刚刚做了手术。"就像这样！这样你就可以全部听进去；即使你的脑子像正在掉进桶里的猫一样嘶叫腾跳。

"他哥哥的……女伴，"瓦诺斯多切特小姐接着绕圈子，"虽然看起来她很愿意去照顾他，也因此没有办法……据推测说他——

他自己，你的朋友，因为在战争中的经历使他的精神相当脆弱。那么……在你看来谁应该负担起关照他的利益的责任呢？"

瓦伦汀听见自己说："我！"

她接着说："他！照顾他！我可不知道他还有什么……利益！"

他看起来连家具都没有了，所以他怎么还可能有别的东西。她希望瓦诺斯多切特小姐别再用"看起来"这个词了。烦人……而且传染。这位女士就不能有话直说吗？不过，从来没有人能清楚地表述一件事，何况这件事在这位贫血的老姑娘看来一定非常黑暗。

至于清楚的表述……要是这团黑暗的破事里还能找到什么清楚的事情的话，她，瓦伦汀，想知道她到底是怎么看待那个男人的妻子的。她自己和她所有的朋友行事的荒谬就在于她们从来不把话说清楚——除了伊迪丝·埃塞尔，她的本性就是个街头女贩子，从来不说真话，不过她倒可以把事情说得够清楚。但是就算是伊迪丝·埃塞尔到现在也没说过任何关于这位妻子这次是怎么对待她丈夫的话。她非常清楚地暗示了瓦伦汀，她是站在那位妻子那边的——不过她也从来没有说过那位妻子是位好妻子。如果她——瓦伦汀——能知道自己该怎么看待那个人的妻子就好了。

瓦诺斯多切特小姐问道："你说'我'的时候，你的意思是你提议要由你自己来照顾那个男人吗？我希望不是这样的。"

因为，很明显，如果她是位好妻子，她，瓦伦汀，就不能插一杠子，不能大大方方地这么做。作为她父亲的，更是她母亲的女儿表面上看起来，你会说一位妻子，如果一直沿着海德公园林荫道的围栏，或者其他什么度假胜地的步道上阔步走来是不可能给一位统计学家当个好的——顾家的——妻子的。但是另一方面，他是个挺聪明的人，统治阶级，乡绅家族，总之，出身就是好——也许他会喜欢他的妻子在社交圈里露脸，他甚至有可能策划了这一切。他肯定可以做到。天，谁知道那位妻子是个内向、害羞的人，被他硬推到了冷酷的世界里而已。这不是肯定的，但是和其他别的假想一样都是有可能的。

瓦诺斯多切特小姐正在问："不是有机构——军队疗养院——来专门负责像这个提金斯上尉这种情况吗？看起来摧毁他的是战争，而不仅仅是生活的挫折。"

"正是，"瓦伦汀说，"因为那样我们才应该想要……难道我们不应该……因为，就是因为这场战争……"

这个句子拒绝完整地从嘴里出来。

瓦诺斯多切特小姐说："我以为……有人告诉我的是……你是个反战和平主义者。最极端的那种！"

瓦伦汀被吓了一跳——就像发烧病人终于发出汗那样——听到那个名字被人冷冷地说出来，"提金斯上尉"，因为这就像一种解脱。她早就任性地决定了，绝对不要自己的舌头先说出那个名字。

而且，很明显，从她的语气可以判断出，瓦诺斯多切特小姐已经准备好憎恶那个提金斯上尉了。也许她已经在憎恶他了。

她正要说："如果你是因为无法忍受想象人们要遭受的苦难，成了极端反战主义者，那不正是为什么你会希望那个可怜的家伙，都已经崩溃了……"

但是瓦诺斯多切特小姐已经在说她的一个长句子。她们的声音碰撞在一起，就像火车在路基上拖过……令人不快。不过，瓦诺斯多切特小姐的发声器官最后用这些话取得了胜利："……行为举止的确非常不恰当。"

瓦伦汀激动地说："你不该相信有这样的事情——不能用麦克马斯特夫人这样的女人说的任何话来做凭据。"

看起来瓦诺斯多切特小姐被她的话彻底冻住了，她朝前倾着坐在椅子里，她的嘴巴微微张开。瓦伦汀自语道："谢天谢地！"

她必须要有点自己的时间来消化这个看起来是伊迪丝·埃塞尔的卑鄙的新证据。她觉得自己的存在中连她自己都不熟悉的地方被激怒了。她发现自己的心中也有气量狭隘的地方。她从来没有想到自己会狭隘到如此境地。其他人说你什么都不应该是重要的。她已经非常习惯地想伊迪丝·埃塞尔会当着一大群人说她的——瓦伦汀·温诺普的——坏话。但是像这次这样，她的无所顾忌简直太难让人相信了。给一个完全不认识的人，一个因为接电话才偶然遇到的人说第三方的坏话，而这第三方本人有可能在一两分钟之内就来接电话——而且不止如此——而第三个人还非常有可能，那之后不久，就从第一个人那里听到她说了什么……说坏话说得如此无所顾忌，简直超出了理性范围……要不就是表现出对她的——瓦伦汀·温诺普的——藐视，而瓦伦汀能够报复的方法也少到让她难以忍受！

她突然对瓦诺斯多切特小姐说："听我说！你现在是作为我父亲女儿的朋友和我说话，还是作为校长对体育教师说话？"

有点血色涌上了这位女士已经发红的脸庞。当瓦伦汀敢让自己的声音和她的声音一起作响这么久的时候,她肯定已经有些不快了。虽然瓦伦汀对校长的喜好几乎一无所知,但是她之前有一两次见到她在自己正式的发言被打断时表现出来的明显不快。

瓦诺斯多切特小姐带点冷意地说:"我现在说话的身份……我允许自己冒昧地——作为一位年长很多的女性——以你父亲的朋友的身份说话。到现在为止,简短地说,我都是努力向你指出,作为你父亲教养出来的模范,你要对自己的身份负起责任来。"

瓦伦汀不由自主地双唇合起来,低低地吹出了一声惊异的哨音。她自言自语道:"朱庇特在上!我现在陷进一件糟心事里了,这根本就是职业审查。"

"从某个方面来说,我很高兴,"这位女士现在继续说着,"你能这样说……我的意思是,这么激动地驳斥麦克马斯特夫人来捍卫提金斯夫人的声誉。看起来麦克马斯特夫人不喜欢提金斯夫人,但我不得不说,她看起来是有理的那一方。我的意思是,她对提金斯夫人的厌恶。麦克马斯特夫人为人严谨,而即使在她公开的记录上,提金斯夫人看起来也恰恰相反。毫无疑问,你想要对你的……朋友保持忠诚,但是……"

"看起来,"瓦伦汀说,"我们如此离谱地混淆了彼此的话。"

她接着说:"我并没有像你想的那样捍卫提金斯夫人。当然我会这么做。我在任何时候都会。我一直觉得她既美丽又善良。但是我听到你说'**行为举止非常不恰当**'的时候,我以为你说的是提金斯上尉。我不承认的是这个。如果你想说的是他的妻子,我也不承认。她是位可敬的妻子……和母亲……之类的,就我知道的而言……"

她自语道:"等等,我为什么要这么说?赫卡柏又是我的谁呢?"①接着说:

"这是为了维护**他的**荣誉,自然是……我在试图把提金斯上尉想成什么都不缺的英国乡绅,布置得井井有条的宅邸、马厩、犬舍、妻子、孩子什么都有……想这么做还真是奇怪!"

现在,瓦诺斯多切特小姐深吸了一口气,说道:"听到你这么说我由衷地高兴。麦克马斯特夫人肯定说了提金斯夫人是——说得委婉点——至少是一位没有尽责的妻子……骄傲虚荣,你知道,无所事事,穿着打扮过于华丽等等,而你看起来是在维护提金斯夫人。"

"她是时尚圈子里的时尚女人,"瓦伦汀说,"但是有她丈夫的同意。她有权利去……"

"我们不会,像你提到的,"瓦诺斯多切特小姐说,"要是你没有一直打断我,如此离谱地混淆了对方的话。我想说的是,对你一个涉世不深的女孩,在一个单纯的家庭里长大,没有比一个妻子不尽责任的男人更危险的陷阱了!"

瓦伦汀说:"你一定要原谅我打断你。你知道,这是我的事情,而不是你的事情。"

瓦诺斯多切特小姐立即说:"你不能这么说。你不知道我多么

---

① 希腊神话中赫卡柏是特洛伊王后,英雄赫克托耳的母亲。本句应该是化用莎士比亚名剧《哈姆雷特》的台词,"赫卡柏是他的谁他又是赫卡柏的谁/他不得不为她哭泣?"瓦伦汀应该是想说她和西尔维娅之间什么关系都没有。

热情……"

瓦伦汀说:"对,对……你对我父亲的回忆之类的**崇拜**。但是我父亲没有办法安排好让我过上单纯的生活。我和随便哪个下层阶级的女孩一样经验丰富……毫无疑问,这是他造成的,但是别弄错了。"

她接着说:"不过,我才是尸体。你是验尸的。这样对你更有意思。"

瓦诺斯多切特小姐脸色变得稍稍发白:"如果,如果……"她结巴了一下,"说'经验丰富',你的意思是……"

"我不是,"瓦伦汀大声说,"你也没有任何权力凭着你和全伦敦城最邪恶的长舌之间的一次谈话来推测我是什么意思,更别说这次谈话本来是不应该有的……我的意思是我父亲什么都没留下,在他去世之后,有几个月,我得去当用人来维持我和我妈妈的生计。他给我的训练最后就落到了这个下场。但是我能照顾好我自己……所以说……"

瓦诺斯多切特小姐跌回了她的椅子。

"但是……"她惊叹道。她的脸已经完全变白了——像脱色的蜡①。"那时还筹过款……我们……"她接着说:"我们知道他没有……"

---

① 在大规模工业制成石蜡之前,西方国家日常生活中的蜡制品通常是用蜂蜡制成,蜂蜡天然为黄色而不是我们现在熟悉的白色,故此处指脸色发白需要强调如同脱色的蜡一样。

"你们筹了款,"瓦伦汀说,"买下了他的藏书,然后又送给了他的妻子……那个时候,除了我当杂务女佣①的工资能给她买到的东西之外,她什么吃的都没有。"不过,面对那位女士的一脸煞白,她还是试着大度地说:"当然,筹款的人想要的,很自然地,是尽可能地保存他的个性。一个人的藏书几乎就是他自己的写照。那没什么问题。"她又接着说:"不管怎样,我都历练过了,在一个郊区的地下室里。所以你不能教给我多少关于生活阴暗面的东西了。我在米德尔赛克斯的一位郡议员家里待过了,在伊林②。"

瓦诺斯多切特小姐小声说:"这太糟糕了!"

"不是那样!"瓦伦汀说,"和其他杂务女佣相比,我过得还不坏。如果女主人不是一直病恹恹的,以及厨子不是一直醉醺醺的就更好了……那之后我做了点办公室工作,替妇女参政者工作。那是在老提金斯先生从国外回来替妈妈在归他所有的一份报纸里找了些活之后。之后,我们就磕磕碰碰地过了下来,总有办法。老提金斯先生是我父亲的好朋友,所以,像人说的,我父亲那头笑到了最后——如果你愿意这么想,安慰一下自己。"

瓦诺斯多切特小姐低头盯着桌子,也许是想把脸从瓦伦汀的眼前藏起来点,也许是想回避这个女孩的目光。

---

① 杂务女佣(tweeny maid)是既要给厨师打下手,又要帮助内务女佣(housemaid)收拾房间的低等女佣。

② 现在是大伦敦市的一部分,在书中的时代还是米德尔赛克斯郡下辖的一个市镇。按照当时社会的观点,瓦伦汀在伊林做女佣是非常有失身份的事情。

瓦伦汀接着说:"谁都知道一个人的私人义务和公共成就之间会有矛盾。但是如果他这辈子稍微节制那么一点点,我父亲本来可以让我们的境况好很多。现在这样才不是我想要的——像个军队里的士官和上等内务女佣的结合体。就像我不想听命于这样一个人一样。"

瓦诺斯多切特小姐发出了一声满含痛苦的"啊"。她飞快地解释说:"是因为你的道德品质,而不仅仅是因为你在运动上的影响才让我如此高兴学校里有你,正是因为我觉得你并没有把体能看得过于重要。"

"不过,你不能把我留在这里多久了,"瓦伦汀说,"能像样地离开的时候我马上就走,一刻都不多待。我要……"

她自语着:"我到底要做什么?我想要什么?"

她想要躺在一张吊床里,在一片湛蓝无波的海边想着提布鲁斯……她没有什么不切实际的念头。她自己并不想去投身学术事业。她没有受过专门的训练。但是她想要享受别人知识成果中更丰富的品种……这看起来才是今天要学到的教训!

而且,仔细地看看瓦诺斯多切特小姐垂下去的脸,她很好奇在世界历史上是不是曾经有过这么一天。比如说,瓦诺斯多切特小姐知不知道自己的男人回到身边是什么感觉?啊,而且是在一百万其他的男人回家的喧嚣中!一种想要松懈的集体冲动!无边的!让人发软的!

瓦诺斯多切特小姐很明显热爱着她的父亲,毫无疑问,和其他五十位小姐一起。她们在这场暗恋里得到过集体的快感吗?甚至还有可能她先前之所以那么说——事出有因①。警告她瓦伦汀和一个妻子不那么令人满意的男人扯上关系的坏处……因为那五十位小姐——在责任感驱使下——一致认为她母亲配不上她父亲,她那睿智、头发灰白、身形单薄如同少年人的父亲。她们也许认为,如果没有邋遢的温诺普夫人拖累他,他也许可能成为……嗯,**那些人**中的一员!任何人!筹划国家大事的人物中的任何一位。为什么不干脆让他当首相好了!反正除了他的教育理论之外,他还有过一段政治生涯。他曾经肯定是迪斯雷利②的朋友。他提供了——伟大的历史瞬间!——材料来撰写那些永远闻名、辞章华丽的演说。如果不是另一个家伙,贝利奥尔学院出身的,先抢到他本来可以成为帝国总督们的老师……至此,他不得不钻研女性教育,培育英伦玫瑰……

所以瓦诺斯多切特小姐是在警告她,被忽视的妻子们对年轻、充满爱慕之情的少女的有害影响!多半**是**有害的。如果她早就认为西尔维亚·提金斯其实是个不好的妻子,她,瓦伦汀·温诺普,现在会是什么样子?

瓦诺斯多切特小姐说道,就像带着突发的焦虑:"你要做什么?你提议要做什么?"

瓦伦汀说:"很明显,在和伊迪丝·埃塞尔谈话之后,你就不

---

① pour cause,法文。

② 应该指本杰明·迪斯雷利(1804—1881),英国著名政治家、作家,曾经两度出任首相。

会那么乐意我在学校里了。相比之下,我的道德影响可没有变得更好!"一阵激动的恨意席卷了她全身。

"听着,"她说,"如果你以为我已经准备好要……"

不过她还是停了下来。"不,"她说,"我不会再提起内务女佣的事情了。但是你有可能已经发现这样很烦人。"她补充道,"如果我是你的话,我会去调查一下佩蒂古尔一号的情况。在这么大一所学校这样的情况可能很普遍。这个年头我们根本就没法知道我们到底是个什么状况!"

卷 中

第一章

好几个月前，克里斯托弗·提金斯急切盼望他的头能够和一块特定的毫无意义的白灰浆印迹平齐。他脑后有什么东西强迫他相信，如果他的头——自然还有他上身的其余部分和下肢——能够通过一系列的上浮悬挂在铺路木板上方那里，他的双脚现在就踩在木板上面，他就会进入一处无法被侵犯的空间。这样的信念一直一浪一浪地重现。他不断眼睛一斜朝上方那块印迹看去，它的形状像一只健康公鸡的鸡冠，它闪着光，分作五瓣，映照在刚刚透过沿着碎石山坡上窄窄的顶上没有铺木板的隧道的晨光里，在湿润的半明半暗的光线里刚刚才能看见。在隧道里比在周遭荒凉的空地里看东西更清楚，因为深邃、狭窄的隧道衬出了一小块湿漉漉的东方刚刚漏出的光！

他两次踏上了用一个腌牛肉罐头箱子加固的步枪手踏台①朝堑壕外望去——就在过去的几分钟里。每次从踏台上下来，他都被这个现象打动：从堑壕里看到的光线，看起来就算不是更明亮却也更清晰。这样，大白天从矿井井筒底下看出去你也能看到星星。风很轻，但是从西北方吹来。在这里，他们显出一支败军才有的疲惫，那种一直不得不又要开始新一天的疲惫。

他抬眼朝斜上方看去，那块亮闪闪的鸡冠，他觉得有一浪又一浪的未知力量推动着他的太阳穴朝着它飞去。他很好奇前一天晚上他是不是没有发现那其实是一块坚固的钢筋混凝土。他当然有可能发现了，可后来又忘记了。但是他没有！所以那个念头是不理智的。

如果你在炮火袭击下卧倒——平躺在非常猛烈的炮火之下——一个纸袋子在脑袋前充当掩体，和什么都没有相比，你也会觉得无可估量地更加安全。你的头脑平静了。这肯定是同样的情况。

天还黑着，周围一片死寂。还有四十五分钟，又变成了四十四……四十三……四十二分钟零三十秒，就到那个关键时刻，但是蓝灰色箱子里的金属小菠萝还没有从那个讨厌的地方运来，谁知道那个地方现在是不是还有人管？

那天晚上他派了两次通信员。什么消息都没有。那个讨厌的家伙很可能忘了留个人代替他。那不可能。他是个仔细的人。但

---

① 在一战的堑壕中，因为胸墙高过士兵，士兵需要踩在专门建造的踏台上才能向外射击。

是发疯的人可能会忘记的。但这还是不可能!

这些念头就像层云威胁山头一样威胁着他,但是这个时候它们没有干扰他。一切都很安静,湿润凉爽的空气很舒服。他们在约克郡也曾感受过像这样的秋日清晨。他身体的零件顺畅地运作着;他的胸口好几个月都没有这么舒畅过了。

一门孤单的巨炮,在非常遥远的地方开腔了。说着愠怒的话,在沉睡中被叫醒,然后抱怨。但这不是开始什么的信号。这门炮太大了。它冲着很遥远地方的什么东西开火。朝着巴黎,也许,或者是北极,或者是月球!他们能够做到的,那些家伙!

能打到月球那会是非常吓人的事情,名声一定大涨。但是屁用没有。只要是又愚蠢又没用的,就没有什么是他们做不到的。而且很自然,也很无聊……无聊就是个错误了。继续打仗就是为了除掉那些无聊的家伙——就像你在俱乐部里除掉一个无聊家伙一样。

把刚才开腔的那个叫作巨炮比叫作炮[①]更加形象——但在这里最好的圈子里并不是这么做的。把七十五毫米口径的或者是骑炮兵的家伙叫作"炮"没什么问题,它们很轻便,跟玩具一样。可是那些硕大的东西才叫巨炮,沉着脸的炮口永远立着。沉着脸,就像大教堂里的大人物或者管家一样。和炮口相比,炮管的厚度大得不得了,它们指向月球,或者巴黎,或者新斯科舍[②]。

---

① 巨炮(cannon),炮(gun),这两个词在英文中都有火炮的意思,但是后者也可以指枪,前者一定是指火炮。

② 加拿大东部的一个省份。

好了,那门巨炮除了自己的存在之外什么都没有宣布!那不是任何炮击的开始,我们的火炮没有砰砰砰地让它闭嘴。它只是宣示了自己的存在,抱怨地说着"巨……炮",蹿到高空的炮弹的底部反射着还没有升起的太阳的光芒。耀眼的圆盘,就像会飞的光环,真漂亮!可以用来铸造勋章的漂亮纹样,小小的漂亮的机群飞行在蓝天里,周围是闪耀的飞舞的光环!龙翔于圣徒之间——不,"与天使和大天使同在!"①好吧,我真见到了!

巨炮,是的,就应该这么称呼它们。就像他还是个孩子的时候的阅兵式里伸出来的那些立起来的锈糊糊的玩意。

不是,不是开始炮击的信号!真是好事!几乎就可以说"谢天谢地"了,因为炮击开始得越晚,持续得就越短——持续得就越短②,真是难听的头韵。说结束得越早更好。毫无疑问,八点半或者九点半的时候,一秒不差,那些无聊的家伙就会送来他们惯常的献礼了,可能轰隆一声正好砸在那个地方……能够分辨出来的是三轮齐射,每次十来发,每轮齐射之间有半分钟的间隙。也许正确的说法不是齐射。所有的炮兵都该死,不管怎样!

那些家伙为什么要这么做!每天早上八点半;每天下午两点半。大概就是为了展示他们还活着,而且还很无聊。他们很系统,那就是他们的秘诀,他们的无聊的秘诀。试着杀了他们简直

---

① "与天使和大天使同在"出自英国国教《公祷书》中的一首圣餐礼圣歌。
② 持续得越短(less long it lasted)三个辅音 l 开头的单词押了头韵。头韵是英语诗歌的一种押韵方式,是古英语诗歌主要的押韵方式。

就像是试着让那些非要在非政治俱乐部里大谈党派政治的自由党人闭嘴一样,但是必须要这么做!否则这个世界上就没地方……噢,在吃完饭之后打四十分钟的盹!——这场纷争背后的简明哲学!——他朝斜上方看去,看着那块闪光的鸡冠!在他脑子里有东西说如果他悬挂在那里就好了。

他又爬上了步枪手踏台,爬上了那个腌牛肉罐头箱子。他小心地把头伸了出去。一片灰色的荒凉沿着山坡下去,伸向远方。噗——啪!小声的低响!

他自动地跳回了堑壕,落在铺路木板上,早饭顶得他胸口发疼。他说:"朱庇特在上!我差点给吓死了!"这时应该要笑一笑的,他做到了,他的整个胃都在抖动,还在发凉!

一个顶着金属布丁盆子的脑袋——一颗典型的长着萨福克金发的脑袋,从他旁边的土墙里拉着的口袋门帘里伸了出来。他背后一个关切的声音传来:"不是碰上了狙击手吧,是吗,长官?我还盼着这里一个该死的狙击手都没有。警告士兵们可是一堆该死的额外麻烦事。"

提金斯说,是有只该死的云雀差点直接一头撞进他嘴里了。代理准尉副官激动地说,这里的那些云雀简直可以把你的魂都吓掉。他记得有次夜袭的时候,他趴在地上匍匐前进,结果把手放在了一只蹲在窝里的云雀身上。他的手都放在它身上了,它才从窝里跑开!然后,它一下子飞起来,差点就把他的气都吓没了!妈妈呀!那可绝对忘不了。

带着种小心地从运货马车里取包裹的神情,他从布袋子门帘背后的洞里拉出两堆还在眨眼的罩着卡其布的肢体组合物。他们摇摇晃晃地站直了,粉红奶酪一样的脸在高高的步枪和刺刀旁边打着呵欠。

准尉副官说:"走的时候头埋低点,说不准啥时候就来一发!"

提金斯告诉这两个队里的准下士,他的混账防毒面具滤毒罐坏了。他自己难道没有看到吗?松开的零件就在他胸口晃动着。他必须去找人借一个防毒面具,然后让那个人马上去领一个新的。

提金斯的眼睛一斜然后往上看去。他的膝盖还在发软。如果他能悬浮到那个印迹的高度,他就不需要用双腿来支撑了。

年迈的准尉副官还在激动地讲着云雀的事。它们对人类的信任简直太神奇了!即便周围炸得鬼哭狼嚎的,它们都不会离开自己的窝,除非是你踩了上去。胸墙前方的上空,一只云雀恰到好处地把它尖锐、冷酷的叫声传了过来。毫无疑问,就是那只被提金斯吓到的云雀——吓到了他的云雀。

准尉副官一只手指向叫声传来的方向,继续激动地说,在他经历过的炮击中,每一次都有云雀在那天早上叫!对人类的信任简直太神奇了!长着羽毛的胸膛里有全能的上帝安放的神奇本能!谁会在战场上打一只云雀呢?

那个孤单的士兵一下坐在了他长长的上着刺刀的步枪旁边,步枪从枪托到刺刀座都糊上了泥。提金斯淡淡地说,他认为准尉副官的自然历史搞错了。他必须要把雄鸟和雌鸟区分开。雌鸟坐在窝里,是因为它们对自己的蛋有种固执的依附。雄鸟则会固执地飞到窝的上空,目的是为了咒骂附近的其他雄鸟。

他自语道，他必须要让医生给他片溴化剂①药片。他的神经已经混乱到他自己都不知道的地步了。他的胃还因为那只鸟给他带来的惊吓而一阵阵地痉挛。

"塞尔彭的吉尔伯特·怀特②，"他对准尉副官说，"管雌鸟的这种行为叫'舐犊情'，这是个挺不错的说法。"但至于说对人类的信任，准尉副官可能要接受云雀从来没有想过我们的这个事实。我们就是背景的一部分，不管它们坐在窝里时，毁掉它们窝的是高爆弹，还是犁刀，这对它们都一样。

准尉副官指挥刚刚归队的准下士，他的滤毒罐现在稳当地挂在他沾满了泥浆的胸口："你们得在 A 哨位等着！"他们要顺着堑壕前进，然后等在和另一条堑壕汇合的地方，那里有个大大的 A 用白灰水刷在半埋在土里的一小块波形铁片上。"你能认清楚大大的 A 是个啥样子，对吧，下士？"他耐心地说。

"等到那些米尔斯手榴弹送过来的时候，他就叫他的人去 A 连的避弹壕里找几个人来把手榴弹送到这里，但是 A 连可以把自己那一小份留下。

"要是那些米尔斯手榴弹没送到，下士你最好自己给我造出来，不准犯任何错误！"

下士说："是，准尉副官。不犯错误，准尉副官！"然后两个

---

① 十九世纪末、二十世纪初常用的神经镇静剂。

② 吉尔伯特·怀特（1720—1793），十八世纪末的一位英国牧师，著有《塞尔彭自然史》，记录伦敦郊区教区塞尔彭地区的自然景观和动植物，是英国著名的自然史著作。下文的"舐犊情"（storge）源自希腊语，指的是父母对子女的感情。

人垂头丧气地顺着铺地木板摇摇晃晃地走了,两道灰色的剪影逆着一道潮湿的光线,手扶着堑壕的墙保持平衡。

"你听见那个军官说啥了吗,下士,"其中一个对另一个说,"天知道他下次还会说出啥来!云雀不相信在打仗的人类!妈呀!"另外一个哼了一声,然后这些声音就哀伤地慢慢消失了。

提金斯暂时无法抑制他对那块鸡冠状的印迹充满的兴趣,同时,他心里也开始了复杂的概率计算。他自己的概率!——心里开始这么想的时候可不是个好兆头。——被炮弹、被步枪子弹、被手榴弹、被炮弹或者手榴弹弹片直接击中的概率。被任何金属碎片刺入柔软肉体的概率。他意识到自己会在锁骨后面的柔软部位挨上一下子。他能非常清楚地感受到那个位置——右边那个。他身体的其他任何部位都没有这种感觉。当头脑这么控制一切的时候真是糟糕,得吃一片溴化剂。医生一定得给他一片。一想到医务官他心里就感到愉快。那个不重要的团体里的一个讨人喜欢的小家伙,知道自己该干什么,而且他喝多了的时候还是一副乐呵呵的样子,混账一样的乐呵呵的样子。

他看到了医务官——很清楚!这是他在这场疯狂演出里看得最清楚的几样东西之一——医务官,一个瘦小的人影,手一撑跳到了胸墙上,就像一匹跳高的马,挺身站在清晨的阳光里……对整个世界都视而不见,还哼着《奥弗林牧师》①。在阳光里踱着步,

---

① 《奥弗林牧师》是一首宽边民谣,这种民谣大多幽默滑稽,得名于印刷这种民谣的大幅宽边纸张。十九世纪的时候英国路边有专门叫卖宽边民谣的小贩。

什么都没带,单单胳膊下夹着一根军官手杖,直接就朝德国人的堑壕走了过去,然后把他的帽子扔进那道堑壕里。然后走了回来!灵巧地躲开他必须穿过的铁丝网上因被割断而散开的铁丝!

医务官说他看到了一个德国佬——多半是个军官的勤务兵——用围裙罩着膝盖在擦一双长筒靴。那个德国佬把鞋刷子朝他丢过来,然后他把自己的帽子朝那个德国佬丢去。那个该死的眯眯眼德国佬,医务官是这么叫他的!不用说,那个家伙肯定眨眼了!

不用说,你可以毫无后顾之忧地做这种想都不敢想的事情!——毫无疑问,要是你醉得都快瞎了的话!——而且不管你有多努力,在军队里你得照惯例来做事。在一个宁静的早上,你不会期望看到醉醺醺的医务官顺着你的胸墙散步。再说,德国人的前线兵力很稀薄,稀薄得令人惊奇!离那罐鞋油半英里之内可能连一个扛枪的德国佬都没有!

如果他,提金斯,站立在空中,他的头和那个鸡冠齐平,他就会在一处不受侵犯的真空中——至少各种抛射物是打不进来的!

他正在闷闷地问准尉副官,他说的话是不是常常会让士兵们感到震惊。准尉副官也正在红着脸回答说:"嗯,**你说的东西是蛮吓人的**,长官!现在连云雀都不信了!要是当兵的就相信一件事,那就是那些小东西的本能!"

"所以说,"提金斯说,"他们多少有点把我当成无神论者了。"

他强迫自己再次探过胸墙瞭望,笨重地爬上自己的观察哨位。纯粹是因为没了耐心,严格说起来也是他要对一切负责。但是他现在要指挥整个团①，一支满员一千零一十八人的队伍②，或者那原来是一个营的规模；现在还剩下三百三十三人。就算一个连七十五人。两个连队有少尉军官指挥，有一个连队现在没有少尉——最近的四天——本来应该有八十双眼睛观察他马上要观察的东西。但是现在如果能有十五双眼睛就算不错了！数据是真实清楚又让人放心的东西。如果德国人大举进攻的话，今天被弹片击中的概率是十五分之一。有的营比他们还要惨。第六营就剩下一百一十六人了！

被摧残的土地顺着山坡延伸到雾气中。应该有四分之一英里远。德国人的前线只能看到影子，就像月球照片上的沟槽，两晚上前那还是我们堑壕的背墙！看来德国人并没有修什么胸墙。他们没有。他们要进攻。不管怎样，他们的前线兵力一向很稀疏……是该这么说吗？这还算英文吗？

在阴影之上，雾气折磨人地浮动着，升起来，堆成雨伞的形状，就像白雪覆盖的伞形松树一样。

强睁着眼睛去细细观察那团迷雾很不舒服，而且他的胃在翻腾。那堆是麻布袋子，一堆平铺在地上并且稍微有点乱的麻布袋子，就在右边两百码远的地方。肯定是有发炮弹击中了运送挖堑壕用袋子的后勤马车，要不就是运输兵们逃了，把袋子扔在那里。那天早上他的视

---

① 原文如此，疑为笔误，应该是营。

② 福特这里的数字可能有误。按资料记载，英国陆军的一个营在一九一四年开战的时候满员为一千零七人，其中有三十名军官，下辖营指挥部、四个连队以及一个重机枪组。后来因为每个营增加了机枪的数量和其他各种微调，在一九一五年的时候一个满员的英国陆军营是一千零二十一人或者一千零三十四人。

线已经四次落在四散的一堆堆的麻布袋上了。每一次他的胃都要翻腾。那就像趴在地上的人,太吓人了。敌人摸了上来……基督啊!不到两百码了!他的胃这么说。次次如此,就算他有准备也不行。

除此之外,大地早就被炮火轰平了;有下陷的弹坑,但是没有突出的土丘。这样的大地看上去很温柔。大地顺着山坡往下延伸,伸到那片杂乱里。他们看起来大多数都是脸朝下趴在地上的,为什么?有可能是因为他们大都是上次反击的时候被打退的德国人。不管怎样,你大多只能看到他们裤子的臀部。当你不那么看的时候,他们的沉睡是多么的深沉!你必须得这么造句——用点修辞。除此以外,没有办法表达出那种深沉感。就叫深邃吧!

他们的样子和睡觉不一样,躺得更平。毫无疑问,当痛苦的灵魂离开疲倦的躯体,大口喘气的肺……好吧,你没法说完这样一句话,但是你的内在崩溃了,就像他们在街上放在托盘里卖的惨叫猪①一样。画战场的那帮画家从没有抓住过那种**亲密的**效果。对躺在那里的他们来说是亲密的。白厅的走廊是不知道这种效果的,也许是因为他们——画家们——用的是还活着的模特,或者觉得人体的形状应该是……但是那些不是肢体、肌肉、躯干。它们只是一组深灰色或者土黄色的长条东西。被全能的上帝随手丢弃的?就像他故意把它们从高处丢下来,好让它们更平整地嵌进大地……不错的砾土,那个斜坡,比较干燥,几乎没有什么露水。晚上盖的是……

---

① 惨叫猪是一种二十世纪初时伦敦常见的玩具,是用动物膀胱缝成猪的形状,在口部有一个哨子,一捏就会发出类似人类惨叫的声音。

战场上的黎明……该死的，为什么要讽刺地笑？这就是战场上的黎明……麻烦的是**这场**战争还没有结束。离结束还早。还会有一百一十年九个月零二十七天的仗好打……不行，你没有办法用数字传达出这种无休无止的单调的努力。说"无休无止的单调的努力"也不行——就好像是弯腰去盯着黑色窗帘笼罩下的走廊里的黑暗。在云层笼罩下……迷雾……

想到这里，他的眼睛无比不情愿地重新盯上了照片阴影一样的堑壕上幽灵般的迷雾。他逼着自己把望远镜对准那团迷雾。它们非常奇幻地挤出一张张鬼脸，灰乎乎的，混着黑色的阴影，像死尸身上凌乱的面纱一样垂下来。它们忙着完成一项奇幻而恐怖的任务，在广阔的空间里摆放尸体；寂静，但是一致地，它们完成了不可想象的任务。它们就是德国人。这就是恐惧。这就是黑暗、沉寂的夜里私密的恐惧。卧在避弹壕里，听着身下似乎是矿工十字镐挖掘时的令人恶心的声音：宁静，专注。无比地有威胁——但不是恐惧。

其实这就是对隐私的渴望。当恐惧在午饭的时候袭来，当他在保证他手下的人能够洗上澡，或者当他在战壕里支撑着自己给银行经理写信的时候，他在这些平常的时刻最害怕的就是突然发现自己毫发无伤，周围全是如同慈悲兄弟会①修士一样的人，他们毫不分心地完成自己的工作，几乎从来不注意他……一整面山，一大片土地上，一大群白灰色的长雨衣奔走忙碌，上面的眼孔就是两道

---

① 佛罗伦萨的慈悲兄弟会是创建于一二四四年的慈善机构，一直延续至今，尤其以他们在中世纪瘟疫时期的表现而闻名。

缝。有时会有一个从兜帽的眼缝里望他一眼——他就是个囚犯!

他就是个囚犯,随时会遭到身体的接触——被推推搡搡,被质问。对他隐私的入侵!

事实上,这么说并没有那么过分,没有听起来那么傻。要是德国佬干掉了他——他们前天晚上差一点就做到了!——他们就会——他们那个时候是——戴上各种不同形状的防毒面具。他们肯定是缺防毒面具了,但是他们看上去的确很像肿胀着眼的哥布林①猪,戴着那个头套,上面有对歪歪扭扭的、看起来跟瞎了一样的眼孔,呼吸器或者是通到身上的罐子里的另外那根软管,看起来惊人的像猪鼻子! ……做鬼脸——毫无疑问,是在防毒面具里大喊大叫!

他们出现了,快得吓人,而且还有种好像超自然的宁静,伴随着一阵阵巨响,这些响动是如此巨大,你最后不再能注意到他们了。他们在那里,就好像是在一个把他们从黑暗的骚动中隔开的寂静的玻璃罩之下,在不断升起的照明弹的白光之下。他们在那里,那些已经从洞里爬出来的——戴着兜帽的、警觉得令人惊讶的人影扛着总显得有点业余的长步枪——不过,该死,他们一点也不业余。兜帽和白光让他们看起来像雪中的加拿大猎人。毫无疑问,这让他们看起来越发的魁梧,尤其和我们这边耗子一样的德比郡人相比。哥布林猪的脑袋四下里拱了出来,从弹坑里,从破碎的土地的裂缝里,从旧堑壕里……这片土地已经被一次又一次地反复争夺过了。接着,反攻的人穿过了他的,提金斯自己的这群人。

---

① 哥布林是英国民间故事里矮小、丑陋且凶残的生物。

你可能想到了，一团乱糟糟的人，穿过一群非常乐意让他们通过的乱糟糟的人——那些家伙是接防部队——在一种谁都不知道下面要发生什么的氛围里这些人慢慢地醒悟过来。他们笨拙地越过你，开枪，在一片交织着不知道从哪里来的光柱的黑暗里，而且看起来是在前进，而同时你至少可以满足地想，按照命令，你要往后撤了。在一种质疑的氛围里。发生了什么？还要发生什么？……到底他妈什么……什么……

大块头的炮弹开始落到他们中间，炮弹嘶吼着："吁——吁——日——轰！"有个人给提金斯指出了穿过一大片正在四处乱飞的铁丝网的道路。他，提金斯，当时抱着一大堆纸袋子和书。他们一个小时之前就应该撤退的；或者说德国佬应该再过一个小时才从他们的洞子里钻出来，但是上校之前太……太开心了，就算是太开心了吧。他才不会撤退，不会因为一堆……该死的命令！麦基奇尼那个家伙最后不得不求提金斯下命令——倒不是这个命令有多重要。那些兵连十分钟都撑不下去了。幽灵一样的德国佬那个时候都该进到堑壕里了。但是连队指挥官们都知道师部发出了一道撤退的命令，不用说，在被干掉之前他们把这道命令传达给了他们手下的人。不过，要是营部发出了这么一道命令就更好了，即使没有人能把命令传达到各个连队。它就把被人赶跑变成了正式的战略转移——师部的参谋官们干得真他妈好。他们被安置在漂亮、整洁、崭新的战壕里，都给他们准备好了——就像把棋子放进盒子里一样。对一支快要被从地球表面赶走的败军来说，干得真他妈不错。逼进英吉利海峡里——是什么让他们能够忍受这一切？

到底是什么让那些兵能忍受这一切？他们简直太让人不敢相信了。

有人敲了敲他的腿，轻轻地、怯懦地敲了敲！好吧，他该下来了，这样是在树立错误的榜样。这些优秀的堑壕被非常高效率地挖上了瞭望孔。他自己一直不喜欢瞭望孔。你总觉得会有一发子弹突然穿过它们，顺着望远镜打进你的右眼，也许你没有拿望远镜。不管怎样，你都不会知道……

那边还有三个歪歪扭扭的轮子，连在斜着的车轴上，立在一片迷宫一样散开的铁丝里。这些铁丝挂上了露水，摆出了寒霜在玻璃窗上冻出来的那种繁杂的图样。这边是他们自己的铁丝网——简直就像个村子一样！——他现在越过它们看去。几乎完好无损。德国人在他们丢失的堑壕前面也立起了一些他们自己的铁丝网，大概四分之一英里远，就在那些长眠的凌乱身体上面。中间简直就是一片迷宫，直到前天晚上还是他们的铁丝网。它们怎么可能没有被德国佬的上一轮炮火**全部**轰成碎片？但是那里就立着那么三个挂满霜的玩意——就像精灵的棚屋——杵在两条阵线中间。而且，挂在铁丝里头的，一定会有三团破布和一只很大的、看起来已经被砸扁了的乌鸦。那个家伙是怎么让自己砸成那个形状的？太不可能了。那里还有——同样也挂着一个高高的戏剧化的东西，它仰头看着天，一只胳膊抬起来，就好像沃尔特·司各特①笔下的高地军

---

① 司各特最初以诗歌闻名，后来因历史小说广受欢迎，代表作有《威佛利》《艾凡赫》等。他的书中涉及了早期苏格兰的内战和苏格兰与英格兰的战争，所以提金斯想到他就会想起高地军官。高地指的是苏格兰西北部的山区。

官挥手指挥他的士兵前进的样子,挥动着一把不存在的剑……铁丝会干出这种事来,撑着你摆出滑稽的造型,就算死了也一样!那些该死的东西!士兵们说那是康斯坦丁少尉。很有可能是。前天晚上,他,提金斯,打量了一圈营部避弹壕里所有的军官,都是来开一个临时会议的。他猜测过他们谁会被干掉。鬼气森森的念头!好吧,他们都被干掉了,所以鬼气更重了。但是他的不祥预感没有想到康斯坦丁会被铁丝挂住。但也许那不是康斯坦丁。也许他们永远不会知道是不是。只要旅部警告了他们进攻真的会来的话,德国佬到吃午饭的时候就会攻到他现在站着的地方。但它也许不会来……

作为向这片总体上并没有那么让人兴奋的风光的最终敬礼,他把自己的食指放进嘴里沾湿,然后伸出手指立在空气中。手指的外侧,朝他背后的方向,有股舒适的凉意。清风正朝着对面那帮家伙吹去。这有可能只是一股晨风。但是如果它能再大那么一点点或者只要能一直吹下去,那帮符腾堡①的兵今天一天都不会从他们的避弹壕里出来。他们不放毒气就不敢出来。他们有可能也非常虚弱了——传统上你不会觉得符腾堡人有什么特别的。据说他们是温和、无聊的人,戴着滑稽的帽子。上帝啊!传统统统都被抛弃了!

他落回了堑壕里,红扑扑的土壤,里面混着小块的燧石,还有小小的、粉红色的小圆卵石,近距离面对的时候,它还是个友善

---

① 符腾堡公爵菲利普·阿尔布雷希特(1865—1939),一战时德国西线的著名将领。符腾堡是德国西南部一片区域的历史地名,现在的巴登—符腾堡州的一部分。

的东西。那个准尉副官在说着:"你甭那么干,长官,吓得我都起鸡皮疙瘩了。"他还眼泪嗒嗒地补充了一句,要是一个上级军官都没有了,他们可怎么办。这些德比郡来的士官还真是些怪人!他们试着模仿那些年长的、有经验的士官说话的腔调,他们做不到,但是同时你又不能说他们是一无是处。

是的,这道堑壕的顶端,它是友善的,而且丝毫没有好斗的意思。看着它的时候,你几乎不敢相信它也是这整件事情的一部分——友善!你打量它里面的燧石和卵石的时候感觉很平静,就像躲在格罗比庄园上面高沼地的猎松鸡掩体①里,等着松鸡被赶过来。这种土壤当然和那些掩体里的不一样,那些掩体是用草皮盖的。

不是为了获得什么信息,而是为了看看这家伙到底是怎么想的,他又问道:"为什么?有没有老练的军官又有什么区别呢?只要有超过十八岁的人不就行了吗,不是吗?他们会继续坚持下去的。这是场年轻人的战争!"

"那就没有那种安全的感觉了,长官!"准尉副官这么说。年轻军官们让你坚持穿过铁丝网和炮火没问题,但是在你看着他们的时候,如果他能这么说的话,你不会觉得他们很清楚你这么干到底是为了什么。

提金斯说:"为什么?你们这么干是为什么?"

还差三十二分钟就要到那个关键的时刻了。他说:"那些该死

---

① 狩猎松鸡的时候,猎手一般躲在专门的掩体里等着驱赶松鸡的人把松鸡朝他们的方向赶过来,这种掩体一般是半地下的,用石头或者木头砌成,盖有草皮。

的手榴弹在哪里?"

在砾土里挖出来的堑壕,尽管它橙红色的样子看起来很友善,但这不是什么理想的堑壕,尤其是面对步枪火力的时候。堑壕上有步枪子弹可以穿过来的缝隙,估计是顺着那一片片的燧石周围。不过,在这样一道深深的砾土堑壕里被步枪子弹击中的概率是八万分之一。而他看到可怜的吉米·约翰斯就在他旁边被这么一颗子弹给打死了。所以,这样,他还有差不多十四万分之一的概率。他希望他的大脑不要这样一直不停地算下去。你不注意的时候它就会这么干,就像一条训练过的狗那样,你让它待在房间的一个地方,而它总是更想去另一个地方。它就是喜欢算计。它从门口的地毯一直爬到壁炉前的地毯,眼睛盯着你那什么都没意识到的脸……你的头脑现在就像这样了。像条狗!

准尉副官说:"他们是说过第一批手榴弹给炸没了。在一条排水沟里,在火线后面好远的地方。另外的一批正在送过来。"

"那你最好得吹口哨①了,"提金斯说,"能吹多响就吹多响。"

准尉副官说:"求风吗,长官?让德国佬出不来,长官?"

提金斯抬头看着那块被涂白的鸡冠,给准尉副官上了堂关于毒气的课。他一直**就是**这么说,就像他现在说的一样,那些德国人用他们的毒气把自己给毁了……

他继续给准尉副官大讲关于毒气的事情……

---

① 英文"吹口哨(whistle)"一词有一个用法是 whistle for sth,意思是期望得到某物但是最后得不到。

他衡量着自己的头脑,他对此感到紧张。在整个战争期间,他最担心的是一件事——一次受伤,一次受伤的生理冲击会让他的头脑崩溃。他锁骨后面的地方要挨一发了。他能感觉到那个地方,不是发痒,但是能感觉到跳动的血液稍微有一点发热,就好像只要你用力去想,就能感觉到自己的鼻尖!

准尉副官说,他希望他也能**觉得**德国人已经毁了他们自己,虽然看起来他们快把我们赶到英吉利海峡里了。提金斯给出了他的理由:他们是在赶着我们走,但是不够快,不够快。这就是场我们的消失和他们的忍受力之间的赛跑。他们昨天被风给拖了后腿,他们今天也很有可能要暂缓行动——他们行动得不够快。他们没法一直快下去。

准尉副官说,他希望,长官,你能把这些话告诉当兵的。这才是当兵的应该知道的,不是师部的滑稽剪报①和后方报纸上说的那些玩意。

一把声音出奇甜美的有键军号②——至少提金斯觉得它是把有键军号,不过他几乎什么管乐器都分不清楚。它肯定不是骑兵号,因为附近没有骑兵,甚至连陆军勤务队的人都没有——那么,就是一把军号,声音异常甜美的军号在凉爽、潮湿的清晨发出了声

---

① 这是当时士兵们给师部转发来的《军团情报汇总》起的外号。为了鼓舞士气,这份情报汇总有很多信息都不属实。

② 有键军号是一种发明于十九世纪初的乐器,在军号的侧面钻孔再加上按键,使军号可以吹出两个八度的音阶。

音。号声带来了一阵令人惊讶的温柔。他说:"准尉副官,你想说你的人真的都是该死的英雄吗?我猜他们的确是!"

他说了"你的人",而不是"我们的"或者"那些"人,因为直到前天为止他都只是副指挥官而已——很有可能明天又是了,仅仅是一个什么用都没有的副指挥官,从属于一个组成了惊人小圈子的杂乱集体,他们沉默地联合起来把他看作一个外来者。所以其实他把自己当成了看客,就好像一个火车上的乘客在火车司机去喝一杯的时候负责驾驶列车一样。

准尉副官乐得脸都红了。他说,被正规军军官表扬了,这可不赖。提金斯说,他不是正规军出身的。

准尉副官结巴着说:"难道长官你**不是**当过士兵的吗?手下当兵的都以为你是从士兵提拔上来的。"

不,提金斯说,他不是从士兵提拔上来的。在考虑了一下之后,他补充说,他原来参加过民兵。既然运气是这么安排的,至少那一天手下的兵得忍受他的指挥。他们可以尽量接受这件事情——别吓得肠胃翻腾!当兵的应该对他们的军官有信心,这自然是很重要的,但是具体重要在哪里谁也不知道。这帮人才不会因为有位"绅士"在指挥他们就感到满足。他们连绅士是什么都不知道:一群相当不封建[①]

[①] 封建制度中主要的关系就是领主和依附于领主的佃农,双方各自承担义务、享受权利。在提金斯时代的英国,只有在农业庄园里还会有明显的封建关系残存,庄园绅士所扮演的角色就类似于中世纪的领主,而下文列出的职业都明显是城市居民的职业,自然和封建关系无关。

的人,大多数都是德比兵①、小布店老板、市政税征收员助理、煤气检查员,甚至还有三个歌舞厅的演员,两个布景师和几个送奶工。

这又是另外一种不复存在的传统。不过,他们还是希望能有年长的、更壮实的、有某些知识的人陪着。当过民兵的应该可以满足这个要求!好吧,他就算当过民兵吧!

他看向斜上方被涂了白灰的鸡冠。他仔细打量着它,带着点好玩的劲头。他知道到底是为什么他的头脑一直会坚持要这样想了——在胡桃夹子②区营部避弹壕下面十字镐敲击的声音。士兵们管那里叫敲得好。

他这辈子都很熟悉十字镐在黑暗中、在地下敲击的声音。没有不知道这个声音的北方③人。在整个北方,如果半夜里醒来,你就会听见那个声音,而且它听起来总是像种超自然的声音。你知道那是矿工在矿井工作面,在几百几百英尺的地下敲击的声音。

但正是因为这种声音很熟悉,简直熟悉得令人害怕,久久不散,而安静来得也不是时候。在地狱一样的噪音之后,在听过了那么多噪音之后,他还不得不爬上避弹壕湿滑的黏土台阶——老天做证,如果有一种东西是他因为自己呼吸困难的胸口而憎恨的话,那就是滑溜溜的黏土——他不得不喘着粗气爬上那些滑溜溜的台

---

① 德比兵指的是在爱德华·德比爵士负责征兵工作的时候,即一九一五年五月到一九一五年十二月间志愿入伍的士兵。

② 原文为法文Cassenoisette,根据下文的"敲得好(Crackerjack)"有可能是堑壕中标识为C区的代称。

③ 英国北方有很多矿区。

阶——那个时候他的胸口情况更糟——两个月前!

好奇心逼着他爬起来。毫无疑问,还有恐惧,对作战的巨大恐惧,不是那些一直都有的细碎的挥之不去的担忧。上帝才知道!不是好奇就是恐惧。顶着吓人的声响,这种声响就像数不清的噪音下定决心不要迟到而一起涌过来,同时,大地在晃动,在跳动,在摇动或者在抗议,你不可能很连贯地表达自己头脑里在想什么。所以那有可能是因为冷静的好奇,或者有可能纯粹是因为慌乱,担心自己会被活埋在入口,被结结实实地堵上了的避弹壕里。不管怎样,他从避弹壕里爬了出来,在那里,作为一位被他的主官嫌弃地视为外来者的副指挥官,他非常丢人地闲坐,享用二把手的百无聊赖,他的主官自然有权力让他过成这样。他要在那里坐到主官挂掉,然后,不管主官有多讨厌他,取代主官的位置。这个主官做什么都阻止不了。然而,只要主官还在,副指挥官就只能闲着。他什么工作都没有,因为主官会害怕被他抢走荣耀!

提金斯很得意地想,他一点都不在乎荣耀。他还是格罗比的提金斯,没有人能够给予他什么,也没有人能从他这里夺走什么。他得意地想,他一点都不害怕,死亡、痛苦、耻辱、死后的世界,也几乎不害怕疾病——除了那种窒息的感觉!——但是他的上校戳到了他的痛处。

想到那个上校的时候,他没有什么不愉快的感觉。他算是小伙子[①]

[①] 原文为 boy,英文中的 boys 除了指男孩以外,还指属于某一个特定的社交圈子的男士。这种说法源自英国的私立学校,学校里的学生都被称为 boys,毕业生则为 old boys。

里不错的一个,非常有理由憎恨他的副指挥官——居然真的有这样的职位!但是那个家伙戳到了他的痛处。他把他关在一间摇摇晃晃的地下室里。自然,在一间你听不到自己在想什么的摇摇晃晃的地下室里,你会失去对自己头脑的控制。要是你连自己的想法都听不到,你要他妈的怎么才能知道你自己的头脑都在做什么?

你听不见。屋里还有个在发烧或者弹震症发作或者不知道怎么了的勤务兵——一个文书室里挺受欢迎的勤务兵——睡在一堆毯子上。那天晚上早些时候,文书室的人请求批准把那个男孩扔在那里,因为他睡觉的时候吵得不得了,他们都听不见自己说话了,而且他们还有那么多文书工作要做。他们不知道这个男孩,他们喜欢的男孩,出了什么事。代理准尉副官觉得他一定是偷喝了甲基化酒精①。

马上,**炮击**就开始了。那个男孩在那躺着,脸朝向提灯的灯光,身下是一堆破毯子——也就是军用毛毯——一张白皙的男孩的脸,在强烈的灯光下扭曲,尖叫——冲着灯火大叫各种脏话,眼却闭着。在**炮击**开始两分钟之后,你就只能看到他的嘴唇在动了,什么都听不见。

好吧,他提金斯爬到了外面。好奇还是恐惧?在战壕里你什么都看不见,巨大的声响就像一群发了疯的黑天使一样涌来,宛如实体的声响把你撞得倒在一边……撞得你的脑子也倒在一边,有个别的什么东西控制住了它。你成了自己灵魂的副指挥官,等它的

---

① 一战时,英军士兵配发有固体酒精作为燃料,为防止士兵醉酒,燃料中混入有毒的甲醇。

主官被一发直接命中的四点二英寸炮弹轰成一摊肉泥之后你才能重新接管。

什么都不看见,疯狂的光柱在黑色的天幕上乱窜。他顺着战壕里的烂泥前进。他发现天在下雨的时候整个人惊讶极了,大股大股地下着。你以为自然之力,起码在这种时候,会暂停它们的活动。但是那绝对是在打闪。它们没有!一枚照明弹或者别的什么东西盖过了闪电——也不是什么很厉害的闪电,真的。就在那个时候,他四十五度角扑倒在地,倒在一堆被炮火砸松的泥土上,就在他记得胸墙被木板加固起来的地方。堑壕被轰塌了,和外面的地面一样平。那堆烂泥里伸出了一双靴子。那个家伙是怎么搞成这样的?

完全垂直于正在交战的双方!不过,很自然,那堆土把他埋起来的时候,他正顺着战壕跑。不管怎么说,全给埋起来了。乐于助人的照明弹给提金斯照出了和他的左手齐平的位置上的一堆还在冒烟的碎片。在强烈的风中,白烟和地面平行飘散,其他的一小团一小团的烟雾很快也加入了其中。照明弹熄灭了。有东西过来了。有个东西砸中了他的脚,砸到了他靴子的鞋跟位置。不是那么难受,脚底一痛,像被扇了一下一样。

这让他反应过来,在种种声响下,现在这里没有了胸墙。他回到堑壕里向避弹壕走去,在黏糊糊的泥土里打着滑。铺路的木板已经完全陷进泥土里去了。在这场战争里,湿滑的泥土是他最恨的东西。再一次,又一颗照明弹来帮忙,但是堑壕这么深,什么都看不见,只能看见一个人的背影。

提金斯说:"如果他受伤了……就算他已经死了,我也应该把他拉下来,然后授予他维多利亚十字勋章①!"

那个人影滑到了堑壕里。他用的是训练时的标准动作,飞快、全神贯注,他把两排子弹塞进了一杆准确地稳在装弹角度的步枪里。在周围巨响的一个空当里,那就像房屋墙壁上的一道裂缝,他说:"上头没法装子弹,长官,烂泥会弄进弹仓里的。"他又变成了仅仅是一个坐起来的人的一部分,让人看到的只有他身上还没有涂满烂泥的部分。那颗照明弹熄灭了。又一颗,加强了那种亮得晃眼的效果,就在头顶。

转过下一道交通壕,走过他们避弹壕的入口,那里有张专心的脸,一个小个子的尉官②,抬头盯着照明弹的光芒,一只胳膊肘靠在堑壕的一个缺口上,小臂朝上举着,暗示着——专心的脸暗示着灵魂的苏醒!在巨响的又一个空当里,这个小个子尉官解释说他必须要节省照明弹。整个营都缺照明弹。同时,计算好时间,保持一直有光照也不容易……这太不真实了!德国佬刚刚开始攻过来。

他朝上举着的手的一根手指一动,这个小个子的尉官扣动了朝上举着的照明弹枪的扳机。一秒钟后,更炫目的光亮从上空降了下来。这个尉官想把笨重的照明弹枪指向地面,相当费劲地——

---

① 维多利亚十字勋章是英联邦最高级的军事勋章,奖励给作战勇敢的人,由国王和女王亲自颁发,在一八五六年由维多利亚女王提议授予。

② 尉官是英国陆军中上尉以下军官的统称,很多时候这类低级军官都是由非英国本土公民担任的。

对这么一个小个子而言！——准备重新填装这把硕大的枪械。一个非常勇敢的孩子——名字叫阿兰胡德斯，马耳他人，要不就是葡萄牙人，或者黎凡特①人——祖上是。

照明弹枪往下指，让人注意到他的小脚旁边其实蜷着一堆圆柱形的死掉的穿着卡其布的肢体。不需要什么巨响声中的空当你就能明白他的装弹手死在了那里。提金斯打着手势，把照明弹枪从他的手里抢过来，让这个尉官——他刚从英格兰过来两天——明白过来他应该去找点酒喝一杯，还要找几个担架兵来，因为那个人可能还没有死。

不过，他死了。当他们稍微挪动他，以便给提金斯巨大的靴子腾地方的时候，他的胳膊掉在烂泥里，本来盖在他脸上的头盔翻面朝天。他就像个人体模型，不过没有那么僵硬，还没冷。

提金斯像埃文河畔诗人②孤独的雕像一样立着，因为给他搁手臂的台子太低了。战地交响乐队现在开始演奏起**所有的**铜管乐器、**所有的**弦乐器、**所有的**木管乐器、**所有的**打击乐器。乐手们把装着马掌的饼干罐子扔来扔去，他们把一袋一袋的煤炭倒在破口的铜锣上，他们推倒了四十层高的钢铁大厦。歌剧交响乐的渐强有多滑稽这就有多滑稽。渐强！……渐强！渐渐渐渐渐强……**一定是英雄**

---

① 这是对地中海东部地区的旧称，大致是现在的以色列、约旦、巴勒斯坦、叙利亚和黎巴嫩五国所在的地方。

② 指莎士比亚。这句话里提到的塑像应该是伦敦莱斯特广场的莎士比亚塑像，那个塑像的造型是莎士比亚一手托腮，弯腰靠在一个低台上。

就要登场了！他没有！

还是像正在沉思如何创造，比如说，科迪莉娅①的莎士比亚，提金斯靠在自己的架子上。时不时地，他会扣动那把大手枪的扳机；时不时地，他会把枪把靠在堑壕的上沿，再把一发照明弹塞进去。如果有一发卡住的时候，他就再拿一发。他发现自己维持了一段相当稳定的照明。

英雄来了。自然，他是个德国佬。他冲了过来，手脚并用，像只大山猫。他撞到了背墙的上沿，掉进堑壕里砸到了死尸上，双手搭在眼睛上，又蹦了起来舞蹈着。提金斯故意地抽出了他的大堑壕刀，而不是左轮手枪。为什么？屠夫的本能？或者是试着想象他自己是和一群埃克斯莫尔的猎鹿犬在一起。那个人，从背墙上沿弹开的时候，肩膀重重地撞上了他。他被激怒了。看着那个手舞足蹈的德国佬，他举刀对着他，试图想起"**举起手来**"用德语怎么说。他想那应该是 Hoch die Haende！他在找德国佬肋部有什么好地方。

他的外语冒险最后证明是多此一举。那个德国人把双臂一扬，他的——打得稀烂！——脸朝向天空。

总得那么戏剧化，弗里茨表兄②！太戏剧化了，真的。

他倒了下去，垮进了他肮脏的靴子里。糟糕的靴子，都是皱

---

① 莎士比亚悲剧《李尔王》中的角色。她是李尔王的小女儿，在整场戏剧的开场，她因为把对父亲的爱比作对盐的爱而被驱逐。

② 弗里茨表兄是一战时英国人给德国人起的绰号。

巴巴的,到小腿肚都是皱的!但是他没有说"皇帝万岁"①,或者"德意志高于一切"②,或者任何永别的话。

提金斯又放了一发照明弹,重新在枪里装了一发,然后,他蹲在那个德国人脑袋上,大腿下侧都泡在了泥里,双手的手指摸在他脑袋下面。他能感觉到大声的呻吟给他的手带来的激动。他松开了手,犹犹豫豫地摸起了他的白兰地酒壶。

但是交通壕的另一头有一堆糊满了泥的人。巨大的声响小了一半。那是来抬尸体的担架兵。还有那个小得出奇的阿兰胡德斯和他的新装弹手……那时他们还没有这么缺人!叫喊声顺着堑壕传了过来。不用说,还有别的德国佬混进来了。

声响小得只有三分之一了。颠簸的渐弱。颠簸!一袋一袋的煤炭继续带着规律的节奏顺着楼梯滚下来,相比而言,血腥玛丽③的声音更无规律,就在堑壕的背面,或者感觉是这样。你可以打个比方,它的声音震动了整个剧院,还有其他的海军大炮或者别的什么大炮,在不知道的地方。

提金斯对担架兵说:"先把那个德国佬送走。他还活着。我们的人已经死了。"他已经死得不能再死了。虽然在脑袋的位置上有一摊东西,但是他没有了脑袋,在弯腰蹲在德国人头上的时候,提

---

① Hoch der Kaiser,德语。

② Deutschland über alles,德语。

③ 海军大炮的名字。按照英国皇家炮兵博物馆的记录,从十九世纪的布尔战争开始,海军就有大炮被称作"血腥玛丽"。

金斯已经发现了,他没有你能叫得上脑袋的东西。那是怎么回事?

阿兰胡德斯回到了他在堑壕顶旁边的位置,他说:"你太他妈冷静了,长官。太他妈冷静了。我从来没有见过刀抽得那么慢的!"他们看到了那个德国佬跳的整场肚皮舞①!那个可怜的家伙一直被好几把步枪和这个年轻人的左轮手枪指着。如果不是担心会打到提金斯,他们本来有可能会再朝他多开几枪。好几个德国人在不同的位置跳进了这个区域的堑壕里,就跟三月兔②一样疯!那个家伙两眼都中了枪,这个事实让小个子的阿兰胡德斯尤其害怕。他说,想到自己会瞎掉,他就会发疯。因为要是他阿兰胡德斯的美貌不再,巴约勒一个茶店里的姑娘就会被威尔特郡步兵团一个叫斯波福斯的家伙抢走。一想到这个,他绝对连说话都带上了哭腔,然后他告诉了提金斯,上头认为这次是假警报,他的意思是这是一次佯攻,想要把不知道在何处的主攻方向的部队调走。那么,肯定有个别的什么地方打得尸横遍野。

看起来就是那样。因为几乎就在一瞬间,所有的大炮都安静了下来,只剩下一两门炮还在嘟嘟囔囔……那么,这一切都只是为了好玩!

好吧,他们现在离巴约勒他妈的相当近了。再过一两天他们就要被赶到它后面了。一直奔向英吉利海峡。阿兰胡德斯想看他的

---

① danse du ventre,法文。

② 春天是野兔的繁殖季节,野兔会互相追逐翻滚,跟发疯一样。所以在英语中用三月兔(March hare)来指发疯的人。

姑娘得赶快。这个小混蛋！他为了他的姑娘透支了自己该死的小账户，结果提金斯不得不担保他的透支——其实，他自己也没钱给他担保。现在那个小混蛋有可能还要透支更多——而提金斯就不得不担保越来越多的透支。

但是那个晚上，当提金斯下到他自己那一间酒窖的黑暗沉寂中时——在那个时候，他们已经真的待在酒窖里了，酒窖延伸出去好几百码，头顶是石灰层，里面还夹杂着泥土尤其胶黏、烦人的黏土层——他觉得他长满虱子的破被窝下面传来的十字镐声几乎让人无法忍受。他们很有可能是我们的人，很明显是我们的人。但是这也没有多大的不同，因为，很自然，如果他们在那里挖，他们就会吸引德国人的注意，而德国人说不定就在他们下面挖着破袭地道。

他的精神变得很糟糕，就因为这场该死的**袭击**——就是为了好玩。他知道他的精神情况很糟糕，因为〇九摩根的鬼魂来拜访他了，那是个头被敲碎的家伙，而且就死在他的，提金斯的，手里，就在提金斯刚刚拒绝他回家探亲，省得他被一个和他的，〇九摩根的，老婆搞在一起的拳击手打死之后。是很复杂，但是提金斯希望那些挨了一发，要倒在他身上的家伙，会选择别的部位而不是他们的脑袋去挨一发。倒在他肩头的倒霉德国佬，给他的惊吓现在还在动摇他的整个身体。按照战争法则，那个时候，他早就该跑回自己的前线。当然还有精神上的冲击。那个家伙看起来绝对像世界末日里的角色，他白灰色的手臂和腿大张开……还有，那就是件愚蠢的事，没有任何真正的战斗目的……

那道单薄的浪头，排成浪头的白灰色物体，最多只有十来个冲进了堑壕里——提金斯知道这点，这是因为他戏剧化地举着把左轮手枪，带着一帮人，其实那帮人更应该做的是把那个倒霉德国佬抬走，结果他不得不等了半个小时才有人去管他——带着那些身上像揣桃子一样揣满了米尔斯手榴弹的人，他转过了好几条交通壕，左轮手枪先伸过去，也穿过了足够多的残留毒气，致使他的肺不舒服——就像个孩子在玩"我发现"①一样！就像那样——但最后只发现了几堆大兵围着不幸的东西站成一圈，那些不幸的东西要不是带着恐惧、雨水和汗水瑟瑟发抖，就是因为他们那场小跑而大口大口地喘气。

那么，这道白灰色东西的浪头，为了好玩而牺牲，目的是……目的最……最终是……那么……

一个声音响起，就在他的行军床下，那个人应该说的是："给上尉拿根蜡烛……"就像这样！一场梦！

对一个刚刚迷迷糊糊睡过去的人来说，这并不是想象中那么大的惊吓。不像梦见自己掉下去那么吓人，但是同样让人清醒。他的大脑继续着，那个句子……

冲到壕沟里的那几个德国人就是为了战略这种愚蠢的乐子而牺牲的，很有可能。愚蠢的！当然，打着蜡烛挖地道还挺像德国

---

① "我发现（I spy）"是常见的英美儿童游戏，参与者先四处看，在心里选定一件事物，然后说"我发现，那个东西是什么什么字母开头的"，其他人来猜。此处提金斯应该是说自己试图弄清战局的努力就像一个玩这个游戏的四处看的孩子。

鬼子会干的事情。过时得就像尼伯龙根①一样,多半是矮人!他们为了把那道稀薄的人浪送过来,可是动用了不少火炮——很多!**非常多!** 这的确是一次相当厉害的**炮击**。说不好打了一万发。那么,在战线的某个地方他们肯定大举佯攻了。**巨大的**人流、涌动的人浪,还有两三万发炮弹,就像是好几英里长的滩头,大海狠狠地冲击着它,而这只是大举佯攻。

那不可能是真正的进攻,他们的春季攻势还没有准备好。

那肯定是为了打动某个蠢货——某个在瓦拉几亚、索非亚,或者小亚细亚②的蠢货,或者白厅,那也很有可能,要不然是白宫!也许他们干掉了不少美国佬——这样他们在大西洋两岸就都很受欢迎了。毫无疑问,到现在,整支的美国军团就布防在战线的某个地方。到现在!可怜的家伙们,这么晚才落进这场愈发惨烈的地狱煎熬里。愈发他妈的惨烈——刚才那次小打小闹的声响恐怖之处远远胜过了,比如说,一九一五年的一次大战。那个时候就参加进来,然后习惯了还是好些——前提是漫长的交战还没把你折磨得崩溃。

可是能为了打动什么人——但是谁又会被打动呢?自然是我

---

① 自十二纪就开始流传于日耳曼神话中的人物,有多种身份,在瓦格纳的歌剧《尼伯龙根的指环》中,尼伯龙根是矮人中的一族。

② 瓦拉几亚是成立于中世纪的东欧公国,十九世纪成为罗马尼亚的一部分。索非亚应该是指的保加利亚的首都索非亚,而小亚细亚应该指的是土耳其。在一战中,罗马尼亚与英法同盟,属于协约国一方,而保加利亚和土耳其则和德奥同盟,属于同盟国一方。

们那些在铺着焦炭垫层的地板和红木门之间跑来跑去,脑子就和炖桃子一样的立法者——可能会被打动,你别老押韵①!——或者,当然,我们自己的立法者也可以在别的什么地方来一小场同样愚蠢的漂亮的大举佯攻,为了打动某些同样不可能被打动的人——那么,这就是最终的答案了!不过,再也没有人会被打动了。我们都领教过彼此的手段了。所以这只会让人觉得厌倦。

深深的黑暗里相当安静。在下面,十字镐们继续着它们在彼此耳中邪恶的密语——真的就像是那样,就像孩子们堆在教室的角落里小声说老师的坏话,一个接一个——女孩们,比如说——咚,咚,咚,一把十字镐低语说。咚?另一把十字镐压低声音问道。第一把说咚咚咚。然后**砰**……然后是打破节奏的沉寂,就像你听人打字的时候,那个年轻姑娘要停下来,重新放一张纸进去……

白厅里的漂亮年轻姑娘们很有可能是听着口述,在方方正正、带皇家徽章的热压花纸上,打出了这次**袭击**的方案。因为,很明显,这道命令来自白厅,还是直接来自菩提树下大街②差别不大。我们有可能也在沃洛格达③发起了大举佯攻,目的是为了让德国佬在佛兰德④来一次反佯攻。巴不得可怜的老泡芙⑤脖子上挨一发。因为他们还在试图毁了可怜的泡芙将军,阻止统一指挥——他们

---

① 原文中的前一句的"地板(floor)"和"门(door)"押韵。
② 柏林市中心的一条著名大道。
③ 俄罗斯的东部城市。
④ 历史地名,大致位于现在比利时的法语区。
⑤ 老泡芙是指挥提金斯所在团的指挥官佩里上将军的绰号。

还不如希望我们在反佯攻里损失了足够多的人,以至于整个国家都要嚷嚷着从西线撤军——如果他们能让五十万我们的人去送死,也许整个国家有可能……他们,不用说,肯定觉得这值得一试。但是这太让人厌倦了,白厅里那帮家伙从来不肯汲取教训。菜帮子脑袋兄弟①也一样。

在老泡芙的军队里真不错。不错,但是令人厌倦。通风良好的办公室里的打字机前的年轻漂亮的姑娘们,她们还戴纸袖套防止袖子沾上墨水吗?他会问问瓦伦……瓦伦……温暖又宁静……在这样一个晚上……

"给上尉拿根蜡烛!"他的行军床下面传来一个声音!他猜那个上尉鬼子肯定是个近视眼,眯着眼睛检查一根填塞导火索②——前提是他们也用填塞导火索,或者军队里也这么叫那个东西!他看不见那个上尉的脸或者他的眼镜,他也看不见那个人手下的脸。视线不能透过他的破被褥和小腿!他们紧紧地在隧道里挤成一团,白灰色的长条堆成一堆——好大!就像澳大利亚土著吃的那种蛆一样——恐惧攫住了他!

他在破被褥里坐起来,冰冷的汗水往下掉。

---

① 菜帮子脑袋(Boshe)是法国军队在一战时称呼德国人的绰号,这个词据说是短语 tête de boche(菜帮子脑袋)的简写,而 boche 一词又源自 caboche,意思是脑袋,或卷心菜。
② 爆破术语。在一战中,隧道挖掘好之后会布置好大量的炸药,然后在炸药之后用土覆盖装药室,制造一个密闭空间以增大爆炸效果,英文中把这个过程就称为装药填塞(tamping)。

"朱庇特在上，我完了！"他说。他觉得自己的大脑正在崩溃，他疯了，而且还在看着自己走向疯狂。他拼命地在大脑里找一个还能思考的问题，这样才能向自己证明他还没有疯。

第二章

有键军号异常清晰地向晨光倾诉:

> 我认识一位姑娘,美丽又善良
> 从来没有过脸庞
> 如此打动我的心

听到这首十七世纪的小调,像是突然有一股愉快的清风拂过,音乐赋予风光的色调被提金斯完完全全地感受到了——赫里克和普赛尔^①！——或者也有可能是现代人模仿的，也不错。他问道："什么东西那么吵，准尉副官？"

准尉副官消失在涂满烂泥的麻袋门帘之后。那里有间警卫室。有键军号说着：

美丽又善良……
美丽又善良……
美丽又善良……

声音大概是顺着堑壕从两百码外传来的。那首十七世纪的小调以及回想起的那些精准、安静的字眼给了他令人惊讶的愉悦——也许他没有把那些字全记对。不管怎样，它们是精确、安静的。在灵魂之下起作用就像黑暗中坑道兵的十字镐一样有效。

准尉副官回来了，带回了不言自明的消息，说是格里菲斯九号在练习他的短号。麦基尼奇上尉跟他保证了吃完早饭要听他吹曲，要是觉得他吹得好，就举荐他参加师部文艺会演，晚上在音乐会上表演。

提金斯说："好吧，那我希望麦基尼奇上尉喜欢他！"

---

① 一八七五年的一本书中，这首歌谣的作者被认为是十七世纪英国著名诗人罗伯特·赫里克，曲子则是由爱德华·普赛尔谱写，不过并无定论。这首歌谣在著名的英国诗歌选集《牛津英国抒情诗选》（一九一九年版）中也有收录，和福特引用的略有不同，前四句为"有一个姑娘甜美又善良 / 从来没有过脸庞如此打动了我的心 / 我不过见到她走过 / 却要爱她直到死亡。"

他希望麦基尼奇，连同他的疯眼睛、遭瘟的口音，他会喜欢那个家伙。天上阳光正准备给这片大地涂上黄色的清漆，那个家伙把十七世纪的氛围洒在了这片土地上。可能十七世纪会救这家伙一命，因为他有好品味！他多半可以逃过一劫。他，提金斯，会准备一张为音乐会去师部的通行证给他，这样他就可以逃过**袭击**了——也许在旅部警告说要来的那场**袭击**之后，他们一个人都活不下来——还有二十七分钟，离现在！三百二十八个战士面对——比如，一个师。随便什么大得吓人的数字——好吧，十七世纪至少能救一个人吧！

十七世纪还剩下什么了呢？赫伯特、多恩、克拉肖，还有西留尔诗人沃恩①，都去哪了？甜美的白日，如此清凉，如此安宁，如此明亮，这是天地的婚宴②！——朱庇特在上！就是这个！老坎皮恩在大本营引用过这两句，穿着他红色和金色，像只鹦鹉一样耀眼的少将制服。好多年前了。或者是在好几个月以前？或许"但在我背后我永远听到时间生翼的战车匆匆迫近③"才是他引用的？

不管怎样，对个老将军来说，这都干得不错！

他想知道那堆优雅的浅黄、鲜红和金色的集合体现了怎样……

---

① 乔治·赫伯特、约翰·多恩、理查德·克拉肖，还有亨利·沃恩都是十七世纪英国著名的诗人，因为他们的诗歌想象诡谲、意象晦涩，在文学史上他们被统称为"玄学派诗人"。不过，他们的诗歌风格并不完全一致。
② 赫伯特的《绿野》一诗的前两行。
③ 出自另一位著名的英国玄学派诗人安德鲁·马维尔（1621—1678）的名诗《致他害羞的情人》。

不知怎的，他总是觉得坎皮恩穿的是浅黄色，而不是卡其色，他散发出如此多的光芒——坎皮恩和他的，提金斯的，妻子一起散发着光芒——她穿着件金色的礼服！

坎皮恩快到这些地方来了。他没有更早来，这挺让人惊讶的。但是可怜的老"泡芙"，还有他被削弱得不得了的军队干得太好了，没人能代替他。就算有个恨他的部长这么要求都不行！他真棒！

他想起来，如果他今天——就说"挨了一发"吧，坎皮恩多半会娶他的，提金斯的，遗孀——西尔维娅，穿着一身绉纱，也许有那么点白色！

那把短号——那很明显不是把有键军号——说道：

她走了过去……
我只不过看见……

然后停下来想了想。过了一会儿它又沉思地加上：

而现在我爱她……
直到我死去

那说的几乎不可能是西尔维娅。但是，也许穿着绉纱，带着点白色，非常高挑，走过——比如说，在一条十七世纪的街道上。

英格兰唯一令人满意的时代！——但它在今天又有什么机会呢？或者，再进一步，明天。有机会的意思是，像莎士比亚的时代那样有机会,或者伯里克利!或者奥古斯都①!

天知道,我们才不想要什么滑稽的鼓声欢迎,就像那些伊丽莎白时代的人敲奏的——和接受的一样,像马戏团里的狮子。但是宁静的田野、国教圣徒、准确的思维、长满叶子且树枝粗壮的篱笆墙、慢慢爬动的犁,还有耕过的土地顺着缓坡延伸,这些又有什么机会呢?不过,土地会留下。

土地会留下,它会留下!就在这个时刻,黎明伴随着湿漉漉的空气来临。遥远的地方在乔治·赫伯特的教区,它叫什么名字?它到底叫什么名字?噢,见鬼!就在索尔兹伯里和威尔顿之间,那间小教堂,但是他拒绝去想那些耕地,那些密密的树林,还有教堂上方漫漫的大道,黎明在这个时刻伴随着湿漉漉的空气来临——直到他能想起那个名字——他拒绝去想,有可能直到今天,那片土地都伸向——孕育出了一代代的——国教圣徒。那个宁静的小地方!

但是除非他能记起那个名字,否则他什么都不要想……

他说:"那些该死的米尔斯手榴弹送过来了吗?"

准尉副官说:"再过十分钟就该到了,长官。A连刚打电话来说他们正在往这边送。"

这多少算是个失望,再过个把小时,没有那些手榴弹,他们可能就都被解决掉了,像十七世纪一样安静:在天堂——现在,那些该死的手榴弹在那之前就得炸响!结果就是,他们可能活下来——

---

① 伯里克利(前495—前429),古希腊的政治家,他领导雅典的时代被称为"伯里克利时代"。奥古斯都(前63—14),罗马帝国的创建者和首位罗马皇帝。

那之后他提金斯又要做什么！服从命令！简直想起来就……

他说："再过一个小时那些该死的蠢德国佬就要攻过来了，旅部说的。把那些该死的手榴弹分出去，但要在库房里留够紧急备用的量，万一我们要进攻呢，就留个三分之一吧，给C连和D连。告诉副官说我要把所有的堑壕走一遍，要助理副官、阿兰胡德斯，还有勤务下士科利跟我一起。等到手榴弹确实来了就走！我可不想让士兵觉得他们连手榴弹都没有就得去挡住一次德国佬的攻势。还有十四分钟他们就要开始炮击了，但是在准备完多得吓人的火力之前，他们是不会真攻过来的。我可不知道旅部是怎么知道这些的！"

伯马顿这个名字突然跳到他的舌尖上。是的，伯马顿，伯马顿。伯马顿就是乔治·赫伯特的教区的名字。伯马顿，就在索尔兹伯里城外——我们这个民族的摇篮，至少是我们这个民族里值得回忆的部分的摇篮。他想象自己站在一座小山丘上，一位身材消瘦的做沉思状的牧师，看着大地沿着缓坡向索尔兹伯里教堂的尖塔延伸而去。一本大大的装订粗糙的十七世纪的《圣经》，希腊文的，就拿在他手上——想象在一座小山丘上直起身来站着！在这里是想都不能想的事情！

准尉副官正在哀叹，有点厌倦地，德国佬要来了。

"他就知道那帮王八蛋德国佬，对不起，长官，有可能今天早上要攻过来，让我们歇了歇，还有机会弄干净了点……"他的语气就是一个已经不抱希望的学童说校长**可能**会在女王生日那天给全校放个假。但是那个人对自己马上要面临的毁灭究竟有什么想法呢？

那是个无法回答的问题。他，提金斯，被人问过好几次死亡是什么样子的。有一次是在一辆停在一座桥下的运牲畜的卡车里，就在一个红十字伤员运输站旁边，一个叫佩罗恩的倒霉家伙问他的，就在那个叫麦基尼奇的麻烦的疯子面前。你觉得就算一个负责调令的军官也能有办法把这三个人用别的方法送到前线去吧。谁都知道佩罗恩原来是他妻子的情人。他，提金斯，意志相违地被任命为这个营的副指挥官，而这是麦基尼奇想得要疯了的职位。而且，事实上，他的确该得到任命。他们根本就不**该**被一起送上前线。

但是他们就在那里——佩罗恩崩溃了，主要是因为想到他再也不能见到他的，提金斯的，妻子穿着一件金色的礼服了——除非，也许是，手扶一把金色的竖琴立在云端，因为他看事情就是这样的。而且，很有可能，一等到行李车——那是辆行李车，不是运牲畜的卡车！——卸完了押运兵押着的逃兵，还有那三个法国当局硬塞到他们手上的受了伤的交趾支那①巡道工——他们三个究竟是在往哪里走来着？很明显是上前线，而且已经相当接近了——快到师指挥部了。但是哪里？上帝知道？或者是什么时候？也是上帝知道！那天天气还行，没有化完的雪稀稀拉拉地铺在砍下的枝条之间，知更鸟在上面的砍剩的光树桩上叫着。那就是二月——就算是情人节那天，这当然又会让佩罗恩更难受——好吧，就在行李车一卸完，那些一直呻吟的伤兵，还有那些害羞的押运兵，他们不确定在军官的面前是不是应该对那个逃兵礼貌点，而那个逃兵又一直反抗地——或者说心碎地，反正也看不出区别来——问着

---

① 指越南南部、柬埔寨东南方的地区。

押运兵他们的姑娘人品如何，要不就是不用人问就说出**他与姑娘的亲密行为**。那个逃兵是个像吉卜赛人的、黑眼睛的家伙，有张大大的粗鲁的嘴。押运兵是一个下士和两个士兵，金发、红脸的东肯特人，他们的扣子和铜编号被擦得相当亮，还打着很漂亮的绑腿：很明显是正规军，从后方来的。那些交趾支那人有分不清的黄色宽脸盘、棕色的诗意的眼睛，穿着翻毛长靴，蓝色的翻毛兜帽盖在包扎过的头和脸上。他们坐在那里，倚在车厢的一边，时不时地呻吟一声，不过，一直都发着抖。

他们一从次级铁路输军官助理在铁路桥边的铁皮棚子出来，那个叫佩罗恩的家伙——裹得厚厚的，有张黧黑的伪印度教徒的脸——就咕噜咕噜问了一堆问题，提金斯觉得来世是什么样子，死亡的本质又是什么，还有毁灭的过程，慢慢死去……在佩罗恩的问题之间，麦基尼奇操着他那口别人说不出的语调，转着一双和猫一样疯的黑眼睛，质问提金斯他怎么敢让人把他任命为他的，麦基尼奇自己的营的副指挥官。"你不是个战士，"他大吼着，"你觉得你他妈的是个步兵战士了吗？你就是个饭桶，我的营会变成什么样子……我的……我的营！我们的兄弟营！"

那还是在二月，大概是，而现在大概是四月了。黎明天亮的样子看起来像四月——这又有什么重要的？——那辆该死的大卡车在桥下面等了两个半小时——这场无尽的等待的过程就叫战争。你闲晃着，闲晃着，蹬了你的脚后跟，又蹬了你的脚后跟，等着米尔斯手榴弹送上来，要不就是等果酱，或是将军们，或是坦克，或是运输车，或是等前面的道路放行。你在办公室里，在瞌睡分分的勤务兵眼前等着，在运河河岸的炮火里等着，你在酒店里、避弹壕里、铁皮棚里、毁掉的房子里等着。没有一个国王陛下的武装力量的幸存者能够忘记那些无穷无尽的连时间自己都停下来了的时光，那才是该死的战争真正的形象！

好吧，至少那次，安排了一场刚好足够久的等待似乎是天意，让提金斯可以劝服那个叫佩罗恩的不开心的人，死亡并不是一件很恐怖的事情——他有足够的权威知识让那个用发胶把头发压下去的家伙相信死亡是带着自己的麻醉剂的。那就是他的论点。死亡即将降临的时候，所有的感官都是如此麻木，你既感觉不到痛，又感觉不到害怕——他还能听见那些沉重、权威的词，那些他当时用过的词。

佩罗恩的天意！因为，第二天晚上，在上堑壕被埋住了之后，等他被挖出来的时候，他们说他脸上还有像小婴儿那样的笑。他不用等太久，而且死的时候脸上还挂着小婴儿那样的笑。在他活着的时候，从来没有什么东西跟他这么称，就像……对，就像一个相称的笑！活着的时候，他看上去是个忧心忡忡、挑三拣四的家伙。

佩罗恩还不错，但是他，提金斯，会怎样呢？那样的事情是天意应该给人的安排吗？这是引诱上帝惩罚你！

他旁边的准尉副官说："那样的话，人就可以挺身站在一座山丘上。你想说的是，长官，你觉得一个人应该能够挺直了身子站在一座该死的小山上……"

看来提金斯把心里想的话说给那个代理准尉副官听了。他不记得自己给这位士官说了什么，因为他的脑子里全都是佩罗恩的相貌。他说:"你是林肯郡人,对吧?你来自一片潮湿的平原。你想站到山丘上干什么?"

那个人说:"啊,但是你**会想的**,长官!"

他接着说:"你想要站起身来!朝四周看看……"他不知道该怎么说了,"就好像你弯腰弯太久了,想要深深地吸一口气一样!"

提金斯说:"那,你在这里就可以,小心就行。我刚刚就这么做了。"

那个人说:"你,长官,你可是不一般的人!"

这是提金斯军事生涯里遇到的最大的惊诧,也是他最大的回报。

所有这些神秘莫测的人,其他的士兵,一团棕色的物质,都散布在地下,就像砾土里的黏土层,在这块太阳即将要晒暖和的起伏的大地下面。他们在洞里,在隧道里,在麻布门帘后面,过着……过着某种生活,交谈着,呼吸着,渴望着。但是完全秘不可知,总是一个集体。时不时地,你可以瞥到一点热切的渴望:"一个人应该能在一座该死的山丘上挺直了身子。"时不时地,你会发现——尽管你知道他们永远在看着你,还知道你睡梦中最细微的动作——你发现他们是怎么看待你的暗示:"你可是不一般的人!"

这绝对是英雄崇拜。一个代理准尉副官,对他的工作任何真正的了解都没有,边干边学,不久以前还是东部平原上的一位邮递员,这样的人夸奖自己的代理指挥官,说他和平常人不一样,肯定是在不无奉承地阐明心意:一份证明,说到底,一份值得相信的证明。

现在,他们正从麻布门帘后爬出来,走进日光里。他昨天晚上从C连转到D连的六个士兵,因为D连官兵总共只剩下四十三人。他们拖着脚步走了出来,一堆浑身淤泥、七长八短的士兵,简直就是福斯塔夫①的队伍,在堑壕里歪歪扭扭地排起了队,拖着脚往这边挪一英寸,再往那边挪一英寸;把头盔的颚带扯上去,把头盔的颚带拉下来,矮下肩一耸把背包背到了背上,理了理他们的水壶,然后终于多少站定了,他们的步枪从他们的背后伸出来,基本上对齐了。在这个小小的连队里,就有各种身量的人,各种身体上的不同和可笑的缺陷。他们中有两个是杂耍剧院里演喜剧的,而这群人看起来就好像是一帮演滑稽剧的——破调②军队开工的样子,一点不假。

准尉副官命令他们立正,他们前后摇了摇。准尉副官说:"指挥官看着你们呢。上刺刀!"

然后,一点都不假的,一个头藏在布丁盆里的矮人在泥地里向前挪了一步半,枪口从他弯曲的双膝之间伸了出来,他把头猛地一扭,顺着那条细细的线看下去——就像一个模糊的童话!为什么那个矮人要摆出一副能干、专业的士兵样子?因为绝望吗?这太不可能了!

士兵们晃来晃去,就像大风吹过长草地边缘时不停摇动的草浪。他们把手探到身体另一边去摸刺刀把,就像女人们费劲折腾

---

① 约翰·福斯塔夫爵士,莎士比亚名剧《亨利四世》中的角色,他体形肥胖,邋遢滑稽又胆小怯懦。第三幕有一场戏就是福斯塔夫带着一队人滑稽地从酒馆里列队而出迎接黑王子。

② 破调起初是美国流行音乐的术语,指一种大量使用切分音的曲调。一战时期这个词广泛地出现在各种战地小调中,用来指破破烂烂、毫无组织的样子。

她们的裙子。那个矮人用手在身侧重重一拍,就像军队里常说的那样。那些士兵把步枪提起来排整齐了。提金斯大喊了声:"稍息,稍息。"声音几乎听不见,然后带着不可控制的厌烦大吼了一声,"看在**上帝的**分上,把你们该死的帽子给我理整齐!"士兵们紧张地动了动,因为这可不是他们熟知的命令。提金斯又解释说:"不,这不是什么操练口令。你们乱七八糟的帽子弄得我浑身不舒服!"士兵们的低语顺着队列传开了:

"你听那个军官说啥了,弄得他浑身不舒服,是我们!我们又不是领着姑娘在公园里溜达……"不过,他们还是互相扭头朝上看了看彼此头盔的边缘,然后说道:"帽子再往前拉一点,贺拉斯。你把你的马笼头①拉紧点,赫伯!"他们兴高采烈地打着趣,并毫不羞耻地说着粗话,他们刚刚休完三十六小时的假。有个家伙大声哼唱起来:

> 我顺着布洛涅森林漫步,
> 带着那独立的神情,
> 我的轻手杖啊,你们这帮家伙!②

提金斯问他:"你听过科博恩唱那首歌吗,伦特?"

---

① 指头盔的颚带。
② 这是一首名为《让蒙特卡洛银行破产的男人》的滑稽歌曲,由英国著名的杂耍剧院歌手查尔斯·科博恩(见下文)演唱,直到二十世纪二十年代都很流行。

伦特回答说:"听过,长官。他在老德鲁里①滑稽剧里演唱的时候我扮大象的后腿!"这是个小个子,黑皮肤,眼睛像小黑珠子的伦敦东区人,他的大嘴上下唇轻咬着,就好像他因为回忆起过去的光荣,嘴里含着块卵石一样。这个人的声音继续着:"大象的后腿!大象老伙计,我回英国头件事就是去看大象!"

提金斯说:"明年节礼日②,我会给你们每个人一张德鲁里的戏票。明年节礼日,我们就都在伦敦了,要不就在柏林!"

士兵们南腔北调地小声惊呼着:"听!听见他说啥了吗?你听那个军官说啥了?那个新指挥官?"

一个看不见的什么人说:"给我们换成老肖迪奇帝国剧院③的票吧,长官,我们感激不尽!"

另一个说:"我可从来都不喜欢德鲁里巷!节礼日给我来张老巴尔哈姆的票子吧。"准尉副官出声让士兵们出发了。

他们沿着堑壕拖着步子走了。一个看不见的什么人说:"比个醉鬼强多了!"

好几张嘴说:"嘘!"

---

① 老德鲁里指的是伦敦德鲁里巷的米德尔塞克斯杂耍剧院。德鲁里巷是伦敦西区的一条著名剧院聚集的街道,也可特指德鲁里巷的皇家剧院。在英国一八四三年修改《戏剧管理法案》之前,只有德鲁里巷和考文垂花园的特许剧院可以演出话剧,其他的剧院只能演对白音乐舞蹈等混杂的滑稽剧。

② 英国和英联邦的公众假日,时间是每年的十二月二十六日。

③ 肖迪奇帝国剧院是开业于一八五六年的老牌杂耍剧院,下文的巴尔哈姆是开业于一九〇七年的一个杂耍剧院。

准尉副官叫了起来——带着点震惊、粗暴的慌乱："闭上你的臭嘴，那个家伙，要不他妈的老子把你塞进禁闭室！"

但是片刻之后，他就冷静而满足地看着提金斯。

"一帮不错的小伙子，长官，"他说，"最好的！"他急着要消除刚才说的话带来的影响。"给他们配上合适的军官，他们就能打败全世界！"

"你觉得，他们会在意是什么军官在指挥他们吗？"提金斯问，"对他们来说，是不是随便什么人指挥都一样？"

准尉副官说："不是的，长官。他们这几天给吓坏了。现在他们好多了。"

这正是提金斯不想听到的。他也不知道为什么。也许他知道……他说："我还以为这些士兵都清楚得很他们该干什么——打仗这些事情——他们根本就不需要命令。有没有接到命令，不该有太大的区别。"

准尉副官说："**是**有区别的，长官。"语气里带着他敢于表露出来的最冷酷的执拗。马上要来的**攻击**让他们都越发不安。这种感觉笼罩在他们头上。

麦基尼奇把头从麻布袋门帘后面伸了出来。麻布袋上印着红色的 PXL[①]，背后是黑色的 Minn[②]。麦基尼奇的眼里射出疯狂的光，他的眼睛在脑袋里疯了一样地跳动。它们总是在他的脑袋里疯了一

---

① PX 是美国军队中军人服务社（Post Exchange）的缩写，L 意义不详。
② Minn 是美国明尼苏达州的旧式缩写。

样地跳动。他是个令人生厌的家伙。他头上没有戴钢盔，而是戴着军官的布头盔。头盔上镀金的龙闪闪发光。太阳几乎已经升起来了，在看不见的地方。只要太阳的红轮越过了地平线，按照旅部的说法，德国佬就要开始发射他们令人厌烦的玩意了。还差十三分半钟。

麦基尼奇抓住提金斯的胳膊，提金斯讨厌他这种过于亲近的动作。他嘶嘶地说着——他真的是嘶嘶地说着，因为他想要压低声音说话："到下一个防护堤那头去，我有话跟你说。"

在挖得合乎要求的堑壕里，就像他们撤退之后接收的这些一样，是由一个营的正规军在皇家工兵的指挥下按照规范挖掘出来的，顺着一条直直的堑壕走上好几码，你就会碰到一块从胸墙上向内突出的方形土堆，你只能绕着它走过去，然后，你又进入一道直直的堑壕，之后，又是一道防护堤，以此类推，直到战线的尽头。堑壕的长度和大小，根据当地的地形特点或者土壤情况而定。这些突出部分是用来防止打进堑壕的炮弹弹片横向飞溅。如果没有这些防护堤，堑壕就成了个漏斗，就像枪的枪管，引导那些炮弹的碎片射入人体。同样非常刺激的是——提金斯估计，在还没有完全升起的太阳落山之前，他就得这么做——猫着腰飞快地绕过一个防护堤，心跳快得让人难受，左轮手枪远远地伸在前方，几个毫不小心的家伙带着各式各样的手榴弹紧跟在你身后。转过一个角、弯腰贴在墙上的时候，你没法确定你会不会发现一个惨白的、危险的东西，而且你不可能有时间仔细地检查它。

麦基尼奇领着提金斯走过了距离最近的防护堤。他一脸严肃又神情激动。在下一段堑壕的尽头，满脸倦意地靠在一根支柱上的是一个满身泥土、瘦削的高个子。那个人脚旁的泥土里还蹲着个倚着他脚后跟打盹的人，那是个真正的格拉摩根郡人①，这样的人营里剩下最多不过十个。那个站着的人那样靠在柱子上是为了从一个窥孔往外望，那个窥孔开得离土堆的支柱非常近。他对同伴嘟囔了句什么，然后继续专心地看。另一个人也嘟囔了几句。

麦基尼奇突然闪身进了隐蔽的过道。贴近他们脸的一面土墙带来点压抑感。他说："是你怂恿那个家伙说那些该死的话的吗？"他重复道，"那句绝对该死的话！该死的！"除了憎恨提金斯之外，他还一脸惊讶，受着痛苦的煎熬，女人一样眼泪汪汪。他就像起了杀心的被抛弃的怨妇那样盯着提金斯的眼睛，带着点不敢相信的绝望。

对这个，提金斯已经习惯了。在过去的两月里，不论营部在哪里，麦基尼奇都在朝着指挥官的耳朵小声说话——麦基尼奇伸开双手撑在桌上，下巴几乎贴在桌布上了。虽然他们急匆匆地转移了三次，但每次都把这张桌布保住了。麦基尼奇和他那双时不时地朝提金斯的方向扫一下的疯眼睛是提金斯夜晚生活中最熟悉的东西。他们想让他滚蛋，这样麦基尼奇才能再次成为这帮兄弟的副指挥官。那的确就是他们在……还得添上有点太多了的他们叫作"老

---

① 战前英国的陆军常备部队通常都是以地域命名，士兵也大多来自命名的地区，所以提金斯的格拉摩根郡步兵营理应都是格拉摩根郡人，但是开战之后的补充兵并没有遵循这个地域原则。提金斯后面还会更具体地想到这个问题。

烧"①的酒。

很明显，提金斯没法滚蛋。没有办法解决这个问题。他是被老坎皮恩安插在这里的，他也只好老实待在这里。在命运愉快的捉弄下，提金斯，他最想要的就是麦基尼奇现在这个相对轻松的工作，被好几个还算正经但相当让人恼火的年轻小子——兄弟们——恨得要死，因为提金斯占着他，麦基尼奇，想要的职位。让事情更糟的是，除了指挥官本人，他们全都是小个子、黑皮肤的伦敦东区人，都有一副伦敦东区的嗓音、手势和语调，结果提金斯觉得自己就像个金发肤白的格列佛，头发里夹着一蓬蓬白发，矗立在一群棕色的利力浦特生物之间②，庄重而且毫无理由的醒目。

一门巨炮张嘴说道：——比早先开腔的那门还要近，声音更大却更柔和——"轰隆，隆，隆，隆。"这个声音在大地上久久回响。过了一会儿，还连在一起的大约四节火车车厢被乐呵呵地抛到了云里，然后落到了很远的地方——四节车厢一起。他们可能是试图在北海③上砸个印子。

当然，它也可能是德国人炮击开始的信号。提金斯的心停住了，他脖子后面的皮肤开始刺痒，他的手发凉。这就是恐惧，战场恐惧，在**进攻**到来时就会感到。他有可能再也不能听见自己思考

---

① 老烧这个词源自美国，原意是品质低劣的或者私自酿造的威士忌酒。

② 出自斯威夫特的名著《格列佛游记》，小说的主人公格列佛是一位船医，先后因为行船失事到达小人国、巨人国、慧骃国等等。利力浦特是书中小人国的名字。

③ 北海是从英吉利海峡到挪威海的大西洋近海海域的统称。

了,再也不能。那他活着想干什么呢?嗯,只要不丢掉他的理智就好。"我要祈祷:不要那个……"或者有一幢漂亮的牧师宅邸也行。这当然仅仅是……一个可以永远在那里研究波动理论的地方——但这当然是无法想象的。

他正在对麦基尼奇说:"你不该不戴钢盔就跑到这里来。你要待在这里,就必须戴上钢盔。如果那不是**进攻**开始的信号,我可以给你四分钟时间。谁说了什么?"

麦基尼奇说:"我不会待在这里。我会回去的,回去做那个你用来羞辱我的遭瘟的工作,但首先我得让你知道我是怎么想的。"

提金斯说:"那请你回去的时候也戴上钢盔。如果你的马在这里,先不要骑马,顺着交通壕走出去至少一百码之后再骑。"

麦基尼奇问提金斯怎么敢给他下命令,提金斯说,要是师部运输官早上五点戴着队列常服军帽死在他的阵地上,那可太给他长脸了。麦基尼奇激动地反驳说,运输官有权力向由他负责补给的一个营的指挥官咨询。

提金斯说:"现在,这里由我指挥。你没有咨询过我。"

他觉得这样怪怪的,他们居然在讨论这样的事情,就在我们已经可以听见……哦,好像是,死亡天使的翅膀……那句话是你"几乎听见他抖动翅膀的声音"[①],还不错的修辞。但这才是军人

---

① 这是化用自十九世纪英国自由党政治家约翰·布赖特在克里米亚战争期间的演讲,原文为"死亡的天使已经降临大地,我们几乎可以听见他扇动翅膀的声音。"

会做的事情,任何时候都是!

他玩的是军队的老把戏,用干脆利落的声音说半傻的事情。过去这样做能逼着麦基尼奇多少有点军人的样子。

这次让他成了一副哭天喊地的样子。他摆出一副眼泪汪汪的痛苦模样,大喊着:"老营就成这样了……该死的,该死的,该死的兄弟们的营啊!"每咒骂一次,他就抽泣一声。"过去我们多么努力地建设它,结果现在……现在被**你**弄到手了!"

提金斯说:"那你还曾经是副校长的拉丁文奖得主呢。我们现在都沦落到这般田地了。"他又补了句:"你们蜜蜂酿蜜!"[①]

麦基尼奇带着忧伤的骄傲说:"你……你才不是什么拉丁学者!"

到现在为止,提金斯在那门巨炮说完"轰隆"之后已经数到了二百八十。那也许真的不是炮击开始的信号。如果是的话,炮击不用等到现在就开始了,它会紧跟着那声"轰隆"的脚后跟大肆降临。他的手,还有他的后颈窝,现在开始准备恢复正常了。

也许,今天这次**进攻**根本就不会来。

起风了,而且风力还在加大。昨天他还在猜德国人没有把坦克准备好。也许那些丑陋的、毫无知觉的犹狳——更别说还很没用!马力不够!——统统陷进了 G 区前面的沼泽里。"也许昨天我们一直在发射炮弹的重炮就是为了把那些该死的玩意轰成碎片。"

---

① Vos mellificatis apes,拉丁文,是从维吉尔的诗句"sic vos non vobis mellificatis apes"中抽出的,原句可以译为"就这样你们蜜蜂酿蜜,却不是为了自己"。

那些玩意动起来的时候就像慢吞吞的耗子，鼻子埋进土里，翻起一块块的垃圾。等它们不动的时候，看起来就是一副沉思的样子！

也许**进攻**不会来。他希望不会。他不想经历一次要他自己指挥整个营的**进攻**。他不知道自己该做什么，按照条例自己应该做什么。他知道自己会做什么。他会在这些深深的堑壕里走来走去，漫步，双手插在兜里，就像画里的戈登将军①。随着时间的流逝，他会说一些引人思考的话——真的是相当讨厌的一种时间，但这会给整个营注入一种最近缺乏的冷静精神——在前天晚上，一手拎着一个酒瓶子的指挥官，把两个瓶子扔向了一些一个半小时之后才出现的德国佬。甚至那帮兄弟也都忘了笑。在那之后，他，提金斯，就接过了指挥权，两条胳膊下面还夹着一大堆文书室的文件。他们必须要赶快，乘着夜色，而且还有人在不停地暗示有浅灰色的加拿大猎人②从地洞里钻出来！

他不想在遭遇**攻击**的时候指挥，或者别的什么时候！他期望不幸的指挥官到了晚上就能从他的麻烦里清醒过来。但是他猜，他，提金斯，在必要的时候也是可以支撑下来的，就像一个从来没有试过拉小提琴的人一样！

麦基尼奇突然又变得像女人一样眼泪汪汪的，像个给自己的

---

① 即查尔斯·乔治·戈登少将（1833—1885），维多利亚时代著名将军、殖民地管理者，以面对危局时的冷静和勇敢而著名。曾经参与华尔组织的"常胜军"，在上海和太平军作战，获封提督，因此得名"中国戈登"。

② 指德国兵。

情人求情的女人,眼睛睁得大大的。他的双眼搜寻着提金斯脸上撒谎的迹象,搜寻着他心口不一的踪迹。他说:"你准备拿比尔怎么办?可怜的老比尔为他的营流了那么多汗,而你从来没有……"

他又接着说:"想想可怜的老比尔!你该不是**想着**毁了他的名声吧,没人能这么不要脸!"

真是奇怪,这样的情景会让男人表现出他们女性化的一面。那个蠢驴德国教授的理论——公式是什么来着?M^y **加上** W^x 等于男人[①]?——好吧,在这样的地方,如果上帝没有创造女人,那么,男人肯定会这么做。你会变得情绪化。他,提金斯,正在变得情绪化。他说:"特伦斯今天早上说他怎样?"

安慰人的话应该是这么说的:"当然了,好兄弟,我会尽力把这件事情瞒下来的!"特伦斯就是医务官——那个丢帽子砸德国勤务兵的人。

麦基尼奇说:"那是最该死的事!特伦斯被他烦死了。他不肯吃药!"

提金斯说:"那是什么?那是什么?"

麦基尼奇动摇了,他想要回到舒服的地方的欲望变得越来越强烈。

他说:"听我说!**做**点像样的事!你知道老比尔为了我们多尽

---

① 指奥地利心理学家奥托·魏宁格尔一九〇三年出版的《性别与性格》一书,书中认为性别不是相对的,而是两种物质按照不同的比例混合的结果。文中的 M^y 和 W^x 可能分别指一定量的男性成分和一定量的女性成分。

力!别让特伦斯把他的事上报到旅部!"

这令人厌烦透顶,但是他又不得不面对。

一个非常瘦小的尉官——阿兰胡德斯——戴着顶歪得不成样子的钢盔从防护堤的一边探过头来。提金斯让他再等一会儿……这些钢盔质量倒是不错,但简直就是对军队的诅咒!它们只会滋长不信任!你要怎么相信一个无能得钢盔都落到了他的鼻头上的人?或者另一个,他的钢盔完全落到了脑后,让他看起来就像个输光了的赌徒?或者一个头上顶着肥皂碟子逗小孩的家伙——实在不是什么严肃的东西,德国人的那玩意就好得多——后面一直伸到后颈窝,前面一直盖到眉头。你看到一个德国佬的时候,他看起来就像那么回事,这是一个非常严肃、充满残暴的议题。一个德国佬和一个英国大兵打在一起,就像是霍尔拜因画的**朗斯克纳长枪兵**①对上了一帮杂耍剧院的演员。那让你感觉你真的是在一支破调军队里!惨不忍睹!

麦基尼奇正在报告说指挥官拒绝服用医务官开的药。不幸的是,医务官那天早上很烦躁——昨天晚上老烧喝多了!所以他说他要向旅部报告,指挥官健康不佳,不能再继续服役。但不是这样的。就是因为他拒绝吃那个药片。真该死。因为如果比尔不吃那个药片,他就不会……医务官说如果他吃片药,然后在床上休息

---

① 小汉斯·霍尔拜因(1497—1543),文艺复兴时期德国画家,以人像画著名。朗斯纳克长枪兵是十五到十七世纪时主要来自现在德国的雇佣兵,因为作战勇猛、军装华丽闻名。

一天——当然不能再喝老烧了!——到明天他就什么事都没有了。他以前经常这样。但是以前指挥官吃的这个药都是液体的。他发誓他不会吞成片的同样的药。根本就没法说!

提金斯习惯了把指挥官当成一个闹嚷嚷的大男孩——一个不错的大男孩,但是很年轻。他们没什么区别,年纪差不多大,而且说起来,因为皱纹深布的额头,上校常常看起来年纪更大。当他清醒的时候人还不错。他长了个鹰钩鼻子,一道醒目的灰色唇髭,就像两支连起来的獾毛画笔安在鼻子下面,皮肤粉红,像桌球表面一样光滑,引人注目的窄窄的高额头,从一双基本没有颜色的眼睛里射出极具穿透力的光。他的头发是黑色的,有点小卷,收拾得很妥帖。他是个真正的士兵。

那就是说,他是从士兵提拔上来的。英格兰人说的那种当兵——和平时期真正的当兵、列队视察、社交活动、清洁整顿、劳累的夏天、闲适的冬天、印度、巴哈马群岛、开罗社交季等等。他知道些皮毛,只从军营的窗户里、训练场上,还有,他很走运,在他上校的家里看到过。他是那位上校最欣赏的板球击球手,而且——在西姆拉①——还娶了上校太太的女仆,被提拔到文书室,和下士、中士一起吃饭,被提拔成枪术——护旗士官,开战前两个月,他被授衔成为军官。他早就该成军官了,如果不是因为有个小小的——非常小的——爱喝多的毛病,让他有时在回答校级军官的时候带上了同样非常微弱的无礼语气。在整队操练的时候,年

---

① 印度喜马偕尔邦的首府,英国统治印度时期是英国人钟爱的避暑地。

纪大的校官口令常常会出点小错，他们发令向右转的时候，虽然部队是向右转，但是严格说起来，口令应该是"向左转！"因为军官的左边才是部队的右边。在操练的日子里，午饭之后，一些有点生疏的校官常常会被弄糊涂。此后，在场的士官的职责就是尽可能地纠正这个错误，如果做不到，就要为因此而引起的骚动负责。在他出彩的军事生涯里，这位战时的指挥官两度忽略了这个军事职责，导致文书室里上演了一出猛烈攻势，这成了当他回顾过去时抹不去的黑点，这也一直让他的回忆里充满了不满。职业军人就是这样。

尽管有优秀的服役记录，他还是很不满，而且有的时候他会变得不可理喻。作为一个被士兵——其实营里的军官也如此——称为该死的监工的人，他把这个营训练得非常高效；他获得了双排绶带，而通过带领他的营在非常艰苦的条件下战斗，带领他的营自愿接受困难的任务——就算是打堑壕战时也会有这样的任务，还通过在索姆河的第一场战斗中极其出色地带领全营残部撤退，当时——也许是整场战争中被最悲哀的时刻——一个玩弄政治而没有军事能力的将军指挥的一整个师被全歼了，他为整个营赢得了一条被法国人叫作功勋绶带①的奖励，这一荣誉很少颁给法军之外的部队。这些事迹和它们背后引导它们的精神，或许没有得到像指挥官和他的至交麦基尼奇上尉想象的那样深受部下的赞许，但是它们**的确**说明了为什么这两人会对这个营有种某些父母会在自己孩子身上寄托的哭哭啼啼的过分情感。

---

① Fourragère，法文。

然而，尽管他的服役记录受到了赞许，但这位指挥官还是不满。他觉得，到现在，即使不是指挥一个师，他也至少应该指挥一个旅。他还认为，即使事实不是这样，那大多是因为他记录上的两个黑点，同样，也因为他出身低下。而等他喝了一点酒之后，这些执念就飞快地扩大到几乎危及他军事生涯的地步了。倒不是他灌了多少——而是在战争中的某些时候，如果人还想继续坚持从困难的地方脱身，喝一定量的酒就是必需的。那个时候，喝了酒还能头脑清醒的人就是幸运的。

不幸的是，这位指挥官不是其中之一。不停地处理各种文件——他不是对付文件的好手——一连好几天无休止地作战，让他疲惫不堪，他会喝点威士忌提提神，而他的不满马上就会摧垮他的精神，世界的模样陡然一变。他会辱骂他的军中上级，有时甚至会完全拒绝遵守命令，几天前那次就是，当时他拒绝让他的营加入整个兵团的集体后撤。于是提金斯不得不接手过来。

现在，好几天的焦虑和酗酒的后遗症让他恼怒，他拒绝吃药片。这就是他蔑视上级的象征，他不满执念的结果。

第三章

一支军队——尤其是在和平时期!——像是一件异常复杂且经过精细调整的设备,虽然针对敌军的作战行动多半会磨平精细之处,干扰补偿器运作——就像航海天文钟[①]会受到干扰一样——虽然照它自己算来,我们的这支军队只是一支破调集合体,但在这支军队还是正规军时形成的一些惯例却有异乎寻常的生命力。

在战争最让人喘不过气来的阶段,一位指挥一个团的上校拒绝吃片药,这看起来也许是件很滑稽的事。但是他的拒绝,正像一颗落入航海天文钟机体里的沙粒,可能会引发非常明显的干扰。

---

① 运用于天文、航海、军工等领域的精密计时器,里面装有可以抵消热胀冷缩等环境影响的补偿器。

这一次正是如此。

从他把自己交到医务官手中开始，军衔再高的军官一生病就是他的医生的下级，他必须像个大头兵那样服从命令。一位身体健康、精神正常的上校自然可以命令他的医务官去这去那，或者完成这样那样的任务；一旦他生病了，他的身体是国王陛下的财产，这个事实就会不可抵挡地发挥作用，而在身体的问题上，医务官就是君王的代表。这非常合情合理，因为病恹恹的身体不光对国王没用，还对不得不把他们搬来搬去的军队有非常大的害处。

这件事变得尤其复杂，提金斯不得不忧心。首先是营长私下对提金斯本人表现出的极大厌恶——虽然还保留有校官那种冷冰冰的礼节——然后，提金斯对营长作为一名指挥官的能力非常崇敬。这个破调军队里的破调营和一支无可挑剔的正规军营级队伍几乎处在同样的水平，这是一支人员不断变动的部队能达到的最高水准。甚至在整场战争中，再也没有什么能让提金斯印象更深刻了。那天晚上，他看到一个士兵朝着什么都看不见的黑暗专心射击。那个士兵小心地射击，然后下到堑壕里装弹，用的还是完全标准的训练动作——这也是速度最快的动作。他说了几句话，而他说的话都表明他的头脑正完全专注于他的任务，就像一位专心演算复杂运算的数学家。他又爬回胸墙，继续专心地朝什么都看不见的黑暗射击，再回到堑壕里装弹，然后再一次爬回去。他简直就像是在射击场里跟人比赛！

能让士兵在如此紧张的时刻还能如此淡定地开火，实在是非常了不起的成绩。因为纪律其实有两重作用：首先，它能让士兵在作战过程中用尽可能短的时间完成动作；其次，专心于做出标准动作又会带来对危险的无视。当不同大小的金属块在周围乱飞的时候，你镇定地完成各种有效的肢体运动，你不仅仅是在深入自己的任务，同时你也知道标准的动作每时每刻都在减少你个人受到伤害的可能。此外，你还会有种感觉，上天应该会——也的确经常如此——特别保佑你。如果一个人能够准确且一点不出错地尽到他对自己的君王、对自己的祖国，以及祖国所珍重的一切的责任，如果这样，一个人还是未受到上天的特意庇佑，这实在太说不过去了。而他的确是被保佑的！

专心的神枪手不但有可能——很有可能真的做到了——每放一两枪就干掉一个前进的敌人，从而减少个人的危险，更重要的是，看到战友以一种有规律的、近乎机械的节奏倒下，会在前进或者停驻的军队里散布大得不成比例的恐慌。毫无疑问，你看到一大群战友一瞬间就被某个巨大机械的轰鸣炸得粉碎，这是令人恐惧的，但是巨大的机械是盲目的，因此也就是偶然的。而你旁边的人慢慢地、有节奏地被一个个干掉，则证明既非盲目也非偶然的人性凶残正在冷血、甩不开地把它的注意力集中在一个离你非常近的地方。有可能它下一刻就会把注意力集中在你的身上。

当然，炮火夹住你的阵线①的时候也不好受：一颗炮弹落在你前面一百码远的地方，又一颗砸在你后面一百码远的地方，下一颗

---

① 一战时，炮兵一般采用夹差法对目标直接试射获得炮击的参数，即发射越过目标的远弹和离目标还有一定距离的近弹来通过计算确定目标的炮击诸元。

就该落在中间了,而你就在中间。这种等待让你的灵魂都抽搐了,但是它不会带来恐慌,或者想要逃跑的欲望——至少没有那么大。话说回来,你又能跑到哪去?

但你是可以从机械地前进着且保持冷血射击的军队面前逃跑的。而那位营长总是会吹嘘,在他们冒充同一个团的第二个营的时候,有好几次,他都是拿尺子量着让士兵们排好队之后才让他们发动进攻,并且坚持要士兵们慢慢地跑步前进,保持队伍的整齐,结果他的损失不光是比师里其他所有的营都要小,而且还少得像个笑话一样可以忽略不计。面对着一支无畏、镇定地前进的军队,那些可怜的符腾堡士兵把枪打得又乱又高,你都能听见他们的子弹像群夜空中的野雁那样在头顶乱飞。慌乱会导致士兵打高了。他们开枪的时候扣扳机扣得太猛了。

他们"老爷子"的这些吹嘘自然传到了士兵们的耳朵里,在士官和文书室士兵面前他都说过这些话。而士兵——在这件事上,没有比他们更精明的数学家了——很快就发现直到最近他们这个营的战损,不管怎么说,都比在同一个地方参战的其他部队要小了太多。所以,到此为止,尽管士兵们对自己的上校有种种复杂的感觉,但他还是受到了他们的崇拜。他是个该死的监工这件事让他们高兴不起来,他们自然情愿去完成那些和这个营赖以成名的任务相比没有那么危险的任务。然而,尽管他们总是会被逼到种种危险境地,但他们的损失比在更平静的区域驻防的部队还要小,这又让他们很高兴。但他们还是会问自己:"要是老爷子不折腾我们了,按比例来算,我们的损失不是会更少吗?一个人都不会死?"

直到最近，情况都是这样的，直到大概一周前，甚至直到一天多前也是这样。

但是两周多以来，这支队伍一直在逃跑。它带着点个人执拗退到一个个准备好的位置上，但是这些准备好的位置被进攻的庞大敌军那样快而聪明地夺走，对战几乎已经变成了一场运动战。而这是这些队伍尤其不能适应的，他们的训练几乎完全都是为了适应堑壕战这种慢慢磨死对手的战争方式。事实上，尽管擅长使用各种手榴弹，甚至包括刺刀，而且在不动的时候都是非常勇敢镇定的，但这些队伍在和两翼队伍的沟通上，甚至队伍内部沟通上都异常无能，而且他们几乎没有任何在运动中使用步枪的经验。而在现在已经结束的相对平静的冬天，敌人在这两方面投入了不知疲倦的努力。所以在这两方面，尽管现在他们的士气明显更加低落，他们的队伍还是明显高出一筹。看起来仅仅只要等到一阵东风，这支队伍就该被撵到北海里去了。东风是因为放毒气的需要，而没有毒气，在德国领导层看来，进攻就是不可能的。

不管怎样，情况都很危急，也一直危急了下去。在这个吹着轻轻的西风的四月清晨，完全宁静无为地站在这里，提金斯意识到了他刚体会到的是一支几乎处于逃跑中的队伍的情绪。至少他见到了。敌军一直都非常讨厌放毒气，用毒气罐放毒气[①]的做法也早

[①] 一九一五年，德军最先使用毒气。他们一开始使用的毒气是氯气。装在毒气罐里由士兵携带到前线，氯气通过一根细管从毒气罐里放出，顺风飘到对方阵地。他们后来又发明了毒气炮弹，炮弹里有少量炸药和大量液体毒气，在炮弹爆炸之后毒气即汽化，让人难以防备。

就被抛弃了。但是德国最高参谋部还是坚持要打满一地的毒气弹，释放一道道浓密的毒气烟幕来为进攻做准备。如果风朝他们迎面吹去，敌军拒绝走进这样的烟幕里。

他意识到让他自己感觉特别不适的原因是什么了。

这个营被指挥得如此之好，纪律也异常严明，自然，旅部或者师部没有忽视这一点。而整个旅也凑巧是一支让人敬仰的队伍。因此——即使在堑壕战打不下去的之前那段混乱时间里，这样的事情还是会发生的——这个旅被选出来防守敌人的几个师可能攻击最猛烈的地方，而这个营又被挑选出来防守战线遭受攻击最猛烈的区域上受攻击最多的那个点。最后，营长的高效率搬起石头砸了自己的脚。

那真是，正如提金斯自己全身感觉到的一样，几乎超出了人类的血肉所能承受的极限。不论营长怎样指挥他的士兵，也不论在这个过程里纪律能帮上多大的忙，整个营剩下的人数还不到防御此处所需的人数的三分之一，它不得不占领这个位置——然后又不得不放弃。而对士兵们来说，右翼的威尔特郡营和左翼的柴郡营情况更糟糕也实在不是什么安慰了。所以在他们的考量里，老爷子作为该死的监工那一面就显得尤为重要。

对一位敏感的军官来说——而所有优秀的军官在这个方面都是敏感的——有无数种方法可以让他感受到士兵们的感受。他可以忽视他的军官们的感受，因为军官们必须要在自己上级的手下过得惨不忍睹时军队条例才会让他们有反击的机会，得有个非常糟糕的上校才能让和自己一起吃饭的人都忍受不了。作为一名军官，指挥官一下令你就**得**蹦过去,为他的情怀鼓掌,为他说的俏皮话微笑一下,为他说的更粗鄙的笑话捧腹大笑。这就是军官的生活。在部队的另一级①那里就不一样了。一名谨慎的准尉会谨慎地赞赏自己长官的怪癖和好脾气,想要升官的军士们也会这么做,但是普通士兵没有任何义务这样做。当你对着一个士兵说话,他能立正,你就不能要求再多了。他没有任何义务要去弄明白军官的俏皮话,更不要提因此发笑或者兴致勃勃地复述了。他甚至连立正都不需要做得太标准……

有好几天了,整个营的士兵都和死人一样,而营长也知道他们都像死人一样。在和士兵打交道方面,这位营长从他刻板的印象里那么多可以模仿的校官中选了个待人和善、脸红扑扑、稍微多喝了点威士忌、每句话最后总是说"呃,我说啥了"的军官形象。在他看来,这完全就是一种冷血游戏,纯粹是为了高级士官和部队的另一级考虑,但是它慢慢地变成了习惯。

有好几天了,这种装出来的待人方式一点用都没有了,就好像拿破仑大帝突然发现检阅的时候捏一个掷弹兵的耳朵这个把戏一下子变得没有用了。②在那句手枪响一样的"呃,我说啥了"之后,听他说话的士兵没有拖着步子走开,在附近能听到这句话的人

---

① "部队的另一级"是英国军队中的表述法,指没有获得授衔令成为军官的人,包括士官和普通士兵,某些情境里仅指士兵。

② 拿破仑一世喜欢通过在检阅时捏士兵耳朵和拉他们胡子这样的小动作来拉近同他们的距离。在雨果的《悲惨世界》里也有记录。

也没有咯咯笑着和伙伴们交头接耳,他们都是一副粗鲁无礼的样子,而在老爷子眼前摆出一副粗鲁无礼的样子是很需要勇气的!

这一切,那位营长都清楚得很,因为他自己就曾经是他们中的一员。而提金斯也知道营长知道,而且他还有点怀疑那位营长也知道,他,提金斯,知道……而且那帮兄弟还有部队的另一级也都知道。事实上,所有人都知道,所有人都知道。这就像打一局噩梦一样的桥牌游戏,所有人手上的牌都露了底,所有人都做好了准备,随时从身后的枪套里抽出手枪来。

而提金斯,作为对他罪孽的惩罚,现在手头拿着王牌坐到了牌局里!

这是个烦人的位置。他厌恶自己不得不决定那位营长的命运,就像他厌恶不得不想办法恢复士兵士气一样——前提是他们还能活下来。

而他现在就确信他能够做到。如果不是拿那帮脏兮兮的流浪汉一样的士兵试了试手,他不会觉得自己能够做到。那么他就应该用他的道德权威让医生把老爷子治好,灌上药,弄精神,让他至少能够带着整个营完成后面几天的撤退。如果没有其他的人能够指挥——没有其他的人能够正确地带领这些士兵,那就很明显必须这么做。但是如果有别的人接手,按营长的身体状况再让他行使权威会不会太危险了?会,还是不会?会,还是不会?

他冷静地看着麦基尼奇,就好像他在找下一刻应该一拳打在哪儿,他心里就这样胡思乱想着。而且他意识到了,就在他整个人生中最糟糕的时刻,正像俗话说得那样,那些一直不肯放过他的罪孽回来报复他了。①因为即将到来的**进攻**而引发的笼罩全身的焦虑紧张笼罩了他全身,好像有个重物压在他的额头、他的眉骨,还有他那重重喘气的胸口上,他必须要负起……责任。还要意识到,他是一个能够负起责任来的健全人。

他对麦基尼奇说:"医务官才是必须决定怎么处理上校的人。"

麦基尼奇大叫:"看在上帝的分上,如果那个醉醺醺的小子胆敢……"

提金斯说:"特里②会照我的话办的。他不用听我的命令,但是他说过了他会按照我的建议办的。要责备谁的话就责备我好了。"

他突然想要大口喘气,就好像他刚刚一口气喝了太多的液体。他没有大口喘气。他看了看自己的手表。他决定的留给麦基尼奇的时间还剩下三十秒。

麦基尼奇充分地利用了剩下的时间。德国人又打过来几发炮弹,而且也不是什么远程炮火。有十秒钟麦基尼奇一直在发疯。他总是会发疯。他就是个无聊的家伙。如果那仅是德国人每天都会打两发的炮就好了……但显然那是更重型的火炮。不一般的脏话从麦基尼奇的嘴唇上落了下来。根本就没法知道德国人的炮弹打在哪里或者往哪里瞄准。谁知道是不是巴约勒的一间蒸汽洗衣房?

他说:"是!是!阿兰胡德斯!"

---

① 上文"作为对他罪孽的惩罚",原文为 for his sins,这是一个英文习语,通常是用来略带幽默地表示这是对他的惩罚。

② 特伦斯的简称。

那个小个子尉官又探头看过来，戴着他那顶滑稽的头盔，从有点粉红的砾土支柱一角把脑袋伸过来，他是一个不错的、有点紧张的小伙子。他肯定是以为自己刚才的报告没有被注意到！现在太阳升起来了，砾土果然看起来更加粉红了，太阳也在伯马顿升起了！在更西边的地方也许还不到时候。乔治·赫伯特在他伯马顿的牧师宅邸写了这样的诗句：

甜美的白日，如此清凉，如此安宁，如此明亮，这是天地的婚宴！

奇怪的是，仍在大喊大叫的麦基尼奇是从哪里学到他那些不自然的恶习的词的。他得过拉丁文奖。但他有可能非常单纯。对他来说，这些词很有可能什么意义都没有……那些大兵也一样！那为什么他们还要用那些词呢？

德国人的大炮还在轰隆隆地响！比他们通常规规矩矩地向黎明致意的齐射火炮要重。但是附近没有炮弹落下来。所以它可能不是意味着大**进攻**开始的炮击！很有可能有个什么德国小王子来参观了，他们想给他看看开炮是什么样的。要不就是陆军元帅冯·布伦克斯多夫男爵[①]来了！他命令他们要把巴约勒蒸汽洗衣房的烟囱给轰掉。还有可能就是所有的炮兵都有的那种纯粹不负责任的劲头。没有几个德国人是想象力丰富到不负责任的，但是不用说，他

---

① 查无此人，根据下文，应该是福特虚构的人物。

们的炮兵的想象力肯定比其他德国人丰富多了。

他还记得在那个炮兵观察哨里——该死，它叫什么？——就在阿尔贝①外面。就在阿尔贝—贝库尔—贝科代尔公路上！那个地方叫什么鬼名字。一个炮兵在透过他的望远镜观察。他对提金斯说："看那个肥……"提金斯透过炮兵借给他的望远镜看到了，就在朝着马登普伊克方向的山坡上，有个胖胖的德国人，穿着衬衫和军裤，右手拎着一个饭盒，左手从饭盒里捞东西喂到自己嘴里。一个肥胖邋遢的人，就像平静的一天里一个钓鱼的人。那个炮兵对提金斯说："看住了他！"

然后，他们就用炮弹追着那个倒霉德国人在光秃秃的山坡上四处跑，足足十分钟。不管他朝哪个方向跑，他们就在他前面打一发炮弹，然后，放他过去。当他意识到他们真的是"照顾"他的时候，他的动作就跟从收麦子的人刚刚割倒的麦子里跑出来的兔子一模一样。最后，他干脆就躺下了。他没有死。后来他们看见他爬起来走开了。还拎着他的饵料盒子！

他的滑稽动作给了那些炮兵无限的欢乐。接着他们找到了似乎更大的乐子：前线上所有的德国火炮，突然醒过来，上帝才知道他们出了什么问题，用一切可以想象到的炮弹把从天到地之间的一切都犁了一遍，炮响了有一刻钟。接着又非常突然地，闭嘴了。

---

① 贝科代尔贝库尔和马登普伊克都是法国东北部的小地名。在1916年的索姆河战役中，贝科代尔贝库尔驻扎有大量的军队医疗机构和炮兵。马登普伊克有安葬英联邦士兵的公墓。

是的……就是些不负责的家伙,那帮炮兵!

这个事件发生的真正原因是提金斯碰巧问了那个炮兵一句,他猜想把那块在小巴岑泰和马梅兹森林①之间的大概二十英亩土地打成那副说不出来的破烂样子花掉的炮弹得值多少钱。那块田地被打的无法想象的碎,打得稀烂,粉扑扑的……那个炮兵说把交战双方的炮弹都算上,可能要花上三百万英镑。提金斯又问那个炮兵觉得那里应该死了多少人。炮兵说他怎么会知道。说不定一个都没有! 不可能有人会想要去那里漫步散心,那里也没有堑壕的踪迹。那就是块田地。然而,当提金斯说这样的话,两个意大利农工操纵一台蒸汽犁可以把那块田地翻得同样的碎,而且只要,比如说,三十先令,那个炮兵听了这话非常不高兴。他就让他的人轰轰轰朝那个拎着饵料盒子的毫无威胁的德国佬开炮,就为了炫耀大炮能**做**什么。

就在这个时候,提金斯对麦基尼奇说:"从我的角度,我会建议医务官上报说上校应该被送回去休几个月的病假。他有权力这么做。"

麦基尼奇已经用完了他所有的脏话,所以他现在又理智了。他的嘴惊讶地大张着,"把营长送回去!"他悲催地大喊道,"就在这个当口……"

提金斯大喊道:"别蠢了,也不要以为我就是个蠢货。就这里现在这个样子,这支队伍里没人能获得任何荣誉!"

麦基尼奇说:"那钱又怎么算?指挥津贴! 一天差不多有四大

---

① 法国东北部的小地名,和上文的地名一样,都在索姆河战役发生地区附近。

块。等到他的两个月结束了,你都快挣到两百五十英镑了!"

就在不久以前,任何人**会**和他说起他个人的经济状况或者他内心的动机还是件看起来不可能的事情。

他说:"我有很明显的职责……"

"有人说,"麦基尼奇接着说道,"你是个该死的百万富翁,英格兰最有钱的人之一,随便就把煤矿送给了公爵夫人们。他们说的。也有人说你就是个穷光蛋,你把你的老婆租给将军们……随便哪个将军都行。你就是这样弄到你的工作的。"

麦克斯碉堡这个词突然蹦到了他的舌尖上——就像之前伯马顿的名字那样,来晚了。在阿尔贝和贝科代尔贝库尔之间的那个炮兵观察哨的名字叫麦克斯碉堡!在那个几乎忘记的七月和八月里无法忍受的等待中,这个名字在他的双唇上是如此的熟悉,就像……比如说,伯马顿……我的伯马顿啊,我若忘记你……要不,我的麦克斯碉堡啊,我若忘记你……情愿我的右手忘记技巧[①]!那些无法忘记的……然而,他忘记了它们!

就算他只忘记了它们一会儿。那么,他的右手就有可能忘记了它的技巧,就算只有一会儿……但即使那样,也有可能是灾难性的,也许会在一个灾难的时刻降临……德国人已经控制住了他们自己。也许他们已经把洗衣房的烟囱轰倒了,或者打到了什么拉煤的后勤马车……不管怎样,那不是早上惯例的**轰炸**。那还得等

[①] 化用《圣经·诗篇》语句,原作"耶路撒冷啊,我若忘记你,情愿我的右手忘记技巧。"

一会儿。甜美的白日如此清凉——又开始了。

麦基尼奇没有控制住他自己。他会被人控制住的。他刚才一直在说提金斯不上报营长并没有表现出什么骑士精神。他,提金斯,觉得他是喝醉了——甚至长期酗酒。没有骑士精神……

这简直就像是噩梦!不,这不是。这就像发烧的时候所有东西看上去都硬邦邦的不真实,但是又夸张的真实!你可以说就像是从立体镜①里看到的那样!

麦基尼奇带着种刻薄的仇恨语气恳求着提金斯,提醒他,如果觉得指挥官是个酒鬼,就应该逮捕他。因为《陆军条例》里这么明确规定了。但是提金斯太狡猾了,他明白麦基尼奇想挣那两百五十镑。他也许是个穷人,所以需要这笔钱。或者,他是个百万富翁,但是吝啬小气。他们说那就是百万富翁之所以成为百万富翁的秘密:一小点钱也不放过。上帝知道,那点钱也许会对他,麦基尼奇,这样的人来说是一笔天降横财。

提金斯突然想到,从某种程度上讲,在这一切结束之后,对他自己来说两百五十英镑也是笔天降横财。然后他想,"我究竟为什么不能挣这笔钱?"

他要做什么呢?在这一切结束之后。

而这一切都会完的。德国人没有进攻的每一分钟都是在失败。失去了前进的力量。现在,这一分钟!这真是令人激动。

---

① 一种光学设备,通过这种设备,可以把两张从不同角度拍摄的同一物体的照片叠加在一起,从而产生立体感。

"不!"麦基尼奇说,"你太狡猾了。要是你让可怜的比尔因为酗酒被开了,你就没有指挥的机会了。他们会再派来一个真正的上校。而比尔去休病假的时候,作为他的代理,你就确定可以拿到这个职位了。这就是你处理这件该死的事情的原因。"

提金斯想要去洗洗。他觉得自己真是脏。

但麦基尼奇说的话也不假!是真的!

那种让他自己和钱脱离关系的机械冲动是如此强烈,他甚至开口说:"那样的话……"他本来要说的是"我就让那个该死的家伙被开除军职吧",但是他没有说下去。

他现在进退不得。但是他的修养要求他不应该在惊慌中做决定。他感到了一种想要让自己和钱摆脱关系的机械而正常的惊慌。绅士不挣钱。应该说,绅士什么都不做,他们就是存在而已,像圣母百合一样在空气中散布香气。钱流向他们就像空气穿过花瓣和绿叶一样。这样这个世界就变得更好,更加光明。而且,当然,这样政治生活才能是干干净净的!所以你不能挣钱。

但是你看,这支队伍处在整场战争的关键位置。它是整个旅、整个师、整个军、整个英国远征军、整个联军的弱点。如果德国佬从这里打了进来……伊利亚已经过去还有那伟大的荣耀……[①]还有什么荣耀!

[①] Fuit Ilium et magna Gloria,拉丁文,可能化用自维吉尔《埃涅阿斯纪》中的"特洛伊已是过去,伊利亚已是过去,特洛伊人伟大的荣耀也是过去"。伊利亚是特洛伊的别名。

他一定会为了这支队伍尽到最大的努力。这支可怜的该死的队伍。也是为了那些该死的滑稽戏演员。他刚才还向他们许诺圣诞节的时候一人给一张德鲁里巷的戏票。那帮可怜的家伙却说他们更想去肖迪奇帝国剧院,要不就是老巴尔哈姆。英格兰就是这样。德鲁里巷是整个民族的文化象征①,但是那些破调……英雄们,就叫他们英雄吧,更想去肖迪奇和巴尔哈姆!

他突然不可抑制地想起那些泥乎乎、拖着脚、不停地抱怨、鼻子脏兮兮的爱看滑稽戏的家伙,还有一股强烈的欲望,想要给他们来点好运气,然后他说:"麦基尼奇上尉,你可以走了。你得回去执行任务。你自己的任务。戴上合适的头盔。"

一直在说话的麦基尼奇停了下来,脑袋偏到一边,就像一只听人说话的喜鹊。他说:"你说什么?你说什么?"一脸蠢像,然后他又说:"哦,好吧,我猜,如果你在指挥的话……"

提金斯说:"按规矩,和检阅部队的上级军官说话的时候,你要说'长官'。即使不属于他的队伍也一样。"

麦基尼奇说:"不属于!**我**不……属于可怜的该死老兄弟们!"

提金斯说:"你属于师指挥部,你给我回去!现在!马上!还有,你别再回来了。只要我在指挥就不行,解散。"

这真的是在尽义务——一项封建义务!——为的是那些破调大兵。他们想要——马上!——把指挥这支队伍,操控他们生死的醉鬼弄走……麦基尼奇一说"属于可怜的该死老兄弟们",一道

---

① locus classicus,法文。

灵光让提金斯确定,如果只有他一个人的时候,就算他常常很明显是醉醺醺的,那位营长怎么好的军官怎么看都不像是醉鬼。但是如果他和麦基尼奇这个家伙一起被人看见,这两个人看起来就是一副吓死人的酗酒成性的疯子像!

其他可怜的该死老兄弟们其实已经不在了。他们就是个传统——幽灵的传统!有四个已经死了,有四个在医院里,还有两个因为开空头支票在等军事法庭的审判。如果不算麦基尼奇的话,他们中的最后一个就是现在铁丝网上挂着的那堆烂肉和破布……麦基尼奇一走,整个营部的脸色都会变好。

他满意地想,他指挥的会是一帮不错的人。副官是个你都不会注意到的不起眼角色。眼睛又小又黑,就像只鸟!总是在忙。还有小阿兰胡德斯,通信军官!还有个叫邓恩的胖家伙,从前天晚上开始他就算是情报军官了!A连的指挥官已经五十岁了,瘦得跟烟斗杆一样,还谢了顶;B连的是个不错的金发小伙子,出身好家庭;C连和D连,都是尉官指挥,刚刚参战。但是很干净……很满意!

真是拿着一把细弱的衰草去堵裂口的大坝——帝国的大坝!去他的帝国!是英格兰才对!伯马顿的牧师宅邸才是重要的!我们要个帝国来做什么!只有迪斯雷利这样私搭乱建的犹太人才会给我们留下这么个私搭乱建、摇摇欲坠的名字!托利党说他们得有人去干那些见不得人的活儿。他们找人找得真不错!

他对麦基尼奇说:"有个叫伯马——我是说格里菲斯,格里菲斯九号,的家伙。我听说你在师部文艺会演里说得上话。他一吃完早饭,我就派他和你一起走。他的短号吹得一流。"

麦基尼奇说:"遵命,长官。"软趴趴地敬了个礼,然后进了一步。

这就是典型的麦基尼奇。在危机时刻从来没用过他疯狂的拳头。这让他愈发无聊。他的脸会扭曲得像一只看着石墙上她的猫崽钻过小洞的母野猫一样。但是他又会变成驯良的下级。突然的!没有任何理由的!

无聊的人!一点修养都没有!恐怕他们现在已经控制了这个世界了。那真是个令人生厌的世界。

不过,麦基尼奇正在敬礼。他拿着一个封好的信封,小小的、皱巴巴的,好像已经带在身上很久了。在征求许可之后,他用一种压住的声音说话。他想要提金斯确认信封上的封戳还没有坏。信封里装的就是"那首十四行诗"。

麦基尼奇肯定是发了疯了!就算他的声音很平静,尽管带着种牛津-伦敦东区混合口音,他的眼睛,他的渍李子色的眼睛绝对已经疯了,就像那滚烫的渍李子!

有人拖着脚沿堑壕走过来,提着看上去很重的铅灰色木头箱子的绳编把手。两个人抬一箱。提金斯说:"你们是D连的人,赶紧走!"

然而,麦基尼奇并没有疯。他只是想说明他的智力和拉丁文水平足以和提金斯相比,他可以在"大日子"来临的时候完成它!

那个信封里其实装着一首十四行诗。是提金斯为了分散一下注意力,按照麦基尼奇规定的韵脚写的一首十四行诗——在一个紧张时刻为了分散一下注意力。

他们俩一起经历了好几次紧张时刻。这应该让他们之间生出点友情来,但并没有!想想看,和一个高地－牛津－伦敦东区佬成了朋友!

或许有了!那首诗是肯定在的。提金斯是在两分半钟之内写出来的,为了不去想他的妻子,他记得,那个时候她正在烦他……忘记了西尔维娅足足两分半钟!真是走运!但麦基尼奇坚持认为那是一次挑战。对他拉丁文水平的挑战。在那个时候那个地方,他开始在两分钟之内把那首十四行诗翻译成六音步的拉丁诗歌。要不就是四分钟……

但是他们被打断了。一个叫〇九摩根的家伙死在了他们的脚下。就在那个棚子里。之后他们又忙着处理那些义务兵!

很明显,麦基尼奇把那首十四行诗装进了一个信封里。就在这个信封里。就在那个时候那个地方。很明显,麦基尼奇心中激起了一股盲目的凯尔特式的鼻子哼哼作声的怒意,想要证明他的拉丁文水准远胜过提金斯写十四行诗的水平。很明显,他这股怒意现在还在激荡着。他疯了一样想要和提金斯比赛。

也许正是因为这个,他才没有彻底疯掉。他保留理智的目的就是为了能继续这场比赛。他现在正在重复,手里拿着信封,封戳朝上,"我猜你知道我还没有读你的十四行诗,长官。我猜你知道我还没有读你的十四行诗,长官……是为了做准备,这样我可以翻译得更快一点。"

提金斯说:"是的!没有!……我才不在乎。"

他没有办法告诉这个家伙,一想到比赛他就觉得厌烦。对提金斯来说,任何比赛都是令人讨厌的。就算是竞技运动也一样。他喜欢打网球。真正的网球①。但是他很少打,因为他没法找到能一起打球的人,因为就算打输了,他也不觉得有多难受。而被这个得奖的学生拉进任何一种比赛都让人觉得厌烦。他们沿着堑壕慢慢向前走,麦基尼奇退到旁边,把封戳伸了过来。

"这是你的封戳,长官!"他还在重复,"你自己的封戳。你看,没有打开过。你不会以为我很快浏览了一遍那首十四行诗,然后凭记忆誊写了一份吧?"

尽管他老在营部军官食堂里对那帮无可救药的傻张着嘴的伦敦东区尉官面前吹嘘,这个家伙根本就不是什么好的拉丁学者,或者诗人。他会把他们的便条翻译成拉丁诗歌……但是总是翻译成拉丁文里现成的说法,通常都是出自《埃涅阿斯纪》。比如:

"他们都安静了下来,埋在美酒和安眠中!"②

战前的牛津有可能是教过这样的东西吧。

提金斯说:"我又不是该死的侦探。是,当然,我非常相信。"

---

① 也叫皇室网球,现代网球的前身,在室内进行的贵族运动。20世纪时,为了和现代网球加以区分被称之为"真正的网球"(real tennis)。

② Conticuere omnes, or Vino somnoque sepultum,拉丁文。前半句出自《埃涅阿斯纪》第二卷第一行,后半句出自第二卷第三十五小节。

提金斯想着要和小阿兰胡德斯说话了,那是个温和真诚的黎凡特人,想到个黎凡特人居然都会高兴!他说:

"好,没问题,麦基尼奇。"

他觉得他自己还真是可靠。他真的和这个家伙比起赛来了。这简直是堕落。他的,提金斯的,道德优势崩塌了。他承担起了责任,他想到两百五十英镑就开心,现在他还在和这个伦敦东区——凯尔特——得奖学生比赛。他已经堕落到这种水平了。算了,说不定下午还没到他就死了。没人会知道的。

居然会去想别人会不会知道!但他想瞒的其实是瓦伦汀·温诺普。知道他在压力下堕落了!这让他自己大吃了一惊。他对自己的潜意识说:"什么?居然还有**那种**感觉?"

起码那个女孩还是个不错的拉丁学者。带着点戏谑的愉悦,他想起来,好多年前,在一辆轻便马车里,从迷雾中走出来,在萨塞克斯的某个地方——乌迪摩尔——她让他出了丑。因为卡图卢斯的诗!他,提金斯!……之后不久,老坎皮恩就开着他那辆开不了但又**非要**开的汽车撞上了他们。

麦基尼奇明显已经被安抚了,说:"我不知道你知道还是不知道,长官,坎皮恩将军后天就要来接管这支队伍了。不过,当然,你肯定知道。"

提金斯说:"不,我不知道。你们这些和指挥部有联系的人总是比我们早收到这种消息。"他又补充说:

"这意味着我们要有援兵了,这意味着有统一指挥了。"

第四章

这意味着已经可以望见战争的尽头了。

在堑壕下一区营部避弹壕的麻布门帘外,他们只找到了阿兰胡德斯少尉和文书室的达克特准下士,他们两人个都是好小伙子。那个准下士是某个人的私生子,他有一双非常优雅的腿,走路的时候脚不拖地,但当他说话激动起来的时候总是会用他的鞋去蹭他的脚踝。

麦基尼奇马上就讲开了那首十四行诗的故事。那个准下士自然有一大堆文件需要提金斯签字。一堆不整齐的黄白纸张,所以麦基尼奇有讲故事的时间。他想要证明自己和代理指挥官是在同一个水平的,至少在常识上是。

他失败了。阿兰胡德斯一直惊叹,"少校用两分半钟写了首十四行诗！少校！谁能想到！"真是个天才的小伙子！

提金斯半专心地读了读这些文件，之前营部的事情他都插不上手，所以他非常想了解一下情况。正如他怀疑的那样，部队的文书工作糟得吓人。旅部、师部，甚至军部，还有，真不假，还有白厅都在进行一遍遍的公文**轰炸**，要求提供关于所有想得到的东西的信息，从果酱、牙刷、吊裤带，到宗教、疫苗，还有军营的损坏情况……这倒是个有意思的事。不用去多想，你差点就以为圣明的权威们故意用雪片一样的文件把指挥官们活埋了，把他们的背都压断了，目的就是为了让他们的脑子放松，去想点别的东西——别的，而不是战事急需的东西！这还真是放松，在等待一场**进攻**逐步上演的时候——还不得不读一份关于部队学院主席①资金的措辞粗暴的质询，同时，这个营还在一个叫贝亨库尔②的地方附近修整。

看起来，提金斯应该感到幸运，指挥官没有批准他去掌管部队学院主席资金。

按照条例，部队的副指挥官是部队学院的负责人。他是主席，按规定要去管理士兵们的台球桌、日历、西洋双陆棋棋盘③、足球鞋等等。但是指挥官更想把这些账目攥在自己手上。那个时候提金

---

① 部队学院是英军中为士兵提供各种娱乐、学习活动的机构，这些活动也有减少士兵酗酒行为的目的。

② 法国东北小镇，距离阿尔贝十五公里。提金斯可能是想起了他在索姆河战役中的经历。

③ 一种两人对弈的游戏，通过掷骰子把移动棋子，首先把所有棋子从棋盘上移走者胜。

斯觉得自己被羞辱了。也许那不是!

他脑子里一闪念,觉得指挥官也许有经济困难——虽然那不是他该管的事情。近卫骑兵团[①]紧紧不放地对一个叫史密斯六十四号的士兵参军前的事情感兴趣。他们第三次措辞粗暴地来详细询问他的宗教信仰、之前的住址和真名。不用说,那准是情报部门在问。但是白厅也更粗暴地想知道对一九一五年一月里一个训练营地里部队资金使用质询的回答——那也是以前的事情了!上帝的磨坊转得还真是慢,这则质询还附有一张旅长的私人便条,看在上帝的分上,他希望指挥官会回答这些质询,要不然就只能设立调查法庭了。

其实这两份文件不应该给提金斯看。他用左手的拇指和食指捏着它们,还有那份关于史密斯六十四号的质询——看起来挺紧急的——都夹在他的拇指和食指之间,然后把它们递给了达克特准下士。那个不错的干净的金发小伙子这个时候正压低了声音亲密地和阿兰胡德斯少尉讨论彼特拉克体十四行诗和莎士比亚体十四行诗的相同之处。

国王陛下的远征军就成了这样了。就在离德军前线总攻的时间还差四分钟的时候,这里有四位战士全部都对十四行诗燃起了兴

---

① 这里的近卫骑兵团和白厅指的都是英国陆军总部,一九〇六年,英国陆军总部从近卫骑兵团搬到了白厅,但还是有人习惯用近卫骑兵团来代指陆军总部。

趣。德雷克和他的滚木球游戏①——居然重演了！有区别，当然！但是时代变了。

他把两份挑出来的文件给了达克特。

"把这个给指挥官，"他说，"再让准尉副官去找找史密斯六十四号在哪个连，不管我在哪里，都把他带来。我现在要顺着堑壕检查一遍，见过指挥官和准尉副官之后你就来追我。阿兰胡德斯负责记录我认为加固墙要怎样改进的方法，你负责记下我对各个连队的所有的人事安排，去吧！"

他友善地告诉麦基尼奇马上离开这些阵地。他可不想让他的死算到他头上。

他又看了一遍旅部发来的通告，内容是关于在预计的德军进攻开始的时候部队的调动情况。离进攻开始——至少是炮火准备——还有三分钟。

开战前，我们不祷告吗？他没法想象自己会那么做，他希望不会出什么让他的头脑失控的事情。除此之外，他发现自己还在考虑要把部队的文书工作弄得像样一点。**"一个打扫房间的人也是为**

---

① 弗朗西斯·德雷克爵士（约1545—1596），英国著名航海家、冒险家，带领英国海军一五八八年击败西班牙无敌舰队的将领之一。有一则故事说一五八八年西班牙无敌舰队出现的时候，德雷克正好在朴次茅斯的草地上玩滚木球游戏，他一直等到游戏结束才登船出海。

了你的伟业……"[1]这大概也算是祷告了吧。

他注意到旅部的关于这次要来的进攻指令上不光附有师部诚恳的支持,还有军部非常认真的鼓励。旅部的便条是手写的,师部发来的是挺清晰的打字稿,军部发来的是非常淡的打字稿,它们总结起来就是这个意思:今天他们必须要坚持到被炸得四分五裂为止。这意味着他们背后什么都没有了——从这里一直到北海!法国人多半正急匆匆地赶过来——他想象着一大群蓝色小家伙穿着红色的裤子[2]在粉红色的阳光照耀下的平原上小跑着。

(你没法控制自己想象中的画面,当然,法国人早就不穿红军裤了。)他看到整条战线在蓝色部分赶过来的地方被攻破了;其他的,统统都给扫到海里去了。他看到了他们后方的这个平原,在地平线上有一道闪闪发光的阴霾,那就是他们会被扫过去的地方。或者,当然,他们不会被扫到那里去。他们会脸朝下趴着,屁股朝上。对那个大扫把和簸箕来说,这太不值一提了。死亡是什么样的——那个毁灭的过程?他把文件塞进了军服口袋。

他带着点悲凉的笑意想起来,有张便条向他保证有援兵。十六个人!十六个!伍斯特人!从一个伍斯特的训练营来的——究竟为什么不把他们送到就在旁边的伍斯特营?都是好兵,毫无疑

---

[1] 引用自乔治·赫伯特《灵药》,这首诗的第一段可以说明为什么提金斯会觉得它可以算是祈祷,第一段是"教会我,我的上帝和君王/在所有的事物中都看到你/而我所做的任何事/都是为你而做"。

[2] 蓝色上衣和红色军裤是法国陆军在一战开始时的军装。

问。但是他们和我们这帮兵的操练发型①不一样,他们和我们的人也不是好兄弟,他们连军官的名字都不知道,连给他们鼓劲的欢迎仪式都没有……后方当局现在坚持故意打破每个团的团体意识的做法真是个怪诞的主意。据说,这是在一个有先进的社会观念的平民的建议下从法国人那里学来的,而法国人又是从德国人那学的。从自己的敌人那里学习当然不犯法,但是这么做明智吗?

或许是这样的。封建精神已经破败了,它甚至可能对堑壕战有坏处。原来打仗是舒服惬意的,你和自己村子里的人一起在你们教区牧师的儿子麾下作战。也许那对你来说还不够好?

不管怎么说,照现在这种安排,死亡会是件孤独的事。

他,提金斯,还有那边的小个子阿兰胡德斯,如果有东西打到他们头上,他们就死了。一个约克郡富豪的儿子和一个,没错,波尔图②新教牧师——如果你能猜到世界上有这么个东西的话——的儿子!两个不同的灵魂一起扇着翅胖飞上天堂。你还以为如果约克人和其他英国北方的家伙一起上天堂,而南欧佬和其他的天主教徒一起上天堂,上帝该觉得更合适。因为虽然阿兰胡德斯算是个非国教派牧师的儿子,但他已经重新皈依了他祖辈的信仰。

他说:"快点,阿兰胡德斯,我还想在德国佬的炮弹打到之前

---

① 在英国军队中,如果操典上有文字不够清楚的地方,每一支部队对这些地方都会有自己的理解,操练的具体方法也就不一样,英文中把这个叫作操练发型(drill quiff)。

② 葡萄牙第二大城市,传统上葡萄牙人主要信仰的是天主教,很少有新教徒。

看看那段进水的堑壕。"

好吧,他们要有增援了。后方当局终于听到了他们的祈祷。他们派来了十六个伍斯特人。那他们就是三百四十四——不对,三百四十三,因为他把格里菲斯九号送到后面去了,那个吹短号的家伙——三百四十四个孤单的灵魂对抗。就算两个师吧!对着一万八千人,很有可能。他们还要坚持到被炸得四分五裂为止。增援了!

增援了!上帝啊!十六个伍斯特人!

能还有比这更糟糕的吗?

坎皮恩要来指挥这支队伍了。那就意味着会有真正的增援,从塞满基础训练营地的那几百万人中来的增援。这也意味着统一指挥!如果坎皮恩没有收到这两项确切的承诺,是不会同意指挥这支队伍的。

但那是要花时间的。好几个月!稍微像样的增援都要好几个月后才会来。

而在那个时刻,在整支队伍战线上最关键的地方,整个远征军,整个盟军,整个帝国,整个世界,整个太阳系,就只有他们三百六十六个人,①由世界上最后一个托利党人指挥着。要面对一浪接一浪的敌军。

还有一分钟,德军的炮击就要来了。

---

① 原文如此。上文提金斯说过了,加上增援的十六个人,他手下才三百四十三人,可能是福特的笔误。

阿兰胡德斯对他说:"你能在两分半钟之内就写出一首十四行诗,长官。而且你设计的虹吸管在那段进水的堑壕里效果可好了。我妈妈的叔祖,波尔图的律修会修士,花了十五个星期才写完他那首著名的十四行诗。我知道,是因为我妈妈这么告诉我的。但是你根本不应该来这里的,长官。"

那阿兰胡德斯就是《致夜色十四行诗》①作者的曾侄孙。他很可能是。这个世界上总是会有这样的巧事吧。所以他自然对十四行诗有兴趣。

因为指挥上了这个有一段堑壕进水的营,提金斯就有机会试验一下他常常会想的一个东西——通过污水管接成的虹吸管抽干垂直开挖的渗水土壤,虹吸管不是水平放入而是垂直放入的。幸运的是哈克特——B连的连长——参军以前是位工程师,那段进水的堑壕也是B连的。阿兰胡德斯已经去过了,纯粹是出于英雄崇拜,跑到B连的堑壕里看他英雄的虹吸管效果怎样。他报告说它们的效果好极了。

小个子阿兰胡德斯说:"这些堑壕就像庞贝一样,长官。"

提金斯从来没有见过庞贝古城,但是他明白阿兰胡德斯是指那些在泥土里挖出来的空荡荡的方方正正的空槽。尤其是它们那种空荡荡的感觉,和阳光下的死寂,非常棒的堑壕。设计满员可以容纳七千人,闹嚷嚷地挤满了伦敦东区的人,现在却一片死寂。

---

① 一九一九年版《牛津英国抒情诗选》中的确有一首《致夜色十四行诗》,不过其作者约瑟夫·布朗哥·怀特是西班牙、英国混血,而非葡萄牙人。

他们在粉红的砾土通道里碰上了三个哨兵，还有两个人，一个扛着一把十字镐，另一个扛着一把铁锹。他们正在把墙和道路的交角修方正，就像工人会在庞贝做的一样，或者是在海德公园里！A连连长那个家伙什么时候都要求整齐。但是这些士兵看起来很喜欢这样。他们本来在吃吃地偷笑，当然，在提金斯经过的时候他们停了下来……

受到一个不错的黑皮肤小个子——阿兰胡德斯——他的崇拜，感觉不错。他一开始很自然的，吓得小命都快没了，就像一个拉着无所不能的父亲衣角的孩子一样跟着提金斯。无所不知的提金斯，可以指挥战争的可怕进程，给害怕的人带来安全！提金斯需要这样的崇拜。这个小伙子说，要是眼睛被打了就惨了，你的姑娘就再也不会看你了。南茜·特吕菲特现在待的地方离这还不到三英里，除非她已经被转移了。南希就是他的爱人，在巴约勒的一个茶店里工作。

就在他们走过一条交通壕的开口之后，有个人坐到了A连的避弹壕洞口上。那条土里的通道看起来那么令人安心，一直通到山上。你可以慢慢地走到那里，离开这一切——但是你不行！在这里朝右转朝左转都不行，必须向前！

那个在练习本上写字的人钢盔已经盖到了他眼睛上。他全神贯注地坐在砾土台阶上，练习本就放在膝头。他的名字叫斯洛科姆，是个剧作家，就像莎士比亚一样。他给杂耍剧院写短剧，五十英镑一出戏，给那些郊区剧院写。郊区剧院是那些环绕伦敦郊区演出的廉价杂耍剧院。斯洛科姆，连一秒钟都不曾放过一直在练习本上写。如果在行军的时候你让士兵们解散休息，斯洛科姆就会坐在路边——马上掏出他的练习本和铅笔。他妻子会把他寄回家的手稿打出来，而且如果他没有及时供稿，还会给他写信抱怨。如果他不接着写一幕短剧的话，她要怎么才能保证乔治和弗洛茜星期天穿上好衣服？提金斯知道这个，因为他在有次审查这个人往家里寄手稿的一封信里看到了。斯洛科姆是个糟糕的士兵，但是他让其他士兵有好心情。他脑袋里装满了取笑大小威利和弗里茨兄弟[①]的伦敦东区笑话的保留节目。斯洛科姆用舌头舔湿了他的铅笔继续写着。

站在 A 连连部避弹壕洞口的上士想叫个卫兵出来，但是提金斯拦住了他。A 连被管理得就像后方兵站里的正规军一样。那个连长有本工整得像财务报表一样的操作簿！他是个又老又秃、脸色阴沉的家伙。提金斯问了上士一堆问题。他们的米尔斯手榴弹都没问题吗？他们缺不缺步枪——好得不能再好？但是那怎么可能！他们有生病的吗？两个！好吧，那生活真健康！让士兵们都保持隐蔽，直到德国佬的炮击结束。马上就要来了。

马上就要来了。提金斯手表上的秒针，一根细如发丝的运动着的指针，走到预定时间的时候颤了颤。"轰隆！"远方的声音准时地说。

提金斯对阿兰胡德斯说："应该马上就要来了！"阿兰胡德斯拉了拉钢盔颚带。

提金斯嘴里满是难受的咸味，舌根发干。他的胸膛和心脏重

[①] 大小威利和弗里茨兄弟应该分别代指英国士兵和德国士兵。

重地起伏跳动。

阿兰胡德斯说:"要是我挨了一发,长官,你能不能告诉南茜·特吕菲特……"

提金斯说:"你这样的小家伙才不会挨什么东西。再说了,看看风向!"

他们正处在沿着山边挖成的堑壕的最高处,所以他们可以看到四周。风力毫无疑问是加大了,顺着山吹下来。他们可以看到前方、后方,还有沿着堑壕的方向。大地上,有的地方有绿色,是灰扑扑的树。

阿兰胡德斯说:"你觉得风能拦住他们,长官。"带着祈求的神情。

提金斯低声吼道:"当然会拦住他们。他们不放毒气就不敢动手。但是他们的士兵又害怕冲进毒气烟幕。风就是我们的优势。它会泄了他们的**士气**。没有别的东西可以。他们还没法放毒气烟幕。"

阿兰胡德斯说:"我知道你认为他们毁就毁在毒气上了,长官。他们用毒气是作恶,不可能做了恶还不遭报应,对吧,长官?"

安静得有点不正常。就像星期天人们都去了教堂,小村子一片寂静。但这让人觉得不舒服。

提金斯好奇身体的不适要多久才会影响他的头脑。你舌根发干的时候想问题肯定想不清楚。这差不多是他第一次在**敌人进攻**的时候待在外面。他很久以来的第一次。从努瓦库尔[①]以后!——那

[①] 法国东北部小镇。按照本系列第二部中的记录,两年前应该是指提金斯因受伤回伦敦休养的时候,所以这个地方可能就是他因炮击而受伤的地方。

是多久以前了？——两年？大概是！没有任何证据可以告诉他还有多久他的头脑就会受影响！

安静得有点不舒服！奔跑的脚步声先是在铺路木板上，然后是在堑壕干燥的道路上！这声音让提金斯心里猛然一惊，火烧房子一样的紧急！

他对阿兰胡德斯说："那人还真着急！"

那位小伙子的牙齿咯咯作响。那些脚步声肯定也让他很难受。《麦克白》里敲门的一幕！①

他们开炮了。炮击来了。嘭……嘭呜……嘭！嘭！啪！……嘭呜……嘭！嘭！……嘭嘭呜……嘭嘭嘭……嘭……嘭……这是那些听起来像鼓声的炮响，而且是无比巨大的鼓。它们一直不停地响了下去。那些响得最激烈的——你知道的，就像看歌剧的时候，那个抡着大鼓槌的家伙真正敲开了的时候——你的心跳得跟什么似的。提金斯的心就这样了。那个鼓手看起来已经疯了。

提金斯从来就不擅长通过听声音判别火炮的种类。他会说这些是高射炮。因为他记得，有那么几分钟，飞机引擎的嗡嗡声遍布在那令人不舒服的寂静中。但是那种嗡嗡声太常见了，它已经成了寂静的一部分，就像你自己的想法。一种过滤的专注的声音，从头顶飘下来，那更像细碎的灰尘而不是噪音。

---

① 在莎士比亚名剧《麦克白》第二幕中，在麦克白刺杀国王之后，城堡大门咚咚作响。十九世纪英国作家托马斯·德昆西的《论＜麦克白＞中敲门一幕》一文讨论了这幕戏给他带来的感情冲击。此处福特可能也想到了德昆西的文章。

一个熟悉的声音喊着:"累……咿……咿……累!"[①]炮弹听起来总是一副活够了的样子。就好像在经历一段长长的旅途之后,它们会说:"累!"把"咿"声拖得老长,然后是爆炸的"轰"的一声。

这就是**攻势**的开始,虽然很确定这场**攻势**会来,但他还是希望能够延长一点那种……就叫伯马顿!……似的状况吧,平静的生活,还有沉思的生活。但是现在攻势已经开始了。"好吧。"

这发炮弹听起来更重也更加的累,懒洋洋的。它好像从他和阿兰胡德斯的头顶六英尺处飞过,然后,从山上二十码远的地方,看不见的地方,传来了一声"噗!"这**是**发哑弹!

很有可能这发炮弹根本就不是瞄准他们堑壕的。很有可能就是发没有爆炸的高炮榴霰弹。德国人打的炮弹很多都是哑弹——这一段时间。

所以这有可能还不是进攻开始的信号!这很诱人。但是只要它是照正常方式结束的就还是可以忍受的。

达克特准下士,那个金发的小伙子,跑到离提金斯的脚还有两英尺的地方停下来,像近卫军士兵一样干脆地一跺脚敬了个漂亮的军礼。这条老狗还有点劲。意思就是说在这种烂糟糟的时刻,职业军队里对维持整洁形象的热情还是在有些地方保留了下来。

这个小伙子大口喘着气——有可能是他很激动,或者他刚才

[①] 原文为"We … e … e … ry",以模仿炮弹打过来的呼叫声,但同时 weary 在英文中也有劳累疲倦的意思。

跑得太快。但是如果他不激动的话为什么要跑那么快。

他说:"如果可以的话,长官,"他喘气,"你能去上校那里吗?"接着喘气,"尽快!"他还在喘气。

提金斯的脑子里一闪念觉得他这一天剩下的时间要在一个舒服的黑漆漆的洞里过了。不用在令人目盲的日光下——让我们感恩吧!

把达克特准下士留在这里——他突然想起来,他喜欢这个小伙子是因为他让自己想起瓦伦汀·温诺普!——继续用亲密的语气和阿兰胡德斯说话,让他不要一直陷在对即将到来的死亡或者意味着失去他爱人的失明的恐惧中,提金斯轻快地顺着堑壕往回走。他没有慌。他决定了,不应该让士兵看到他慌张的样子。就算上校拒绝被解除职位,提金斯也决定了,至少士兵还可以安慰自己说指挥部成员里还有一个冷静地慢慢踱步的人。

在他们换防马梅兹森林前的特哈斯纳堑壕的时候,还有一个相当不错的少校,他戴着眼镜,家庭出身也很好。但他大概有点问题,因为他后来自杀了。在他们进入堑壕的时候,大概在五十码开外吧,德国佬开始叫喊起盟国各个国家的战斗口号,还奏起了英国陆军各个团的进行曲调子。这么做是因为如果英国士兵们听到,比如说:"**有人说起亚历山大……**①"从对面的堑壕里传来,国王陛下的第二近卫掷弹兵营就会大声欢呼起来,而德国佬兄弟也就知道了他们要面对的是谁。

---

① 这是英国军歌《大不列颠掷弹兵进行曲》歌词的第一句。这是一首原作于十七世纪的军歌,现在是英国皇家炮兵、英国皇家掷弹兵等部队的军歌。

自然，这位格罗夫纳少校让他的士兵闭上了嘴，然后站在那里把眼镜紧紧地摁在脸上听着，一副四重奏晚会上评论家的神情。最后他把眼镜拿下来，抛到天上，然后又接住。

"大吼万岁①！将士们。"他说。

虽然可能性不大，这样做会让敌人吓一跳，以为他们面前的堑壕里有日本部队，或者会让他们明白我们是在拿他们开玩笑，这种反击会把那些自作聪明的家伙气疯。然后德国佬闭嘴了！

这就是那种士兵们现在还喜欢的军官身上该有的幽默，那种提金斯自己没有的幽默。但是他可以表现出一副蛮不在意地全神贯注沉思的样子——在紧要关头，他还可以告诉他们，比如说，他们对云雀的想法都是错的，那是挺让人平静的。

有一次，他听一位天主教神父在炮火之下在一个谷仓里布道。那时炮弹在从头上飞过而猪在脚下乱窜。那位神父布道的内容是圣母无原罪这条教义中非常艰深的一点，②士兵们非常专心地听着。他说那是常识。他们不想听哭哭啼啼的或者和死亡有关的讲演。他们希望自己的头脑不要去想……神父也是这样！

正是如此，才要在开始之前和士兵聊云雀，或者老德鲁特巷舞台上大象的后腿！而且上校找你时还要慢慢走。

---

① Banzai，德文。

② 天主教教义，指圣母玛利亚在她母亲腹中成胎时就没有沾染过原罪。这个说法从中世纪就有了，在一八五四年，教皇庇护十世正式将其认定为天主教信条之一。

他沿着堑壕前进,有那么一两个瞬间什么都没有想。堑壕泥土里混着的卵石变得清晰起来,可以一个个的分开了。有人掉了封信。斯洛科姆,那个剧作家,正合上他的练习本。他很明显地叹了口气,伸手去拿他的步枪。A连的准尉副官正在把各种各样的人从避弹壕里叫出来,他说:"快点!"

提金斯经过的时候说:"尽可能让他们掩蔽好,准尉副官。"

他突然想起来,他让准下士达克特和阿兰胡德斯留在一起触犯了军事法规。一名军官不准在没有护卫的情况下独自穿过一段没有人的堑壕。可能会有一发德国佬的炮弹会轰到他,在你流血流到死的时候,没有人去叫医生或者担架兵来,而那会损失国王陛下的财产。这就是军队……

其实,他把达克特留下来是为了安慰阿兰胡德斯。那位小个子的尉官正在难过。上帝才知道有什么细小的痛苦正在他细小的大脑里像耗子一样窜来窜去!敌人**进攻**过来的时候他像狮子一样勇敢,但是在他们还没有攻来的时候,一想到……他小小的、黧黑、高贵的脸就一直颤抖。

他其实是把瓦伦汀·温诺普和阿兰胡德斯留在了一起!他意识到这才是他真正做的。那个小伙子达克特就**是**瓦伦汀·温诺普。干净,金发白肤,小个子,一张普通的脸,勇敢的双眼,倔强、稍微有点翘的鼻子……就好像是——瓦伦汀·温诺普已经属于他了——他们俩沿着一条路一起走,然后,看到路边有人很难过。而他,提金斯,就说:"我必须要先走。你停下来看看有什么能帮忙的!"

而令人惊奇的是，他好像正在一条乡间小路上和瓦伦汀·温诺普走在一起，她很安静，那种归属之后的安静的亲密。她属于他……不是一条山路，不是约克郡，也不是一条峡谷中的路，不是伯马顿。乡村牧师的宅邸不适合他。所以他不会加入教会！

一条清晨的小路，路边长着些老荆棘树。它们只生长在肯特。而且天空从四方笼罩下来。在一座起伏平缓的小山丘顶上！

太惊人了！到现在，他有两周多没想过那个姑娘了，除了在敌人大**进攻**的某些时刻，那些时候他希望，如果知道他在哪里，她不要太担心。因为他有种感觉，她一直都知道他在哪里。他越来越少地想她，间隔越来越长——就像他那个要给上尉拿蜡烛的德国工兵的噩梦。最开始的时候，他每个晚上，每个晚上都会做三四次这个梦，现在，每天晚上只做一次了。

那个小伙子身上相似的地方把那个姑娘重新带回他的脑海里。这是个意外，所以这不是任何心理节律的一部分。也就是说，这不能说明，顺其自然不出意外的话，她不再让他痴迷了。

她现在肯定依然让他痴迷！他不能承受，也不敢相信。他的整个存在都被她的……其实是她的头脑，冲垮了。因为那位准下士与她生理上相似的地方当然只是伪装而已。准下士们才不像年轻的姑娘，而且，事实上，他也记不清瓦伦汀·温诺普到底长什么样了。他的脑子不是那样记忆的，而是他大脑找到的词让他知道她是金发白肤，翘鼻子，脸盘挺大，而且站得稳稳的，就好像他记了笔记，等他想要想起她的时候就去看看。他的头脑不会生出任何画面，它只会带来一种曚昽的阳光。

她的头脑让他痴迷,那副准确的头脑,略有点粗鲁的不耐烦,还有那些简单的总结!——还真是对你爱的女士的魅力的奇怪总结!但是他想听到她说:"哦,少来了,伊迪丝·埃塞尔!"在每次伊迪丝·埃塞尔·杜舍门——现在当然是麦克马斯特夫人了——要引用什么麦克马斯特在他那本关于已经去世了的罗塞蒂的评论集里发表过的观点的时候,真是**非常**过时啊!

听到她那么说会让他安静下来。事实上,她就是世界上唯一一个他想听她说话的人。肯定是世界上唯一一个他想与之谈话的人。唯一清楚的头脑!——他的头脑急需的休息将全世界所有的锅下面烧荆棘的爆响声摆脱开——①摆脱开那些永无休止、愚蠢的"嘭嘭嘭呜嘭……嘭……嘭呜……嘭嘭!"德国火炮一起从刚才到现在发出的声音。

为什么他们不停下来?让那个疯狂的鼓手在他愚蠢的乐器上不停地敲对他们有什么好处?也许他们能打下几架我们的飞机来,但是通常他们什么都打不下来。你看到他们的炮弹爆炸,然后在浑不在意的飞机周围像手绢一样慢慢展开,就像用黑色的豆子去瞄准蜻蜓,背景是一片蓝天;那些闪着光的粉红的美丽玩意!但是就他对火炮的厌恶,仅仅就厌恶——一种托利党人的偏见——这么干也许是值得的。只是……

在天空中进行的那场看不见的意志对抗里,你自然会尝试所

---

① 化用《圣经·传道书》中语句。原文为:"听智慧人的责备,强如听愚昧人的歌唱。愚昧人的笑声,好像锅下烧荆棘的爆声,这也是虚空。"

有说服对方的办法。

"噢!"我们的参谋部会说,"他们会在早上几点几点进行大规模的进攻。"因为很自然地,在二十四小时制①确立这么多年以后,参谋部还是会想早上几点。"好吧,那我们就派出一百万架带机枪的飞机去歼灭任何他们敢调动来支援的部队!"

在大白天调动大量人手自然是不寻常的。但是战争游戏只有两种可能:要不用寻常的,要不就用不寻常的。照寻常来讲,你不会在日出之后开始炮击,再在十点半左右开始进攻。所以你有可能这样做——德国佬可能就是想这么试试——来一次奇袭。

另一方面,我们的人可能会派飞机出来,飞机的嗡嗡声让你的骨头都颤抖,目的是为了告诉德国佬我们已经做好对付他们奇袭的准备了,告诉他们时间差不多了,我们在等着德国佬的脑子里想出什么奇袭的招来。所以我们派出了那些致命、恐怖的玩意去擦着灌木丛顶掠过,完全不顾那些炮火!因为这场战争里没有比那道灵活的弧线更可怕的事,摇晃着掠到你士兵队列头上几英尺高的地方撒播着死亡的雨!所以我们把它们派出去了。它们马上就要呼啸而下……

当然,如果这次仅仅是一场佯攻,比如说,如果后方没有运动中的增援部队,没有在火车站下车的部队,德国人正确的反应就该是用他们能放进炮里的所有重家伙把我们的几段堑壕轰平。这就好像是讽刺地说:"上帝,如果你们要在这么好的一天打扰我们的

---

① 直到一九一七年英国军队才确立使用二十四小时制。

和平与安宁，我们也要打扰你们的！"然后哗啦……一马车一马车的煤炭会飞起来，直到我们唤回我们的飞机，然后棋盘上的一切又重新沉睡。其实，如果不进行佯攻或者反佯攻，你也许会同样的舒服。但是伟大的总参谋部喜欢用钢铁说上这么几句俏皮话。还加上那么点血！

有个军士从营指挥部向他走来，领着个头上有伤的人。也就说，他的钢盔歪歪地盖在一条绷带上。他长着个犹太鼻子，虽然他已经刮了脸，但看上去就像没刮，看起来他还应该再戴一副夹鼻眼镜来补全他东方男性的外貌。

"史密斯列兵，"提金斯说，"听着，你战前是干什么该死的工作的？"

这个人用一种好听的有修养的低沉沙哑嗓音回答："我是个记者，长官。为一份社会主义者的报纸工作。极左的。"

"那你的，"提金斯问道，"你的大名又是什么？我不得不问你这个问题。我不是有意要羞辱你的。"

在过去的正规军里，询问一个士兵他是不是用真名参军是一种侮辱。大多数的人都是用的假名参军。

那个人回答道："爱森斯坦，长官！"

提金斯问这个人是德比兵，还是被迫服役的。他说他是自愿参军的。提金斯问："为什么？"如果这个家伙是个能干的记者，而且站在正确的一边，他在军队外面更有用。那个人说他是一份左翼报纸的驻外记者。给一份左翼报纸当驻外记者，名字又叫爱森斯坦,根本就没有发挥作用的机会。①再说了,他想收拾收拾普鲁士人。他是波兰裔的。提金斯问那个军士,这个人的服役记录是否良好。军士说:"好人。是个好兵。"他已经被推荐授予优异服役勋章了。

提金斯说:"我会申请把你调到犹太步兵团。在此之前,你可以先回前线运输队去。你不应该当左翼记者,要不就是不该叫爱森斯坦。不是因为这个就是那个。不可能两个都是原因。"那人说那个名字是中世纪时冠予他祖先的。他喜欢被人叫作以扫②,因为他是那个部落的儿子。他恳求不要把他调到犹太步兵团去,尤其是现在战争进行到最有意思的时候,因为他听说他们在美索不达米亚。

"也许你想要写本书吧,"提金斯说,"那里有亚罢拿和法饵法③可以写。我很抱歉。但是你应该够聪明,可以看到我不能冒……"他停下了,担心军士如果听到更多的话,会让士兵们觉得这个家伙有嫌疑,而让他的日子难过。他对要在军士面前问他的名字很不高兴。他看起来是个好人。犹太人也能打仗——还有打猎!——但是他不能冒任何风险。

那个人,黑眼睛,站得直直的,颤抖了一下,盯着提金斯的眼睛说:"我猜你不能,长官。"他说,"这很令人失望。我没有准

---

① 这可能和当时欧洲对犹太人的偏见有关。
② 《圣经》中的人物,以撒和利百加的儿子,下文的那个部落指的是犹太人。
③ 大马士革附近两条河的名字。语出《圣经·列王纪下》,原文为:"大马士革的河亚罢拿和法珥法岂不比以色列的一切水更好吗?"

备写任何东西。我想继续在军队里待下去。我喜欢这样的生活。"

提金斯说:"我很抱歉,史密斯。我也没办法。解散!"他很难受。他相信那个人。但是责任必须让人硬起心肠。不久以前他还会为那个人花些心思。很有可能花非常多的心思。但现在他不准备这么做。

一个用白灰刷成的大写 A 涂在一块波形铁皮上,歪歪倒倒地立在一条和堑壕垂直的交通壕的路口。让提金斯惊讶的是,突然有种强烈的冲动就像一阵激情的浪潮一样要推动他的身体朝左走——走上那道交通壕。这不是恐惧,任何恐惧都不是。他很烦躁地一直在想列兵史密斯—爱森斯坦的事情。不用说,不得不毁掉一个还是红色社会主义者的犹太人的前途让他很烦躁。这就是那种如果一个人是全能的——就像他这样,而不应该做的事情。那……这种强烈的冲动是?这是一种想要去一个你可以找到精确、理智的地方的冲动欲望:休息。

他想他突然明白了。对那个林肯郡来的准尉副官而言,和平这个字意味着一个人可以在小山上直起身站着。对他而言,这意味着有一个可以说话的人。

第五章

上校说:"听着,提金斯,借给我两百五十块吧。他们说你是个该死的有钱人。我的账户都空了。我还有个烦人的毛病。我的朋友都不理我了。我一回国就得上调查法庭。但是我的精神不行了。我必须要回去。"

他接着说:"我敢说,这些你都知道了。"

从一想到要给这个人钱就感到的突然、强烈的憎恨来看,提金斯知道他内心的一切算计都是基于和瓦伦汀·温诺普住在一起——等到可以在小山上挺直了身子站起来的时候。

他在上校的地窖里找到了他——那个地方真的就是个地窖,一个农场最后的遗迹——他坐在他的行军床边上,穿着短裤,卡其色的衬衫领口大敞开。他的眼睛有点充血,但是他的剪过的银灰色的头发居然丝毫不乱地打着卷,他灰色的唇髭漂亮地翘着。他的银背梳子和一面小镜子正放在他面前的一张桌子上。在油灯的光亮下,灯就挂在头顶上,这个潮湿的石头地窖微微有点令人恶心,他看起来很有精神,整洁而且有魄力。提金斯好奇日光下他会是什么样子。他几乎就没有在日光下见过这个家伙。在镜子和梳子的旁边,歪歪倒倒的,有一个空烟斗,一只红铅笔,还有提金斯已经看过的白厅发来的黄白色的文件。

他一开始先用一副锐利的、直直的、充血的眼神盯着提金斯。他说:"你觉得你可以指挥这个营?你有什么经验吗?听说你建议我休两个月的假。"

提金斯本以为会有一场激烈的冲突,甚至还会有威胁,结果什么都没有。上校只是一直专心地盯着他,什么都没做。他一动不动地坐着,长长的双手,一直到手肘都露在外面,放在两个膝盖上,膝盖分得很开。他说如果他决定了要走,他可不想把他的营交到一个会把部队败坏掉的人手里。他继续直直地盯着提金斯。那种说法在这样的地方这样的时刻显得很奇怪,但是提金斯明白那么说的意思是他不想让他的营的纪律败坏下去。

提金斯回答说,他不认为他会让队伍的纪律败坏下去。

上校说:"你怎么知道?你又不是军人,对不对?"

提金斯说他在前线上指挥过一个满员的连队——几乎和营里现在的人数一样多,而在后方的时候,他还指挥过一支正好是现在营里人数八倍的队伍。他不记得有什么人投诉过他。

上校冷冷地说:"好吧!我还真是对你一无所知。"

他又说:"你前天晚上指挥我们营撤退还不错。我自己当时没法做到。我不舒服。我欠你一次。士兵们看起来很喜欢你。他们受够我了。"

提金斯觉得自己像绷起来的布一样紧张。到现在,他已经有一种强烈的欲望想去指挥这个营。他从来没有想到过自己会这么想。他说:"如果变成了运动战的话,长官,我其实没有多少经验。"

上校回答说:"我回来之前不会变成运动战的。如果我还回得来的话。"

提金斯说:"现在不是已经很像运动战了吗,长官?"这也许是他人生中第一次向上级询问信息——而且还暗自确定他会得到确切的回答。

上校说:"不是,这只是要后撤到准备好的防御阵地而已。如果参谋部做好了自己的工作的话,一直到大海都会有给我们准备好的防御阵地的。如果它没有,战争就结束了。我们就完了,死定了,挂了,全灭了,不存在了。"

提金斯说:"但是如果这场大**攻势**,按照旅部的情报,马上就要开始……"

上校说:"什么?"

提金斯重复了他刚说的话,接着说:"我们有可能会被撵到下一个准备好的防御阵地后头。"

上校看起来是在把他的思绪从遥远的地方收回。

"不会有什么大**攻势**的。"他说。他又开始接着说:"师部有……"重重的一击晃动了他们背后的小山。上校坐在那里不太在意地听了听。他的眼睛忧郁地落在了他面前的文件上。他头也不抬,说:"是的,我不想让我的营被败坏!"他又继续读着——从白厅发来的公文。他说:"你读过这个了?撤退到准备好的防御阵地上和在野外运动是不一样的。你从堑壕到堑壕的攻击是怎么做的照着做就好。我猜你会用指南针找对方向吧。或者找个人帮你看。"

又是一声巨大的轰隆声摇动了大地,但是距离要稍微远点。上校把那张白厅的公文翻了过去。用别针别在背面的是旅长亲自写的便条。他是用忧郁、毫不惊讶的眼神看着这张便条。

"来真格的了,"他说,"这些你都读过了?我得回去处理这个问题。"

他大喊道:"真是不走运。我本来想把我的营交到一个了解它的人手上。我觉得你不行。尽管或许你行。"

一大堆的火钳通条和灰铲,全世界所有的火钳通条和灰铲刚刚落到了他们头上。听起来好像是因为有回音,所以这个声音绵绵不绝,但这是不可能的,它只是在不断重复。

上校不在意地抬头看了看。提金斯提议要去看看。

上校说:"不,用。有问题诺丁会告诉我们的,不过不可能有问题!"诺丁就是那个小黑眼睛的副官,就在旁边的地窖里。"他们怎么可以期望我们一九一四年八月[①]的账目没有任何问题?他们怎么可以期望我记得发生了什么?在训练营地里。那个时候!"他看起来有点没精打采,但是没有恨意。"不走运……"他

---

① 这是英国宣布参战的时间。

说,"在营里还有……还有这个!"他用他的手背敲了敲那份文件。他抬头看着提金斯说:"我猜我可以把你弄走,交一份说你坏话的报告,也许我不行……坎皮恩将军把你安插进来的。据说你是他的私生子。"

"他是我的教父,"提金斯说,"如果你交一份说我坏话的报告我不会抗议的。当然,前提是报告我缺乏战斗经验。用其他任何理由我都会去旅长那里抗议。"

"都一样,"上校说,"我的意思是教子。如果我真以为你是坎皮恩将军的私生子,我就不会说出来了……不,我不想交一份说你坏话的报告。是因为我的错误你才不了解营里的情况。是我把你推到一边。我不想让你看到文书工作到底有多混乱。他们说你是个打文件战的好手。你原来是在政府办公室里工作的,对吧?"

重重的炮击有规律地落在地窖两侧的土地上。就好像是有山岭那么大块头的拳击手重重地右拳左拳交替攻击一样。这样很难听清楚人在说什么。

"不走运,"上校说,"麦基尼奇又疯了。绝对疯了。"提金斯听漏了几个字。他说他大概可以在上校回来之前就把营里的文书工作整理好。

巨大的声响像一团重重的云雾一样滚下山来。上校继续说着,而提金斯,因为对他的声音不是很熟悉,很多话都没有听见,但是在一阵空当里,他听到了,"我不准备交一份说你坏话的报告,以免烫了自己的手,还有可能让一个将军记恨我——把已经疯了的麦基尼奇要回来……不能够……"

声响又滚了下来。上校听了一次,把他的头转向一边,抬头看着。但是看起来他对自己听到的声音很满意,然后又开始读起近卫骑兵团发来的信了。他拿起铅笔,在几个字下面画了线,然后坐在那里闲得无聊地用笔尖戳着那份公文。

每过一分钟提金斯对他的尊敬就增长一分。这个人至少熟悉他的工作——就像一个机修工,或者不定期蒸汽船①的船长一样。他的精神也许毁了,多半是毁了,很有可能不吃兴奋剂他就坚持不了多久。他现在的样子很有可能就是因为吃过的溴化剂起作用了。

而且,总的来说,他对提金斯很不错,而提金斯也必须要修改自己的看法。他意识到,让他以为上校恨他的人是麦基尼奇,上校是不可能说过什么的。他这种在军队里待久的人是不会说什么明确的话让提金斯抓到把柄的。而且他一直都用那种庄重的礼节对待提金斯,就是那种在军官食堂里,一位上校应该对他的首席助手表示出来的那种礼节。比如说,在吃饭的时候要穿过一道门,如果他们碰巧同时走到那里,他会摆摆手让提金斯先过,不过很自然地,在提金斯停下来之后,他会先走过去。而且他现在还非常的冷静,也很乐意回答问题。

提金斯一点都不冷静,他的烦躁是因为想到了瓦伦汀·温诺普,而之前他刚想到,如果那个**攻势**开始了,他应该去看看他的营。自然,还因为炮击。但是当提金斯打着手势再次提议要去看

---

① 不定期船是指没有固定航线和挂靠港口,也没有固定船期表的货轮,按照签订的合同从事某一具体航线的营运。

看的时候,上校说:"不用。你就老实待在那里。这不是什么**攻势**。不会有什么**攻势**的。这就是点额外的清晨的憎恨①。你听声响就知道了。那就是发四点二英寸的炮弹。没有真正的重炮。真正的重炮打不了这么快。他们马上就要转到伍斯特营那边,只会每隔半分钟落一发到我们这边,这就是他们的游戏。要是你连这都不知道,你在这里干什么?"他又说,"听见没?"用他的手指向屋顶。声响转了方向。它就像一辆拉煤马车一样慢慢地转向了右边。

他接着说:"你的位置就在这里,不是在上面做什么。要是他们需要什么的时候,他们会来告诉你的。你,还有诺丁这样一流的副官,邓恩也是个不错的人,士兵们都隐蔽好了。人打得剩下三百多个就有这种好处。所有的人都躲进避弹壕也装不满。都一样,这不是你该待的地方。也不是我的。这是场年轻人的战争。我们都是老家伙了。我熬了三年半,熬不下去了。只要三个半月,你也会不行的。"

他忧郁地看了看立在他面前的镜子里的自己。

"你完蛋了!"他对它说。之后,他把它拿了起来,在手里拿了一会儿,举在露出来的白胳膊的一头,猛地把它朝提金斯背后粗糙的石墙上一扔。碎片叮当撒了一地。

---

① "清晨的憎恨"是一战时西线堑壕战的惯例。因为据说大多进攻都是在拂晓和黄昏的时候发动,所以双方都会在拂晓和黄昏前让士兵警戒,上好刺刀在射击位上站好,这种警戒行动就被称为"清晨的憎恨"。

"那又是七年的霉运①,"他说,"上帝,要是他们能给我比这还要倒霉的七年,我算是长了见识了!"

他用愤怒的目光看着提金斯。

"你说说看!"他说,"你是个受过教育的人……这场战争最糟糕的地方是什么?**最糟糕**的地方是什么?告诉我!"他的胸口起伏起来。"那就是他们不肯放过我们!从来不!我们中的任何一个都不放过!要是他们能放过我们,我们还能打仗。但是从不……一个都不放过!不光是营部该死的文书工作,尽管我的确弄不好文书,从来都不行,也永远不会行。而是那些在后方的人,你自己的亲人。上帝,帮帮我们吧,你以为当一个可怜鬼都进了堑壕的时候,他们会放过他……去他的。我住医院的时候还收到过关于家庭纠纷的律师信呢!想想看!想想看!我说的不是生意人的账单,而是你自己的亲人。我还没有像麦基尼奇那样,或者,他们说你也是那样,有个糟糕的老婆。我老婆有点爱花钱,养孩子也不便宜。那就够烦人的了,但是我父亲十八个月前又死了。他和我叔叔合伙做生意。建筑商。他们不想把他的股份算进他的遗产里,什么都不给我的老妈妈留下。而我的兄弟姐妹们为了讨回我父亲花在我妻子和孩子身上的那点钱,又把遗产扔进了大法官法庭。当我还在印度的时候,我的妻子和孩子是和我父亲一起住的——还有在这里——我的律师们说,他们可以不把这笔钱算进我该得的那一份

---

① 西方迷信,摔碎镜子会有七年的霉运。

里：我妻子和孩子的生活费。他管这个叫撤销原则①，撤销……原则……我当军士的时候还过得好点，"他又忧郁地补充道，"但是军士们也没被放过。总有女人追求他们。要不就是他们的老婆和比利时人混在了一起，还有人写信告诉他们。D连的卡茨军士每周都会收到一封关于他老婆的匿名信。他要怎么完成他的任务！但是他做到了。我也是，直到现在……"

他又重新激动地说："说说看。你是个受过教育的人，对吧？那种会写书的人。你该写一本关于这种事的书。你应该给报纸写信说说这种事。你做那个比在这里对军队更有用。我猜你是个还不错的军官。老坎皮恩是个不错的指挥官，不管你是不是他的教子，他才不会把一个糟糕的军官安插到这份工作上。再说了，我根本不相信所有关于你的故事。要是一位将军要给人安排一份轻松的教子的工作，那就会是份轻松的工作，而且还有油水。他就不会把他派到这里来。所以，接过这个营吧，我祝你好运。你不会比我操更多的心，那些可怜、该死的格拉摩根步兵。"

他有自己的营了！他长长地吸了口气。那些晃动开始回到前线附近了。他觉得那些炮弹就像沿着树篱冲撞的雀鹰。他们可能打得相当准。德国人都打得挺准的。堑壕现在肯定已经被砸得一塌糊

---

① 撤销原则（doctrine of ademption），与遗产继承相关的法律术语。当立遗嘱人在遗嘱中声明要留下的财产在他去世时已经不属于立遗嘱人的情况下，他对这份财产的处置办法就应该撤销，即不再属于遗嘱继承的范围。文中因为上校的父亲已经把自己的一部分财产用来支付了上校妻儿的生活费，所以在他去世的时候，这一部分财产已经不再属于上校的父亲，不应该算作遗产的一部分。

涂了。那些漂亮的、粉扑扑的砾土一堆一堆落得到处都是，就好像是在公园里一样，随时都可以用来铺在小径上。他记得当他站在黑山①山顶的时候是什么样子的，谢谢上帝，那个地方还在他们现在所处的位置的后方。他为什么要谢谢上帝？他真的关心这支队伍现在在哪里吗？很可能！但是关心到会说"谢谢上帝"？也很有可能……但是只要他们坚持下去，还有别的什么是重要的吗？有别的什么？坚持下去才是重要的。在黑山顶上，就在晴朗的天气里，他看到了我们的炮弹在远处细细的战线上爆开。每一发炮弹都是一团白烟，很漂亮的，沿着敌人的前线前后跳动——就在梅西讷村②下方。想到我们的炮兵有这么个练习的好机会他就很激动。现在轮到有个德国佬站在某个山头上看着我们阵地里一股股的白烟感到激动了！但是他，提金斯是……管他的，他要挣下两百五十块和瓦伦汀·温诺普同居的钱了——等到你真的**可以**在山丘上挺直了身子站起来，在任何地方都可以！

那位副官，诺丁，探头进来说："旅部想知道我们有没有遭受什么损失，长官？"

上校讽刺地看了一眼提金斯，"那，你要怎么上报？"他问，"现在这位军官接替我了，"他对诺丁说。诺丁的小黑眼睛和红扑扑的脸颊上什么表情都没有。

---

① 比利时法语区地名，位于比利时西部。
② 一九一七年，英国第二军在此处发动梅西讷战役，并取得胜利。提金斯回忆的应该就是当时他作为炮兵联络官看到的战斗场面。

"告诉旅部,"上校说,"我们都乐得跟卖沙土的一样①。我们可以一直坚持到天国降临。"他又问:"我们**没**受什么损失,对吧?"

诺丁说:"没有,没什么大事。C连在抱怨他们漂亮的加固木板给炸成了碎片。他们避弹壕门口的哨兵在抱怨砾土里的卵石伤起人来简直跟弹片一样。"

"行,那就告诉旅部我刚才说的那些。署上提金斯少校的名字,不是我的。他现在负责指挥。"

"开头的时候,你总得给他们留个乐呵呵的好印象。"他对提金斯补充道。

就是在那个时候,突然,他毫无征兆地说:"我说!借给我两百五十块吧!"

他带着一种刚刚问了句半开玩笑、逗趣的难题的人那种尴尬表情,一直眼不眨一下地盯着提金斯。

提金斯往后一缩——真的退了半英寸。那个人说他得了种该死的病,是因为靠近什么肮脏的东西,你不会得该死的脏病,除非是从最便宜的妓女身上,或者不把卫生放在心上。那个人的兄弟们都不理他了。那种人的兄弟们自然不会理他!他的账户都空了。简短地说,他就是那种东借西骗,那种人们会借钱给他,无法抵抗

---

① 英国习语,意为非常高兴。在十八、十九世纪时,英国的酒馆习惯用沙土铺地,用来吸收各种液体,所以有专门卖沙土的人。因为卖沙土的人常常出没的都是酒馆之类的娱乐场所,人们觉得他们都是醉醺醺、乐呵呵的,这个习语也就由此而来。

地借给他的不干净的混蛋!

一声你无法忽视的巨响,就像雷雨中的某几声巨大的雷鸣一样,把一大堆砾土炸到了他们地窖的台阶上,还撞到了他们摇摇晃晃的门上。他们听到诺丁从他的地窖出去,跟人说把这些该死东西从哪里来的铲回到哪里去。

上校抬头看了看屋顶。他说刚才多半把他们的胸墙砸得有点四处乱飞了,然后,他继续一动不动地盯着提金斯。

提金斯对自己说:"我要疯了……都是那个该死的坎皮恩要来的消息……我变成了个可怜的犹犹豫豫的家伙。"

上校说:"我不是那种该死的老找人借钱的家伙。我从来没借过钱!"他的胸口起伏——它真的扩开又变小了,卡其衬衫在他脖子那里敞开的口也变小了。也许他真的从来没有借过钱。

说到底,其实这个人是个什么样的人并不重要,问题是提金斯自己正在变成一个什么样的人。他说:"我没法借钱给你。但是我可以向你的银行担保你的透支,限额是两百五十英镑。"

好,他还是那种会自动把钱借给别人的人。他很高兴。

上校的脸沉了下来,事实上,他本来直挺挺的军人肩膀垮了下来。他又悲又悔地叫道:"哦,我说,我以为你是那种靠得住的人呢。"

提金斯说:"这是一样的。你可以用你的银行账户开支票,就好像我把钱存了进去一样。"

上校说:"我**可以**?这是一样的?**你确定**?"他的问题就像一位年轻姑娘哀求你不要杀掉她一样。

他明显不是个老找人借钱的家伙。他是个财务上的处女。整支队伍里也不可能有一个十八岁的尉官在休假两周之后还不知道透支担保是什么意思——提金斯倒希望他们不知道。他说:"等于你还坐在这里时就已经把钱拿到手了。我只需要去写封信。你的银行不可能拒绝我的担保的。如果他们不同意,我会筹钱给你送过去。"

他很好奇自己为什么没有干脆直接就这么做。一年多以前,不管要透支自己的账户中的多少他都不会有丝毫的犹豫。但现在他有种不可逾越的反对,就像是某种仇恨!

他说:"你最好把你的地址给我,"他又接着说,因为他其实有点走神了,说太多话了!"我猜你要去鲁昂的第九红十字医院待一阵子。"

上校跳了起来,"我的上帝,你说什么?"他大吼道,"我⋯⋯去第九。"

提金斯大声说:"我不知道程序。你说你得了⋯⋯"

另一个大声说:"我得了癌症,腋下肿了一大块。"他把手从衬衫开口伸进衣服里,拂过露出来的肌肤,长长的手臂一直伸到胳膊肘为止。"上帝啊,我猜在我说兄弟们都背叛了我的时候,你肯定以为我去找他们求助然后被拒绝了。我没有⋯⋯他们都死了。那是你可以背叛一个兄弟最糟糕的方式,不是吗!你懂不懂人话?"

他又重重地坐到了床上。

他说:"朱庇特在上,如果你没有答应借钱给我,我除了去水上砸个窟窿以外,什么办法都没有了。"

提金斯说:"现在别想这个。把自己照顾好。特里是怎么说的?"

上校又激动地叫起来,"特里!那个医务官……你以为我会告诉他吗!还是那些小个子尉官!或者任何人!你现在明白为什么我不会吃特里该死的药片了吧。我要怎么知道它会影响什么……"

他又把手放到了腋窝下,他的双眼带上了渴望和算计的表情。他接着说:"我想,在我找你借钱的时候,我有责任告诉你,你的钱可能收不回来。我猜你不会反悔吧?"

到现在为止,水汽不断地在他额头上凝成水珠,他的额头现在全都湿了,而且发亮了。

"要是你哪个医生都没有看过,"提金斯说,"你可能没有得癌症。要是我,我会马上找医生看看。我不会反悔!"

"哦,我肯定得了,肯定,"上校用一种带着无限智慧的语气回答,"我老爷子——我家当家的——就得的这个。就是那样的。他直到死前三天都没有告诉过任何人。我也不会。"

"我会去看看的,"提金斯坚持道,"这是对你孩子还有国王应该负的责任。军队不该失去你这么一个好军官。"

"谢谢你这么说,"上校说,"但是我已经承受的太多了。我受不了等待判决的感觉。"

说他面对过更糟糕的事情也没用。像他这样的人多半也没有。

上校说:"要是我还能帮上什么忙!"

提金斯说:"我想我现在该去堑壕里走走看。有个进水的地方……"

他决定去堑壕里走走看。他必须要……是什么来着……"找到一个他和上天独处的地方。"①他还坚持地认为要让士兵们看到他这个面口袋一样的身体,心不在焉地,但又专心地走着。

有个问题让他很担心。他不想问这个问题,因为它听上去像是在质疑上校的军事能力。他把它总结起来就是:在如何和两翼的部队保持联系方面,上校有没有什么特别的建议?还有如何传递信息?

这是一个令提金斯痴迷的地方。要是他说了算的话,他会让整个营日夜不停地做通信演练。他没能发现这支队伍或者旁边其他队伍里有任何相应的准备措施。

他一击正中上校的阿喀琉斯之踵。②

在外面,这种感觉变得明显起来,越来越越来越越来越明显!坎皮恩将军要来接手指挥的消息改变了提金斯对世界的看法。

堑壕的情况和他预料的差不多。它们完全符合他在地窖里的想象,就像一堆堆红扑扑的砾土堆好了准备撒到公园的小径上。从避弹壕里出来就像是要爬进一辆为了倒土而竖起来的手推车一样。对士兵们来说,这是份糟糕的工作,又要挖出一条通道,又要注意

---

① 出自英国诗人乔治·梅瑞迪斯的《山谷中的爱》最后一节。

② 阿喀琉斯是《荷马史诗》中的人物,他小时候被母亲忒提斯握住脚后跟浸入冥河,因而除脚后跟外全身刀枪不入,他最终因阿波罗一箭射中脚后跟而死。阿喀琉斯之踵逐渐成为致命缺陷的代名词。

隐蔽。德国狙击手自然正在寻找目标。我们的麻烦是要乘着日光尽可能多地把堑壕清理出来。德国人的麻烦是要尽可能多地干掉我们的人。提金斯要确保夜色降临前所有的士兵都保持掩蔽；对面德军指挥官则要想办法尽可能多狙杀几个人。提金斯自己手下还有三个一流的狙击手，他们会试着尽量多地干掉几个德国狙击手。这是自卫。

此外，还有大量敌人会把注意力投向提金斯指挥的这一段战线。炮兵会继续时不时地砸一发炮弹过来。他们不会砸得太频繁，因为那有可能引起我们炮兵的注意，这样就得不偿失了。会有或多或少的高爆炸药包被扔到前线上。德国人管这种炮叫"掷弹炮"[①]，我们的人管它打出来的炮弹叫"香肠"。这些炮弹从空中飞过来的时候还能看见，你安排好观察哨适时发出警报让大家有时间隐蔽起来就好。因此德国人也就几乎不怎么用这种炮了，多半是因为炸药消耗得多又不是很有效。就是说，它们在地上砸个坑的效果不错，但打不到几个人。

飞机，上面安着那该死的发子弹的漏斗——它们看起来就像个漏斗——时不时地会沿着堑壕俯冲下来，但不是很频繁。这么做成本也太高了，它们通常只会在头上悠闲地盘旋，丢丢东西，同时，一发发榴霰弹在它们周围炸开——还会在堑壕上洒下一阵弹

[①] 德文为 Minenwerfer，德军在一战中广泛使用的近程迫击炮，主要用来提供火力支援、清扫铁丝网或碉堡一类障碍物。

雨。会有飞猪①、航空鱼雷，还有其他航弹，漂亮而且闪闪发光的带着翅膀的银色的玩意从天上掉下来，一落到地面或者钻进土里就爆炸。他们的玩意花样无穷多，而且德国佬每隔一两个星期就有个新玩意。他们也许就是在这些新玩意上浪费太多了。相当多的玩意都是哑弹。而且他们通常很成功的那些炮弹也有相当多成了哑弹。毫无疑问，他们开始感受到压力了——精神上的，还有物资上的。所以，如果你不得不待在这些该死的地方，在我们的堑壕里大概好过在他们的堑壕里。我们的战争物资还不错！

这就是消耗战——一场傻瓜的游戏！就杀人而言，这是场傻瓜的游戏，但如果你把它看作阳光下散布在宽阔的大地上不同头脑之间的斗争的话，也不是份无聊的工作。他们没有杀掉多少人，但他们用了数不清的炮弹和非常多的脑力。要是你让六百万人手持铅头手杖，或者装着砖头的袜子，或者匕首，对上另外六百万拿着同样武器的人，三个小时之后，一边会有四百万人死掉，另外一边六百万人全部会死掉。所以，就杀人而言，这真的是场傻瓜的游戏。你让自己落到应用科学家手里之后就会是这样。因为这一切都不是士兵的成果，而是那些胡子拉碴，戴着眼镜，眯着眼睛用放大镜往外看的人的功劳。或者，当然，在我们这边，他们的脸会刮得干干净净，也没有那么抽象。他们当屠夫只有一点是高效的，他们使得成百万的人可以从一个地方运到另一个地方。在手头只有刀的时候，你可没法运得这么快。从另一个方面说，你

---

① 飞机上抛掷的迫击炮弹的绰号。

的刀每捅一次都是致命的,而现在,你让一百万人隔着一千八百码用步枪互相射击。但是没几条枪打中过什么。所以,相对来说,这个发明效率更低。它还把事情拖得这么长!

突然,一切都变得无聊。

他们可能一整天都会这么过,德国人会无比努力地想要杀掉一个两个提金斯的士兵,他们的智慧隔了半个地球闪闪发光,而提金斯则要花费全副心思努力不要让哪怕一个人受伤。一天结束的时候,他们会疲倦无比,而可怜的该死的士兵还要认认真真地去修补好堑壕。这就是平常一天的工作。

他在堑壕里走着……他让A连的连长靠过来,和他说了说他手下人运手榴弹的情况。指挥部右侧的堑壕看起来比左边情况好,有可能可以让不少人安全地通过。A连连长是个瘦得惊人的五十岁秃头男人。他秃得如此彻底,以至于钢盔老是在他的颅骨上滑来滑去。他原来是个小船东,而且肯定很晚才结婚,因为他说过自己有两个孩子,一个五岁,一个七岁。一儿一女。他的生意现在一年能挣五万英镑。想到如果他战死了他的孩子们不用为生计发愁提金斯就很舒心。一个不错的少言能干的人,说话时,他的眼睛总是相当抽象地看着远方。两个月后,他战死了,非常干脆,一发毙命。

他很不耐烦,因为事情没有任何进展。德国的那个大**攻势**去哪了?

提金斯说:"你还记得前天晚上向你们投降的那个德国佬连队

准尉副官吗?那个说他要用偷来的连队经费在托特纳姆宫路①上开个小甜品店的家伙?还是你没有听见?"

一想起那个看起来鬼鬼祟祟的穿蓝灰色制服的士官——对一个乘着一场大攻势混进来的人来说,他的衣服太整洁了——提金斯的心底就涌起一股强烈的不适感。对他来说,控制一个人的人身自由是件可憎的事——就像他自己当了俘虏一样可憎,这是这个世界上他最害怕的事。事实上,这件事更可憎,因为被俘至少是一件你的自我意识无法控制的事情,而控制一个俘虏,即使是在纪律对你的强制要求下,多少也意味着你有自己的意识。而且这回的事情尤其令人讨厌。就算正常情况下,虽然现在的确已经很不理智了,俘虏们给他一种他们是不干净的感觉,好像蛆一样。这一点很不理智,但他知道,如果他不得不碰一个俘虏的话,他会感到恶心的。人和畜生的区别就在于人有自由。人的自由被剥夺了的时候,他就变得像个畜生。和他在一起就是和畜生生活在一起,就像格列佛和慧骃们一起一样②!

更别说这个不干净的家伙还是个逃兵!

他是在那天早上三点被带进营部避弹壕的,在德国人的**攻势**完全停下来之后。看起来,他是靠着假装遵守正常的进攻程序跑过来

---

① 伦敦市中心的一条街道。

② 见前注《格列佛游记》。此处稍微有点奇怪,因为书中慧骃国的慧骃是聪明干净有秩序的生物,格列佛在慧骃国一开始是被当成肮脏贪婪的下等生物,"犽猢"(Yahoo)。按照上下文来看,此处应该是"就像格列佛和犽猢在一起"更说得通。

的。但是他一整晚都趴在一个弹坑里,等到一切都安静下来之后才爬到我们的前线。在逃跑以前,他往自己的包里塞满了连部的经费,甚至还有他能找到的所有文件。他在那个讨厌的时间被带到营部的原因就是因为那些钱和文件,A 连觉得这些东西至少应该尽快送到副官手上。

营长、麦基尼奇、情报军官和医务官,还有提金斯他自己,他们在那里安顿下来不久,那个小地方就变得臭烘烘的了,满是军队发的朗姆酒和威士忌的味道。那个德国人的出现差点让提金斯吐了出来,而他因为之前不得不指挥整个营撤退已经处在一种虚弱状态。他觉得自己的两个太阳穴因为眼球的压力带来的神经痛而痛苦不堪。

通常情况下,在俘虏被送到师部以前,审讯俘虏是绝对不允许的,但是一个逃兵比一般的俘虏激起了人们更多的兴趣。那时,已经处在滑稽的抗命状态下的营长严令提金斯把他能挖到的都从这个俘虏身上挖出来。提金斯懂点德文,那个德文说得不错的情报军官已经死了。邓恩,接替他的那个人,一句德文都不会。

那个鬼鬼祟祟、瘦小、双眼特别紧张的黑皮肤家伙回答起问题来相当干脆:是的,德国佬受够了战争,很难维持纪律,他要当逃兵的原因之一就是让他的手下听从命令实在是太累人了。他们没有吃的。在推进的时候,根本就不可能让士兵们从任何有吃的地方走开。他一直因为作战不成功而受到不正当的斥责,而且他就站在那里诅咒他以前的那些军官!然而,当营长让提金斯问他一些关于一种奥地利火炮的问题时——德国人最近把这种火炮引进到前线,它会发射一种装着惊人分量的高爆炸药的钻地炮弹——那个家伙两个脚后跟一磕，回答道："不行，军官先生，那就是叛国了！"①回答那个问题就是背叛祖国了。他的心理活动还真是难以揣测。他已经尽可能地解释了他带过来的文件，用上了几个英文词。大多是用来鼓励德国士兵的东西，通报盟军遭受的灾难和士气低迷的传单，还有几份没有什么价值的回文——大多是对流感病号的统计。但是当提金斯把一张打字机打出来的，自己都已经把上面的标题忘记了的纸放在那个家伙眼前的时候，那个军士叫了出来："啊，那个不行！"②他还动了一下，好像要把那张纸从提金斯手里抢过来。然后，他冷静下来了，意识到他是在拿性命冒险，这毫无疑问。但是他的脸白得像死人一样，还拒绝翻译提金斯不明白的几个短语；其实提金斯几乎一个字都看不懂，因为那都是技术性的词汇。

他知道那张纸上写的是什么部队调动的指令，但是那个时候他已经由衷地对整件事情感到厌烦了，他还知道那张纸正是参谋部不想前线的人随便乱动的那种。因此，他没有逼问下去。这个时候上校和他的兄弟们也腻烦了，听了半天也不明白到底发生了什么。提金斯就下令尽快把那个家伙送到旅部去，让情报军官带着比平常多的卫兵押送着他。

对这整件事，提金斯最后记在心上的只有一处：当那个家伙被问到准备把偷来的连部经费做什么用时的回答。他要在托特纳姆

---

① Nein, Herr Offizier, das waere Landesverratung，德文。
② Ach, nicht das，德文。

宫路上开一家小甜品店。他曾经在老坎普顿街①上当过服务生。提金斯隐约想知道他最后会怎样。他们是怎么处理逃兵的？说不定他们会把他们关起来，说不定他们会让他们去当战俘连队的士官。他永远都回不了德国了。这个他记在心上——还有他对整件事情感到的恐惧和憎恶，就好像这件事情让他本人也堕落了一样。他把这件事抛到了脑后。

他现在突然明白过来，从各级参谋部发来的紧急通知很有可能都是因为那张纸的缘故！那个讨厌的家伙想要抓走的那张纸。他记得他当时感觉那么恶心，他都没让人给那个家伙上手铐。这里有很多问题：一个人既可以当逃兵，还可以拒绝背叛他的祖国吗？好，他可以。人性中的矛盾是无穷无尽的。看看营长，既是位干练的军官，也是头糊涂的蠢驴，即使在处理军事问题时也是这样！

反过来说，这件事情也有可能是德国佬的阴谋。也许就是想把那张纸——调动指令——送到我们的军部。按照惯例，重要的部队调动指令是不会随便放在连部办公室的。通常不。也许德国佬是想把我们的注意力吸引到这一段战线上来，而他们真正的攻势可能要从别的地方展开。那也不可能，因为这一段战线虚弱至极，全都是因为可怜的泡芙将军不受后方的大人们待见，德国佬发了疯才会去攻击其他任何地方。数量惊人的法国军队也正在直直地朝这个地方赶来。那他有可能还是个英雄！——但是他看起来一点都不像英雄！

---

① 伦敦西区的一条街道。

虽然他以前很乐意研究复杂的事,并用清楚的数据和复杂的计算把它研究透彻,但这种复杂的情况现在真是让人力不从心。现在他对这件事情唯一的感觉是,感谢上帝,这可不关他的事。看起来德国佬不会来了。

他发现自己在为德国人的**攻势**最后没有来而惋惜。这太不可思议了。他怎么会为没有置身于随时可能会死去的危险之中而惋惜?

A连连长高高的,瘦削,骨节突出,一脸哀伤,他的钢盔现在滑到了盖住他鼻子的地方,他凝视着远方,说:"我很抱歉,德国佬没有来!"

他很抱歉德国佬没有来。因为如果他们要来,他们最好按照那个俘虏供出的时间来。他俘虏了那个家伙。他最好能因此给记上一功。这样一来,他申请休假时,他们可能会想起他是谁。他想要休假。他想去看看他的孩子。他有两年没有见过他们了。两年之间,五岁和七岁的孩子会变很多。他继续嘟嘟囔囔地说着,丝毫没有因为泄漏了自己私密的动机而羞愧。非常普通的人!但是他也是完全值得尊敬的。他说话的时候胸腔里发出难听的声音。提金斯突然想到这个人可能再也不会见到他的孩子了。

他希望这样的兆头别再找上他。他发现自己有时会看着好几个人的脸,然后想到这个或者那个人很快就要死了。他希望他能改掉这个习惯,太不合适了。通常他都是对的。不过,他在那里见到的几乎每一个人都肯定会死的——除了他自己。他自己会伤在右锁骨后面那个柔软的地方。

他很为那天早上敌人的攻势没有来而惋惜!因为如果他们要来的话,他们还不如就按照他在那个臭烘烘的避弹壕里审问的那个俘虏供出的时间来。他的部队俘虏了那个家伙。他现在就要作为第九格拉摩根郡步兵营的代理指挥官签署营部的命令了。所以,这就等于他,提金斯,俘虏了那个家伙。而他迅速地命令把那个家伙和他那张宝贵的纸送到旅部的明智之举可能会使他,提金斯,给旅部留下好感。然后他们就会让他暂时指挥他的营。而如果他们这么做了,他就可以好好工作,真正地把这个营变成他的!

他让自己大吃了一惊,他的想法和 A 连连长完全一样!

他说:"你挺聪明,发现那个家伙挺重要的,就把他迅速送到了我那里。"A 连连长科伊,他那张严肃的脸整个变得通红。那么,有一天,他,提金斯,也会因为听到一个军帽上有红圈的家伙①的话而高兴得脸红!

他说:"就算德国人不来,这还是有好处的,有可能更好。那有可能是他们没来的原因。"因为如果德国人知道我们已经搞到了他们的调动指令,他们自然可能会改变计划,那会给他们添点麻烦。这不太可能。我们已经知道了他们计划的消息可能还没有足够的时间传到他们的重要人物那里。但是这是有可能的。这样的事情是发生过的。

阿兰胡德斯和那个准下士在阳光下安静地一动不动地站着,

---

① 一战时,英国将军的军帽上镶有一道红圈。

就像是红糊糊的堑壕的一部分。然而,堑壕的红色砾土从这里开始混上了越来越多的农耕泥灰土,再往下,堑壕就完全变成了冲积土,然后,又更快地变成了一种湿乎乎的玩意,就像流沙一样。一片泥沼。他就是在那里尝试用虹吸管排水加固的。想到他战线的尽头,提醒了他。他说:"你知道怎么和相邻的部队保持联系吗?"

那个一脸严肃的家伙说:"只有刚开战时在训练营里他们教的那些东西,长官。我参军的时候。训练是挺全面的,但是现在都忘记了。"

提金斯对阿兰胡德斯说:"你是通信军官。怎么和右翼或者左翼的部队保持联系,你又知道多少?"

阿兰胡德斯,脸红着,还结结巴巴的,他知道所有关于鸣叫器[①]和信号的东西。

提金斯说:"那只是在堑壕里,那些都是。但是在运动中,在军官训练营的时候,他们就没有让你们练习如何在运动中保持队伍之间的联系吗?"

他们在军官训练营没有练习过。开始的时候,它的确是在训练大纲里的,但是它总是被别的项目挤掉,枪榴弹训练、掷手榴弹训练、斯托克斯迫击炮训练。随便什么器械训练都行,只要不用带着一群人穿过复杂的地形——比如说,沙山——向他们灌输必须要保持队伍和队伍之间联系的意识,或者一支队伍独自分开时安排联络小组的意识。

---

① 鸣叫器,一种英军在西线战场上广泛使用的地磁感应无线电通信装置。

这也许就是提金斯的一个执念,也许是他从战争中学到的主要经验——花上再大的代价,你也必须要和相邻的队伍保持联络。后来当他要指挥押运大批德国战俘转移的时候,有好几次,他为了自己手下那些因为疲倦或者疾病掉队的押运兵,或者士官——甚至还有军官,安排了如此多的联络小组,以至于在一天行军结束到达新营地的时候,几乎没有剩下几个押运兵——比如说,还剩三十人押送着三千人。安排押运兵是为了防止战俘逃跑,说起来,出于这个目的不派出那些联络小组或许更好。但是,另一方面,除了被德国炸弹炸死的,他从来没有丢过一个战俘,也从来没有丢下过任何掉队的人。

他对 A 连的连长说:"请解决好你连队里的这个问题。我会尽快安排,把你们调动到队伍的最右边。要是士兵什么都没做,请你亲自给他们讲讲这个问题,还要严肃地和所有的准下士、堑壕区段长、每个排里最年长的士兵都说一遍。除此之外,马上和我们队伍右侧紧邻的威尔特步兵营连队指挥官联系上。这场仗只有两种结束的方式。我的意思是堑壕战,要不是德国人马上把我们撵到北海里,就是我们把他们赶回去。那个时候,他们就会士气低落,而我们就需要快速地移动了。阿兰胡德斯中尉,吉布斯上尉给他的连队训话的时候请你到场,你要把他说的话传达到其他的连队。"

他说得很快也很清晰,他一切正常的时候说话就是这样,他语气生硬也是故意的。在德国人的攻势可能马上就要来的时候,他明显不能召开一次军官会议。但是他相当确定,如果他在一位连长、一位信号军官和一位文书室的准下士面前说话,他说的这些话总会有一部分进到营里几乎每一双耳朵里的。营里会传遍了"老爷子"把这个笑话当了真,而军士们则会负责让这个问题多少受到点注意。军官们也会。现在能做的只有这么多了。

他跟在吉布斯后面顺着堑壕走开了,这个部分的堑壕丝毫无损,非常令人满意,红色砾土慢慢地被农耕泥灰土取代。他对那位好人说,这样他们至少可以做点事,将那些喜欢对战争过程指手画脚的平民一军,就是因为这些干扰,他们才落到了这步田地。吉布斯闷闷不乐地同意说,正是因为平民的干扰他们才输了这场仗。他们对正规军讨厌到了极致,每当某个平民看他们想要我们充分享受的这场泥巴仗里还有那么一点点正规训练的痕迹,他就会用一堆假名字给报纸写上一百封信,然后陆军部长马上就会采取措施来挽留那一百张选票。那天早上,吉布斯在读一份后方报纸。

提金斯说的话让自己都吃了一惊:

"哦,我们会收拾他们的!"这句话表达的是种不现实的乐观精神。为了解释自己的话,他说,面对着如此罪恶的平民干涉,他们的军长都还能打得他妈的这么好,这开始让他们的游戏没法玩下去了。坎皮恩要来接手指挥就说明他们开始允许军人在战争组织上有发言权了。这就意味着统一指挥,吉布斯表现出沉默的满足。如果法国人接手了这条战线,如果真的有了统一指挥,他们肯定会这么做的,他就毫无疑问地可以回家去看他的孩子们了。他们所有的师部都必须从前线撤离到后方去整编和补充人员。

提金斯说:"回到我们开头说的那个,比如说,你可以让最靠外的那个堑壕段长、一个士兵和威尔特步兵营的人保持联络,他们也可以这么做。比如说,为了互相辨识,他们可以分别在右臂和左臂上围上手帕,有人这么做过。"

"德国佬,"吉布斯上校严肃地说,"大概会盯着他们打。他们可能会盯着任何戴袖箍的人打。结果只会更糟糕。"

他们是在他的要求下去看一段他负责的堑壕。文书室命令他在那里为机枪性能测试做准备。他没做。都没了,什么都没了。他猜那肯定是那种新的奥地利火炮干的。新的,很有可能,但是为什么是奥地利?奥地利人通常对高爆炸药没有什么兴趣。不管它是什么,这种炮发射的炮弹会把自己埋进土里,然后炸飞半个宇宙,不过它的响声和动静小得惊人,就是往上一抬,就像头河马一样。他,吉布斯,几乎什么都没有注意到,如果,比如说,是地雷爆炸的话,你肯定会听见的。当他们来向他报告说那边有个地雷爆炸的时候,他根本就不相信他们。但是你自己也可以看到这个地方看起来就好像地雷爆炸之后乱七八糟的样子。一颗小地雷,但还是地雷。

在被炸坏了的堑壕尽头的隐蔽处,有一个六人杂务分队扛着十字镐和铁锹干活,很有耐心,两人一组。他们把烂泥和石头挖出来,然后拍结实,然后下到刚挖出来的洞里挖出更多的烂泥和石头。水涌了出来,不知道该流到哪里。那里肯定有一股泉水。整个山坡就像蜂窝一样布满了泉眼。

你肯定可以说,这个地方埋过个地雷。如果是我们在推进,这可能是一颗德国佬留下来给我们鼓劲的小地雷。但我们是撤退到一直掌握在自己手里的阵地上的,所以,这又不可能是颗地雷。

而且它只把土朝前后炸开,几乎没有朝左右炸开,所以它炸出来的深坑更像是简陋的矿道入口,而不是通常圆形的弹坑。一座土山立在提金斯和 B 连的堑壕之间,比人的视线所及要高得多。一座很大的土山,一座微缩的樱草山①。但是比他们到目前为止见过的飞猪或者其他航弹炸出来的任何土山都要大得多。不管怎样,这座土山高得足够让提金斯有机会隐蔽在下面慢吞吞地走到 B 连的堑壕去。

他对吉布斯说:"那个机枪巢我们得再想想办法。别再跟我往前走了。让那些家伙把头埋低点,要是德国佬又像是要扔泥巴过来就让他们回去。"

---

① 伦敦摄政公园北部的小山名,也是附近那个区的地名。

第六章

阳光下,提金斯斜靠在那座挺大的土山的另一边。他必须要独自待一会儿,思考一下他的感情状况和他的机关枪。他一直被排除在部队事务之外,以至于他突然想起来,他对手下机关枪的状况一无所知,也不了解那个负责照顾他的人——一个叫科布的新家伙——看上去一副走神的样子,有个大大的晒伤了的鼻头,还有一张大嘴。从长相上看,不是个适合干这份工作的机警的人。但谁知道呢。

他饿了。从昨天晚上七点之后他就几乎没吃过什么了,还在这期间的大部分时间里走来走去。

他派达克特准下士去了 A 连的避弹壕,问问他们能不能给他个三明治,再来点掺了朗姆酒的咖啡。他派阿兰胡德斯少尉去 B

连，通知他们他要过去看看士兵和营地。B连现在的指挥官是位刚从军官训练营来的非常年轻的小伙子。他要指挥一个侧翼的连队，这让人有点烦心。但是康斯坦丁，上一任连长，死在了前天晚上。事实上，据说他就是那位遗体还挂在铁丝网上的绅士，而这恰是让提金斯怀疑那不是他的原因。要是他带着自己的部队靠拢的话，他不会跑到那么偏左的地方去。不管怎样，除了这个小伙子——本内特之外，没有人可以接替他了。一个不错的小伙子，很害羞，出操检阅的时候几乎连一道口令都喊不出来，但是脑子很灵光。他还好运地有个经验异常丰富的连队准尉副官，是那些老格拉摩根郡士兵之一。好吧，要饭的就别挑挑拣拣了！那个连队今天早上报告发现五例流感患者，而且据说流感正在外界肆虐。① 这又是一个他们必须要感谢外部世界的东西——这支不着调的军队！他们完全不管外部世界发生了什么。他们真的都是隐士了。结果外部世界给他们来了这么一手。为什么就非要打扰他们这种修道士一样的专注呢？

连那些糟糕的讨厌的德国佬都得上了！照师部新闻简报的说法，他们现在病得很厉害，整个整个的师都没有办法做出有效的行动。那可能是个谎话，目的是为了鼓舞士气，但它也有可能是真的。那些德国士兵明显吃不饱，而且吃的还是几乎没有营养价值的代食品。那个士官带过来的文件明显提到了采取一切可能的办法预

---

① 一九一八年，全球流感大暴发，估计有十亿人染病，病死的人数估计在二千五百万到四千万之间。因为西班牙有约八百万人感染这种疾病，甚至连西班牙国王都被感染，所以这场流感也叫西班牙流感。

防这种恶疾传播的必要性。另一份传单情真意切地迫切地向部队保证，他们和平民、军官团吃得一样好。很明显，是出了什么丑闻。另外一份他没有时间全部看完的传单在结尾宣称："这样就成功地捍卫了军官团的荣誉。"

这是个令人恐惧的念头，他们面对的这片广袤大地上遍布着上百万半饥不饱的肠胃，它们会让痛苦的头脑里生出混乱来。那些家伙一定是有史以来存在过的最悲惨的人类。只有上帝才知道，我们的英国大兵的生活就已经是地狱一般。但是那些家伙……想都不敢想。

想一想也很奇怪，你对那些地区居民的仇恨似乎大步跨过了这些交战的地方。你真正仇恨的是那些平民还有他们的统治者。现在那些猪猡正吃堑壕里的那堆可怜鬼饿着肚子。

他们很讨厌。德国的战士还有他们的情报和参谋人员只是无聊和滑稽而已。无休无止地烦人。一想到他们把他干净整洁的堑壕弄成了那副模样，他就烦得不行。就好像你准备外出一小时，把你的狗关在了客厅里。你回来后发现它把你所有的沙发垫都撕成了碎片。你会想把它的脑袋敲下来……因此你也会想把德国兵的脑袋敲下来。但是你不是真的想要怎么伤害他们。没有什么比不得不一直忍着半饥不饱、气鼓鼓的肚子和由此而来的噩梦般生活在这个地狱里更悲惨的了！难怪流感把他们搞得溃不成军。

话说回来，德国人就是那种被流感一碰就会倒的人。他们是无聊的人，因为他们永远都在朝着人们对他们的刻板印象逼近。你读读他们的传单，那会让你嘲讽地笑起来，同时也会让你有点想吐。他们一直就像是自己的讽刺漫画中的形象,而且他们一直都是歇斯底里的……得了疑病症①……军官团……骄傲的德国军队……光荣的皇帝陛下……伟大的成就……这样的话一点不着调的军队的样子也没有,而且还一直不停地涌上来……疑病症!

一支不着调的军队是不可能被流感弄得很糟糕的。它既找不到他们的道德脉搏,也找不到他们身体的脉搏……不过,流感还是到了B连了。他们肯定是被前天晚上的德国佬传染的。德国佬跳到了B连的头上,那时还有近身搏斗。真是麻烦。B连是个麻烦。它自然是被分配到了他们的战线上最低最潮湿的区域。据报告说,他们连部的避弹壕潮得像上头还在滴水的井一样。能碰到这么糟糕的营地的也只有B连了。不知道该怎么做——不是给他们的营地排水,而是驱走他们的霉运。但是,总是得做的。他现在就要去他们的营地发起一场**攻势**了,但是他先派阿兰胡德斯去宣布他要来了,这样可以给那位不错的年轻连长收拾房子的机会……

那些该死的德国佬!他们挡在他和瓦伦汀·温诺普中间。要是他们愿意回家了,他就可以和她坐在一起说上一下午的话。年轻姑娘就是用来做这个的。你勾引一位年轻姑娘为的是能够完成你和她的谈话。要不和她住在一起,这是做不到的。而你要是不勾引她,也就不能和她住在一起。不过,那只是副产品。重点在于,不这样,你就没有办法和她说话。你不能在街角,在博物馆里,甚

---

① 一种心理疾病,患病的人过分担心自己的身体健康,怀疑自己得了各种躯体病症。

至是在客厅里和她说话。她有兴致的时候,你不一定有——这说的是那种意味着你们灵魂最终交融的亲密对话。你们必须要一起等待——一周,一年,一生,才能开始那场最终的亲密对话。然后,痛快说完。所以……

事实上,那就是爱吧。这让他大吃了一惊。那个词在他的字典里如此无足轻重……爱、野心、对财富的渴望,它们是些他从来都不知其存在的东西——能够在他心里存在。他是家里的小儿子,无所事事,刻薄,有能力,常常闲散地思考人生,但是随时准备承担起家长的职责,前提是死亡要这么安排。他原来就是个永远的副指挥官。

他现在究竟成了什么?成了个堑壕里的哈姆莱特?不,上帝做证,他不是……他随时准备好了行动,准备好了指挥一个营。按说他是个陷入爱河的人,陷入爱河的人不就该做像指挥一个营这样的事情吗?还有更糟的!

他应该写封信给她。要不然她会怎么想这位一度向她提出了不得体要求的绅士。退缩了,说了声"再见!"或者连"再见"都没有说,就这样走掉了!一封信都没来过!连明信片都没写一张!两年!还真是个哈姆莱特!或者是只猪猡!

好吧,那他应该写封信给她。他应该说:"来函是为了通知你,我提议这场游戏结束之后就和你同居。你要准备好一停战就马上把你自己交到我的手里。请遵照执行。签名,克里斯托弗·提金斯,第九格拉摩根营代理营长。"一份不错的军队通告。看到他在指挥一个营,她应该会高兴的,或者她不会那么高兴。她是个亲德派。她热爱那些正在把他提金斯的沙发垫撕成碎块的令人生厌的家伙。

那不公平。她是个和平主义者。她认为打仗这样的事情烦人且毫无意义。好吧，很多时候它们看起来的确是毫无意义。看看他整洁的砾土小道变成什么样子了，还有那些泥灰土。虽然它们现在的意义是可以让他有掩蔽地坐下来。在阳光里！还有好多只云雀。有人曾经写道：

众多的云雀在她头顶齐唱，窜到了看不见的地方！ ①

这真是蠢话。云雀才不能齐唱呢。它们就会发出一种像两个软木塞子互相摩擦的没心没肺的声音……他脑子里突然想到了一个画面。好多年前，好多好多年前，可能是在看完了那个炮兵折磨那个胖德国佬之后，因为那就在麦克斯碉堡的下面……现在太阳肯定已经照到了伯马顿！不过，他永远都当不了乡村牧师了。他要和瓦伦汀·温诺普住在一起！他那个时候正从山阴面下山，感觉挺好。多半是因为他已经离开了德国人的火炮一直寻找着的炮兵观察哨。他大步朝下走着，蓟草头扫过他的臀部。显然是蓟草里有种吸引飞虫的物质。在一次著名的胜利之后，它们肯定会是这样。所以有一大群燕子跟着他，在他身边来回盘旋，它们的翅膀都碰到了一起，周围二十码全都是，它们的翅膀还会蹭过他和蓟草头。当蓝天

---

① 出自英国诗人马蒂尔德·布林德（1841—1896）的诗作《爱——三部曲之一》。

反射出它们背部的蓝色的时候——它们的后背就在他的眼前——他感觉自己就像是一位在海中阔步的希腊神祇。

云雀就没有那么激动人心了。其实它们是在咒骂德国人的火炮。它们愚蠢而且无休无止地鸣叫着,诅咒着。就在不久之前还没有几只云雀。现在,炮弹又从大概一英里外打过来了,天上密密麻麻的全是云雀。一大堆——好大一堆——像软木塞子一起作响。不是在齐唱。它们在他头顶唱着,然后窜到了看不见的地方!你几乎可以说这是德国人又要朝你开炮的迹象。全能的上帝真是在它们小小的胸膛里设置下了奇妙的本能啊!这可能也很准确。毫无疑问,炮弹越接近地面,带来的震动就越大,这就打扰了那些趴在窝里的小胸膛。所以它们飞起来尖叫着,也许是在互相警告,也许只是蔑视那些火炮。

他要写信给瓦伦汀·温诺普。之前一直不给她写信就是个笨拙的猪猡的把戏。他提出要勾引她,没有做到,还一句话不说就跑掉了……还把他自己当成个风流人物呢!

他说:"你吃东西了吗,下士?"

下士踩在土丘的斜坡上,在提金斯面前站稳了。他脸红了,右脚的鞋底在左脚背上蹭着,右手拎着一把小锡壶和一个茶杯,左手拿条干净的毛巾包着一个小方块。

提金斯考虑着,是应该先喝掺了军用朗姆酒的咖啡来提升一下他对三明治的欲望呢,还是先吃三明治来增加一点他对咖啡的渴望……给瓦伦汀·温诺普写信是该被谴责的。冷血、玩弄女人的人才这么做。该被谴责的!……这取决于三明治里夹的是什么。

把他的胸骨下方向内凹陷的空洞填满应该是很舒服的。但是应该先用固体，还是温暖的液体呢？

准下士手脚很敏捷，他把咖啡壶、茶杯，还有毛巾放在了一块从土堆里支出来的平的石头上，毛巾一打开就可以当作桌布用，里面是三小堆袖珍的三明治。他说他在切三明治的时候已经吃了半罐热过的菜豆炖羊肉。这堆三明治里夹的是鹅肝酱[①]；那一堆是捣成酱的腌牛肉加上黄油，其实是人造黄油，罐头里倒出来的凤尾鱼糊，还有腌菜里找出来的碎洋葱；第三堆是用辣酱油调味的**原味腌牛肉**。这就是他手头全部的原料了！

提金斯微笑着看着这个小伙子忙碌的样子，他说这简直是**大厨**的杰作了。

那个小伙子说：“还不是**大厨**呢，长官！”他屁股后面的军铲上还挂着一个马扎。他在伦敦的萨沃伊饭店给一位大厨当过助手。他本来打算去巴黎的。"就是个**帮厨**，长官！"他说。他用军铲在那块平的石头跟前平整出一小块地方，把马扎放到了平整出来的空地上。

提金斯说："你过去是不是也戴个白帽子，穿一身白色工作服？"

他喜欢想象这个金发男孩像瓦伦汀·温诺普那样穿着一身长长的白衣服。

准下士说："现在不一样了，长官！"他站到提金斯的旁边，一直蹭着自己的脚背。他把烹调看作一种艺术。他更想当画家，但

[①] foie gras，法文。

是妈妈的钱不够。他们的经济来源在战争期间也枯竭了……如果营长能在战后帮他说句话……他明白,打完仗以后,找工作是很困难的。所有那些逃过了服兵役的孙子,所有那些皇家陆军勤务队的人,所有那些在补给线上工作的家伙早就把机会抢走了。就像大家说的那样,离前线越远,工资就越高,机会也越好!

提金斯说:"我当然会推荐你。你一定会找到工作的。我永远都不会忘了你做的三明治。"他永远都不会忘记那些三明治浓烈干脆的味道,或是甜甜的掺了朗姆酒的咖啡给人的温暖舒适!在四月的蓝天下,在一座山坡下,那条白毛巾上的所有的东西边缘都在闪光。那个小伙子的脸也是!也许他的身体不是真的在发光。他的呼吸也变得很轻松。纯净的空气!他会给瓦伦汀·温诺普写信的,"把你自己交到我手里。请遵照执行。签名……"他觉得自己是该被谴责的!比被谴责还要糟!他不应该勾引父亲老朋友的孩子。

他说:"打完仗之后,连我找工作都不容易!"

不光是要勾引那位姑娘,还要邀请她和他一起过上没有保障的生活。不能这么干!

准下士说:"哦,长官,不会的,长官!你可是格罗比庄园的提金斯先生!"

他有好多个周日下午都去了格罗比庄园。他妈妈是米德尔斯伯勒人,准确说是南岸区的[①]。他本来在上文法学校,准备上杜伦

[①] 米德尔斯伯勒是约克郡的城市,南岸区是该城的郊区,位于穿城而过的蒂斯河南岸。

大学，就在……经济来源枯竭的时候。一九一四年九月八号……

他们不应该把约克郡北赖丁区的小伙子分配到有威尔士传统①的步兵营里。这根本就不对。要不是那样，他才不会碰到这个让人想起不愉快往事的小家伙。

"他们说，"那个小伙子说，"格罗比庄园的古井有三百二十英尺深，而大宅角落那棵雪松有一百六十英尺高。古井的深度是雪松高度的两倍！"他过去常常往井里丢石头，然后趴在那听着。它们弄出来的声音大得惊人，还很长，回声像疯了一样响！他妈妈认识格罗比庄园的厨子，哈姆斯沃斯夫人。他还经常见到……他一紧张脚踝蹭得更厉害了。提金斯先生，他的父亲，还有他、马克先生、约翰先生、埃莉诺小姐。有次埃莉诺小姐的马鞭掉了，还是他捡起来给她的……

提金斯再也不会在格罗比住了，再也没有那种封建的氛围了！他想，他要住在一套有四个房间的阁楼公寓里，就在四个律师学院中的某一个顶层。和瓦伦汀·温诺普在一起。**因为瓦伦汀·温诺普！**

他对那个小伙子说："看起来德国人的炮弹又要打过来了。去告诉吉布斯上尉，它们一接近就让他的杂务小队隐蔽起来，直到他们停下来。"

他想要和上天独处……他喝了他最后一杯温暖的甜甜的咖啡，里面还掺了朗姆酒，他深吸了口气。想想看，居然会在猛喝一口加

---

① 提金斯指挥的格拉摩根步兵营传统上是由威尔士南部的格拉摩根郡人组成。

了炼乳当糖的掺了朗姆酒的温咖啡之后满意地深吸一口气！该被谴责的！从美食的角度，该被谴责的！在俱乐部里他们会怎么说？好吧，他再也不会去俱乐部了！可惜喝不到俱乐部的波尔多红酒了！很不错的波尔多红酒，还有冷餐柜！

但是，既然这样说，想想看，仅仅是因为可以躺在这里指挥一个营，就满意地深吸气！——在一个斜坡上，在清新的空气里，还有两万个——两万！——"软木塞子"在头顶作响，而德国人的火炮正在为打出来的炮弹指引着方向，它们正在慢慢地接近！想想看！

他们可能正在试验他们的新奥地利火炮，井井有条，无比的全面。那是说，如果他们真的有新的奥地利火炮的话，也许他们没有。师部因为这么件武器激动得不得了。下发的命令说所有人都要尽力去获取关于这种火炮的各种消息，而且据说它发射的炮弹的爆炸力非同寻常地惊人。所以吉布斯才会急不可待地得出结论，认为把他尚未完成的机枪巢炸成碎片的正是那种新火炮。真是那样的话，他们还真是测试得非常全面。

那门炮，或者炮群，开炮的声音——他们每隔三分钟才打一发，所以这可能意味着那边只有一门炮，而且装弹需要大概三分钟——非常大，音调还很高。他还没有听到过那种炮弹真正的爆炸声，但是远处传来的声响都极其沉闷。可能是当那种炮弹成功落地之后，它会非常不可思议地钻到地下，然后才会被延时引信引爆。很有可能它对人员的杀伤力不大，但如果他们有足够的火炮和足够的高爆炸药就可以把那种玩意扔遍整个前线，而且如果那种炮弹像在可怜的吉布斯的堑壕里那么有效的话，协约国这边的堑壕战算是打到头了。不过，他们自然有可能既没有足够的火炮，也没有足够的高爆炸药，而且很有可能在其他土壤里那种玩意的效果不是很好。他们很有可能就是在试验这一点。或者，如果他们只是用一门炮开火，他们有可能是在试验要打多少发才能把这门炮给打废了；或者有可能他们只是在试验消耗战的把戏罢了：把堑壕砸得稀烂总是有用的，再狙杀掉那些去修理堑壕的士兵。那样的话，你时不时可以打到几个人，或者，自然，有飞机的话……这些令人讨厌的可能性简直是无穷无尽！然而，很有可能，我们的飞机会发现那门炮，或是那个炮台。然后，一切都会停止了！

该被谴责的！他哼了一声！要是你不遵守俱乐部的规矩就会被一脚踢出去，就是这样！如果你从格罗比的副指挥官这个职位上退下来，就不用……出席营部出操检阅了！他以一次想象中的争吵为借口拒绝接受大哥马克的钱，但是他没有和马克大哥有过任何争吵。这对刻薄的人只是在比谁更倔而已。再说了，你必须要给自己的佃农做出榜样，不出轨，不酗酒，不撒谎，要不你就不能拿他们该死的钱。你要给他们提供最好的加拿大种粮，适合他们的土质的农业实验；你要盯住自己的庄园管理人；你要修缮他们的房屋；你要送他们的儿子们去学手艺；他们的女儿们惹了麻烦的时候你也得照顾她们，还有她们的私生子，不管是你的，还是别人的。但是你必须住在庄园里。**你必须住在庄园里**！从那些可怜鬼包里掏出来的钱必须要回到土地中，这样，整个庄园里的一切，包括那些获准乞讨的乞丐，才可以变得越来越富裕，越来越富裕，越来越富裕……所以，他才想象出了他和大哥马克之间根本不存在的争吵，因为他要让瓦伦汀和他住在一起。在格罗比这样的庄园里，你不能让瓦伦汀·温诺普和你有什么无尽的必要的心灵际会。你可以从仆人里找个涂脂抹粉的情人，她总是会和其他的女仆吵架，因为她们都会想要她的工作，然后，方圆几英里的牧师都会因此震惊不已。佃农们会讽刺地欣赏这种事情：这是传统的一部分，而且在整个区里，他们自己也都是这么干的。但是这一位女士就不行了：你父亲最好的朋友的女儿！他们希望上流女人就**该有**上流的样子，他们甘愿自己跑去堕落腐化，用他们的肥料钱和种子钱找妓女，毁掉整个庄园的前途，也不要你能够有情人终成眷属……所以，他没有从他哥哥那里要他们一便士，等他自己继承格罗比的时候，他也一个便士都不会要。幸好，还有他儿子这个继承人，要不然他是不可能和那个女孩一起跑掉的！

两阵剧痛穿过了他的身体：他儿子从来没有给他写过信；那个姑娘可能已经嫁给了一个陆军部文员！在她被他抛弃，感情低落的时候！就是那样，陆军部的平民文员正是和他反差最大的！但是儿子的信可能会被他妈妈截住了。就像营长说过的，他们会对在**他**这里的人干这样的事情。而瓦伦汀·温诺普，听过他的对话之后，再也不想要亲密地加入同另一个人的对话里！他们心有灵犀，感情是坚如磐石、不可动摇的！

因此他会给她写信的：长着雀斑，直来直去的两只脚分得有点开，稳稳地站着，刚刚准备好说："噢，**得了吧**，伊迪丝·埃塞尔！"她就是阳光！

哦，不，上天为证，他不能给她写信！要是他挨了一枪或者疯掉了……这样的话,让她知道他对她的爱是深刻又不可动摇的岂不是无比糟糕?它会让事情愈发糟糕,因为到现在,激情锐利的锋缘可能已经被磨得没有那么令人痛苦了。或许没有那么令人痛苦!但是他仍然要不知悔改地要求她服从他的意志,越过奥地利炮弹炸起来的土丘,飘洋过海。他们会做自己想做的事情,然后,承担因此而产生的任何后果!

他躺了下来,右肩靠在土丘上,感觉就像一尊硕大而滑稽的雕像:一堆用泥塑的面口袋,滑稽的短裤下面露出来的是他沾满了泥的膝盖……米开朗琪罗雕刻的美第奇家族陵墓上的一个塑像。或许是他的《亚当》[①]……他感到大地在他身下动了动,上一发炮弹肯定落在很近的地方。他不会注意到爆炸的声音的,那已经变成了一串如此规律的响声。但是他注意到了大地的颤动……

该被谴责的!他说,看在上帝的分上,就让我们是该被谴责的吧!就这么定了!我们又不是什么德国佬战略家,要去不断地平衡躁动的道德上的对错!

他用左手把茶杯从石头上拿了起来。小阿兰胡德斯从土丘后面绕了过来。提金斯把茶杯朝斜坡下面的一块稍大的石头掼去。他对阿兰胡德斯满是期待、带有询问意味的眼神说道:"这样它才不会被更粗鄙的人用来举杯祝酒!"

[①] 米开朗琪罗的《创造亚当》是西斯廷教堂顶上的壁画,画中描绘的亚当形象的确是半卧的。他给美第奇家族的陵墓设计的陵墓只完成了两座,其中的雕像《昼》《夜》《晨》《昏》都是半卧的人体形象。

那位小伙子惊呼了一口气，脸红着说："那你也有一个爱人，长官！"①他用那种英雄崇拜的语气说，"她是像南茜一样，在巴约勒吗？"

提金斯说："不，不像南茜……或者，也许，是的，有一点像南茜！"他不想因为暗示说任何不像南茜的女人都可以被爱而伤害那个小伙子的感情。他有种预感，这个孩子会受伤害。或者，也许，这只是因为他遭受过的痛苦已经够多了。

那个小伙子说："那你会得到她的，长官，你肯定会得到她的！"

"是的，我可能会得到她！"提金斯说。

那位准下士也绕过土丘跑过来了，他说A连全都隐蔽好了。他们一起绕过那堆，朝B连的堑壕方向走去，结果他们都滑到了那里面。地势突然降低了，这里肯定很湿。堑壕尽头几乎就是一块小沼泽地。紧邻的那个营甚至在堑壕前堆了好几码高的沙袋胸墙，直到他们的堑壕延伸到山坡上为止。这里是弗兰德斯，布满野鸭的泽国。那一小块沼泽会使人的联络变得很困难。在提金斯安装他那个虹吸管的地方有很多水不停地被排出来。那位年轻的连长说他们得先把堑壕淘干，然后才能挖一条通到泥沼里的小排水沟。

---

① 福特此处化用法国著名的贝朗芮·莱博的故事，所以阿兰胡德斯一听就知道他有爱人。法国莱博昂普罗旺斯的莱博家族在中世纪时是当地的强族，有一任莱博伯爵的妻子贝朗芮爱上了诗人纪尧姆，给他吃了爱情灵药，结果被她丈夫发现，她的丈夫杀掉了诗人，把他的心脏和血液喂给了自己的妻子，贝朗芮也因此受到了爱情灵药的影响，宣称诗人的心脏和血液是她吃过的最甜美的东西，她嘴唇再也不会碰其他食物了，之后从莱博城最高处一跃而下。

他们是用铁锹把水舀出去的。两把铁锹还靠在用树枝编成的胸墙护墙板上。

"好吧,你们不应该把铁锹到处乱放!"提金斯喊道。他对虹吸管的效果感到非常满意。同时,我军也开始了一场相当可观的火炮佯攻。这很快就变得让人受不了了,感觉就好像几码开外就有一门血腥玛丽巨炮一样。它轰轰开火了。也许是飞机报告了那门奥地利火炮的位置,要不就是我军在**攻击**他们的堑壕,好让他们那门武器闭嘴。这感觉就好像是一个矮人闯进了一场对话、一场冲突当中——说话动手的都是乳齿象①。周围的声响如此巨大,连天都好像黑了下来,这是种心理上的黑暗。你没有办法思考。一个黑暗的时代!大地晃动了。

他从一个相当高的地方看着阿兰胡德斯。他正在享受一种难得的风景。阿兰胡德斯的脸上带着一种痴迷的表情——就像一个人作诗时候的表情。一坨一坨长长的稀泥在空中包围着他们,就像被抛起来的黑色煎饼。提金斯想:"谢谢上帝,我没有给她写信。我们让人给炸飞了!"泥土像一只疲倦的河马一样转了一下,它慢慢地落在了侧躺着的达克特准下士的脸上,然后像缓慢的波浪一样落到了别处。

一切都很慢,很慢,很慢……就像慢放的电影一样。泥土移动起来似乎永远不会停止。他一直悬浮在空中,就好像他是按自己期望那样悬浮在那块刷过白漆的鸡冠面前。巧合!

---

① 一种已经灭绝的远古象,外形略像猛犸象,但属于乳齿象科,而不是象科。

泥土在他脚下慢慢地冷静地吞噬着，它同化了他的小腿、他的大腿，它把他腰部往上的部位都囚禁住了。他的手还可以动，他看起来就像一个套在救生圈里的人。半固体的泥土慢慢地挪动他。

在他下方，在一座土堆下面，小阿兰胡德斯看着他，棕色的脸上眼睛大而黑，眼白泛着蓝色。从黏糊糊的泥土里伸出来一颗头，下面是冲锋的战马！他可以看到他祈求的嘴唇在动，组成了一句："救救我，上尉！"提金斯说："我得先救我自己！"他连自己的话都听不见，周围的声响大得令人难以置信。

一个人站到了他头上，他看起来高得不得了，因为提金斯的脸和那人的皮带齐平。但他其实是个小个子，伦敦东区来的大头兵，名字叫科克肖特。他抓住了提金斯的两只胳膊往外拉。提金斯试着想用脚踢土，然后他意识到还是别用脚踢的好。他被非常顺利地拉了出来。科克肖特和一个赶来的军士合力把他拉出来。他们三个人都咧嘴笑了。他顺着滑动的泥土朝阿兰胡德斯滑过去，他朝那张惨白的脸笑了笑。他一直在滑倒。他觉得脖子上，就在耳根下面，有种强烈的灼烧感。他的手伸下去摸了摸那个地方。手指上全是泥，带有一点点粉色。可能有个痤疮爆开了。至少，他手下的两个人都没有死。他激动地朝那两个大头兵打着手势。他做出了挖掘的动作。要他们去拿铁锹。

他站在阿兰胡德斯头上，就在稀泥的边上。也许他会沉下去的，他没有沉下去。没有淹过他的靴筒。他觉得自己的双脚又大又有支持力。他知道出了什么事。阿兰胡德斯卡在那股弄出这个泥塘的泉水的泉眼里了，就像在埃克斯摩尔的泥沼上一样。他在那张说不清楚的、小小的脸上方弯下腰，他又往下弯了一点，手伸到了烂泥里。他必须要趴在地上，用手和膝盖支撑身体。

愤怒闯进了他的脑海里，他被狙击手打了一枪。在他感觉到疼痛以前，他听见了，他意识到在地狱般的巨响里有股亲近的嗡嗡声。这就是要疯了一样赶快挖的原因。或者，不用……他们的位置很低，在一个大开口的洞里。尤其是当你用手和膝盖撑着趴在地上的时候，就没有要疯了一样赶快挖的原因。

他的手伸进了稀泥里，还有他的小臂，他的手费力地顺着油滑的布匹往下摸，埋在油滑的布匹下面。**泥泞的**，不是油滑的！他往外一拉，那个小伙子的双手和胳膊出来了。下面好办多了，他的脸现在离那个小伙子的脸很近，但是他却听不到他在说什么。有可能他已经昏过去了。提金斯说："感谢上帝，我的力气还挺大！"这是他第一次因为力气挺大而充满感激之情。他把小伙子的手搭在自己的肩头，这样他的手可以搂住自己的脖子。那双手黏糊糊的让人不舒服。他喘不过气来，往后一拖，那个小伙子又往上冒了一点。他肯定已经昏过去了。他一点力都没出。这些稀泥简直脏死了。这是对一个文明的谴责，他，提金斯，有这么大的力气却从来没有必要用它。他看起来就像一堆面口袋，但是至少他可以把一副牌撕成两半。如果他的肺没有……

科克肖特，那个大头兵，还有军士就站在他旁边，咧嘴笑着，扛着那两把不应该靠在他们堑壕的胸墙上的铁锹。他觉得非常烦躁。他之前打手势想说的是要他们去把达克特准下士挖出来。可能再也不是达克特准下士了。可能现在只有个"它"——一具尸体！

到头来，他可能还是死了个士兵！

科克肖特和那个军士把阿兰胡德斯从稀泥里拉了出来。好不容易才把他拉了出来，就像从沙里往外拉沙虫一样。阿兰胡德斯站不起来，他的双腿一下就软了下去。他像朵沾满了泥的花那样瘫了下去。他的嘴唇在动，但是你听不见他在说什么。提金斯把他从那两个扶着他的人手里接过来，然后把他放在土堆往上一点的地方。

提金斯冲着那个军士的耳朵大喊："达克特！去把达克特挖出来！赶快！"

他跪下来摸了摸那个小伙子的背。小伙子的脊柱可能受伤了，他没有疼得抽搐，不过，他的脊柱还是有可能被伤到了。不能把他留在这里。要是能找到个担架的话，就应该让担架兵把他抬走。但是他们过来的时候可能会被狙击手盯上。也许，他，提金斯，如果他的肺撑得住的话可以扛着这个小伙子。要不行，他就拖着他走。他感觉很温柔，就像一位母亲，同时也很强大。可能把这个小伙子留在这里更好，这不好说。提金斯说："你受伤了吗？"炮声基本上都已经停止了。提金斯看不到他有任何流血的地方。那个小伙子轻声说："没有，长官！"那他可能就是晕厥了，很有可能是弹震症。说不清楚弹震症是怎么回事，或者它会对你有什么影响，或者炮弹散发出来的烟气对人又有什么影响。

他不能停在这里。

他像夹一床毯子那样把那个小伙子夹在胳膊下。如果把他扛在肩上他就可能太高了，会被狙击手打到。他走得不是很快，他的双腿非常沉重。他重重地朝那个小伙子之前被困住的泉水的方向走了几步。现在水更多了,泉水正灌进那个坑里。他不能把那个小伙子留在那里。你可以想象,之前阿兰胡德斯的身体就像木塞一样把泉眼堵住了。这就像家里,那里也有这样的泉,也像在泥沼上挖獾子,其实更像挖沟排水。獾子的窝是干的,就在格罗比上面的泥沼地里。四月里阳光灿烂,还有好多云雀。

他正在往土堆上爬,有那么几英尺长的地方没有别的路。他们之前一直在炮弹炸出来的坑道口里。他朝左边爬,朝右走可以更快下到堑壕里,但是他想让土堆挡在他们和敌人的狙击手中间。他大口大口地喘着气。有更多的光照到了他们身上。

正是这个时候!啪!啪!啪!四分之一英里以外的地方传过来的脆响……子弹尖叫着从头顶飞过,拉着长音飞到别的地方。这不是狙击手开的枪,是敌人营里的普通士兵。有机会!啪!啪!啪!子弹尖叫着飞过头顶。营里的普通士兵朝任何奔跑的东西开枪都会激动。德国人打高了,扳机扣得太重。他现在也是个肥胖的、跑动的东西。他们开枪的时候是憎恨,还是觉得好玩?多半是憎恨!德国人啊,可没有什么幽默感。

他喘不过气来了,他的两条腿就像两根痛苦的长枕头。如果他能做到的话,还有两步就能到更平一点的地方了……好的,做到了!……他到平地上了。他之前一直在爬,往碎土堆上爬。他**必须**要长长地喘一口气。他的左脚陷进了土里,本来是尽力用他的右臂把阿兰胡德斯扛在身前。他的左脚陷进去的时候,这位小伙子的身体就直直压在了他身上。不用说,这堆大块大块的硬土块里有裂缝,不像通常挖出来的土。

那个小伙子乱踢着,尖叫着,自己挣脱开来……好吧,他想走就走吧!那尖叫声就像着了火的马厩里马的叫声。子弹从头上飞过去了。那个小伙子跑了,双手捂着脸消失在土堆另一边。这是一个圆锥形的土堆。他,提金斯,现在可以趴在地上匍匐前进了。这真令人满意。

他匍匐向前,用他的臀部和肘部推动身体前进。匍匐前进大概是有标准动作的吧,他不知道。一块块的土看起来很友好。作为被扔到地面的底层土而言,它们感觉上去或者闻起来都不是特别的酸。不过,想让它们用来种庄稼或者长出草还需要很久。可能从农业方面说,这个国家很长一段时间情况都会很糟糕了……

他对自己的身体很满意,它已经两个月没有做过什么像样的锻炼了——作为一位副指挥官。他甚至都不能期望自己能有现在这样的身体状况,但是那可能很大部分都是精神上的问题!不用说,他刚才恐慌得不得了。那只是合理的反应。想到那些德国佬追杀那些不幸的人就让人不舒服,多么让人恶心的事情。不过,我们也这么干……那个小伙子肯定也恐慌得不得了。突然地,他就伸手捂住了自己的脸,害怕看到战场上的一切。好吧,你不能怪他。他们不该送女学生到前线来。那个小伙子就像个女孩一样。然而,那个小伙子还是应该留下来看看他,提金斯,是不是中了一枪。他左腿陷进去的样子应该能让那个小伙子想到他可能是中了一枪。他应该是被温柔地**扫射**倒地的。

在那座土堆的背后,科克肖特和那个军士正趴在地上用被叫作掘壕工具的短柄军铲挖着。

"我们找到他了,长官,"军士说,"全给埋进去了,只能看到他的脚。我们不敢用铁锹,怕把他砍成两截了。"

提金斯说:"你说的对,把铁锹给我。"科克肖特原来是个布店的学徒,军士是个送牛奶的。很有可能他们都不怎么会用铁锹。

他的优势在于小的时候挖过各种各样的东西。达克特是被水平地埋在下面的,一直伸到了圆锥形土堆的里面。至少他的脚伸出来的样子是这样的,但是你说不清楚他的身体到底摆成了什么样子。它可能弯向左边,或者右边,还可能是朝上的。

提金斯说:"拿着你们的铲子从上面挖!但是给我留出地方来。"

脚趾是指向天的,那躯干就几乎不可能是朝下的。他站在那双脚的下方,用铁锹瞄准了十八英寸下的位置重重一挖。他喜欢挖土,幸好这块土是干的,很顺畅地就顺着土堆滚下去了。这个人大概被埋了十分钟了,感觉不止,但是可能没有那么久。他应该有机会,也许土壤不像水那么让人不能呼吸。

他对军士说:"你知道怎么做人工呼吸吗?给溺水的人?"

科克肖特说:"我会,长官。我是伊斯灵顿①泳池游泳冠军!"科克肖特是相当厉害的一个人。大概是一八六六年,在一个家伙想要开枪刺杀格莱斯顿②先生的时候,他的父亲敲了一下那人的胳膊。

---

① 伦敦北部的一个区。

② 指威廉·格莱斯顿(1809—1898),曾四度出任英国首相。但是历史上并无1866年刺杀格莱斯顿的记录,倒是有人在1866年意图行刺俄国沙皇亚历山大二世时,开枪的时候因被人推动了手肘而失败。

他把铁锹一拔,很多土顺从地滚到了一边。达克特准下士瘦弱的腿露了出来,一直到大腿根,他的膝盖弯着。

科克肖特说:"这次他就没蹭脚踝!"

军士说:"连长被打死了,长官。一颗子弹钻进了他脑袋里!"

让提金斯烦心的是这又是一个被打到头的,他明显是躲不开它们了。为这个烦心其实很蠢,因为在堑壕里,大多数受伤的人都是被打到头的。但是上天总可以稍微多点想象力吧,就算帮帮忙吧。想到他在那个小伙子死之前**吼**过他,这也很烦心。因为那个小伙子把铁锹乱放。被**吼**了一顿总会在小伙子们的心头留下大半个小时不好的印象。那有可能是他生命里的最后一件事,所以他死的时候也不开心……希望上帝会补偿他吧!

提金斯对军士说:"让我来。"达克特的左手和手腕出现了,手垂着,干净得让人不敢相信,放在和大腿齐平的地方。这样就能看出他身体的走向了,你可以绕着他清理。

"他才二十二岁。"军士说。

科克肖特说:"和我一样大。他特别注意你的拉绳枪管刷①。"

过了一分钟,他们拽着达克特的腿把他拉了出来。他的脸上可能卡有一块石头,那样他的脸就可能是受伤了,也有可能他脸上没有,可这是个不得不冒的风险。他的脸黑黑的,睡着了——就

---

① 用来清洁枪管里火药残留的工具。一头是重物,比如铜坠子,一头是用来栓清洁枪管抹布的绳子,重物带绳子穿过枪管之后一拉绳子就可以用抹布有效地清除大部分火药残留。

像瓦伦汀·温诺普在垃圾桶里睡了一觉一样。提金斯走开了,留下科克肖特有条不紊地给那具躺在那里的躯体做人工呼吸。

对他来说,多少有点满足的就是,不管怎样,在这次小小的事件里,他一个士兵都没少,只死了一个军官。从军事上来说,这种满足是不对的。不过,鉴于这么想谁都伤害不到,所以也没什么坏处。但他总是对他的士兵有种更大的责任感。在他看来,他们来这里不是出于自愿。这种感觉就和他觉得虐待动物是比虐待一个人——除了孩子以外——更加让人厌恶的罪恶一样,这毫无疑问是不理智的。

在交通壕里,有个小个子靠在那块用白灰刷了一个硕大的A的波形铁皮上,穿着一身非常干净的博柏利薄军用外套,上面挂着一大把级别徽章——精纺羊毛织成的皇冠,还有别的什么东西!他还戴着一顶看上去很优雅的钢盔。你要怎么做才能让一顶钢盔看起来很优雅!那人手里拿着条猎鞭,鞋上带着马刺。这是一个来视察的将军。

那个将军和蔼地说:"你是谁?"然后又不耐烦地说,"这个营的指挥官跑到那里去了?为什么怎么都找不到他?"他又接着说,"你脏得让人恶心,像个黑摩尔人[①]。我想你是有原因的吧。"

和提金斯说话的是正在气头上的坎皮恩将军。提金斯像个稻草人一样立正站好。

他说:"我负责指挥这个营,长官。我是副指挥官提金斯,现

---

① 对非洲黑人或者其他黑皮肤的人的旧称。

在暂时代理指挥。找不到我的原因是我刚暂时地被埋住了。"

将军说:"你……我的上帝!"他后退了一步,嘴张得大大的。他说:"我刚从伦敦来!"接着道,"上帝啊,你不能我一接手指挥你就把我的一个营置之不理了!"他说,"他们说这是我的部队里最能打的营!"然后激动地哼了一声,接着说,"我的勤务官和莱文都找不到你,也找不到能找到你的人。结果你就这么两手插在兜里悠闲地走过来了!"

在一片寂静中,因为火炮现在已经停下了,云雀们也休息去了,提金斯可以从他肺部有点干燥的摩擦中听到自己的心跳。心脏重重地跳得飞快,给人一种恐惧的效果。他自语着:"他之前在伦敦和这一切有什么关系?他想娶西尔维娅!我敢打赌,他是去娶西尔维娅去了!"这就是为什么他之前一直待在伦敦。这是他的一个执念:他吃惊和激动的时候会想到的头一件事。

他们总是会为来视察的将军安排这种完全安静的时刻。也许是双方伟大的总参谋部互相替对方安排的。更有可能是,我们的大炮裂成两半之后,终于成功地让德国佬知道,我们要它们闭嘴了——我们开炮的时候是像天主教徒说的那样有"特别意向"[①]的。那简直像打电话一样有效。德国佬就知道对面不一般了。如果可以,还是永远不要把对面惹火比较好。

提金斯说:"我刚被划了一下,长官。我在口袋里摸我的急救包。"

---

① 天主教中因为具体的事由而祈求上帝的一种祈祷。

将军说:"像你这样的家伙根本就不应该待在会受伤的地方,你的位置是在后勤补给线上。我把你派到这里来的时候简直是疯了。我要把你送回去。"

他接着说:"你可以解散了。我既不要你的帮助,也不需要你提供的信息。他们说这里有个很厉害的军官在指挥。我想要见他……名字是……名字是……无所谓。解散!"

提金斯步履沉重地沿着堑壕走开了。他心里升起一个念头,对自己说:"这是片希望和荣誉之地!"①然后,他大声说道:"上帝做证!我要把这件事情告到总指挥官那里去!如果有必要,我要告到枢密院和国王那里去。上帝做证,我会的!"那个老家伙绝对不应该那么和他说话,那是把个人恩怨带到军队事务里来。他站在那里考虑该怎么给旅部写信。

副官诺丁沿着堑壕跑了过来,他说:"坎皮恩将军要见你,长官。他星期一就要接管这支队伍了。"他接着说,"你刚去了个糟糕的地方,长官。我相信你没有受伤。"对诺丁来说,这是少见的多话。

提金斯自语道:"那我只能指挥这支部队五天。在他开始指挥之前,他就不能把我赶走。"在那之前,德国佬多半已经穿过他们阵地了。五天的战斗!谢谢上帝!

他说:"谢谢。我见过他了。是的,我没事,就是脏死了!"

诺丁的小黑眼睛里闪过一丝痛苦。他说:"当他们说你挨了一

---

① 《希望与荣誉之地》是写于一九〇二年的英国爱国歌曲。

发的时候,长官,我觉得我要疯了。我们肯定撑不下来的!"

提金斯在想,他是应该在那个老家伙接手之前还是接手之后给旅部写信。诺丁在说:"医生说阿兰胡德斯会没事的。"

要是他的申诉是抗议个人歧视的话,这样可能更好。

诺丁说着:"当然,他的一只眼睛保不住了。实际上……它基本上已经没了。但是他会没事的。"

卷 下

第一章

走进这个广场就像突然死去了一样,对一个刚才还在被数不清的人挤来挤去、被无尽的呐喊震得双耳欲聋的人来说,这里是如此宁静、如此冷清。呐喊声持续了很久,以至于带上了一种牢固、不可变动的东西,像生命一样。所以,这里的宁静看起来像死亡,而现在,死亡也进到了她心里。她要去面对一个住在空荡荡的房子里的疯男人。那幢空荡荡的房子还在一个空荡荡的广场上,广场周围的房子看起来都像极了十八世纪的东西,银灰色、僵硬、安详,它们里头也该是空荡荡的,还住着死去了的疯男人。是该做这个的时候吗?在全世界都因为快乐而发狂的今天?去给一头扔掉了所有家具,并且连门童都认不出来的熊当饲养员——他发狂了,但不是因为快乐!

这比她想象的还要糟。她本来以为会扭开一间高大、空荡荡的房间的门把手,在关着百叶窗、光线暗淡的空间里,她会看到他怀疑地扭头看过来,就像一只在它灰暗的巢穴里被人发现的灰色獾子或者狗熊一样,还穿着军装。但是她连做好准备的时间都没有。在最后的时刻,她要鼓起很大的勇气,她要变成一位弹震症病人冷冰冰的护士。

但是连最后的时刻都没有,他朝她冲了过来,就在门外,更像只狮子。他过来了,全身灰色,他灰色的头发——也许是他头发里的一缕缕灰发——闪闪发光,他嘭的一声拉上了门,快步冲下台阶,身体朝一边歪着。他的胳膊下面夹着一件小家具——一个柜子。

一切都太快,就像大脑突然一阵痉挛,周围的房屋都在摇晃。他看着她,他大概是在笨拙的大步前进的时候猛一下停住的。她没有看见,因为她只看到了房屋的晃动。她看到他灰蓝色的双眼似游鱼一般终于定在了木质般的脸上——粉白的脸。他脸上粉色的地方太粉,白的地方太白,过头了就显得不健康。他穿着灰色的手工呢外套,他不该穿手工呢或者灰色,这让他看起来块头更大。他本来可以被打扮成……哦,比如说,一个漂亮的人!

他在做什么?笨手笨脚地在他难看的裤兜里翻着。她听到他那带点摩擦声,还有点喘的嗓音,摇了摇头。

他大声说:"我要去把这个玩意卖了……待在这里。"他摸出一把门钥匙。他在她身边重重地喘着气,走上了台阶。他就在她身旁,在她身旁,在她身旁。待在这个疯子身旁让人觉得无尽地悲伤,也无尽地开心。因为如果他还清醒,她就不可能待在他身边了。如果他疯了,她就可以在他身边待上很长时间。或许他根本就不认得她了!她可能会在一个认不出她的人身边待上很长时间,就像照顾你的婴儿那样!

他正在用他的小钥匙对着钥匙孔起劲地捅来捅去。他**就会**这样,这才是正常的。他就是那种会捅半天钥匙孔的笨手笨脚的人。她不想让这点发生什么变化,但是她会好好打扮打扮他。她说:"我真的是在考虑要准备和他在一起住很长时间了!"想想看!她对他说:"是你找我来的吗?"

他把门打开了,他喘着气——他**可怜的**肺!然后说:"不是,进去吧!我正要……"

她在他的房子里了。她像一个孩子……他没有找她来……像一个孩子一样在一个大大的黑暗的洞窟门口胆怯了。

屋里面很黑,地上铺的是方石板。大厅里固定的家具被拆走后,庞贝红①的墙上露出一片片淡粉的伤疤。她要住的地方就是**这里**了吗?

他在她的背后,喘着气说:"在这等着!"照进大厅里的光变亮了些,那是因为他从门口走开了。

他正在冲下台阶。他的靴子真大。因为胳膊下面夹着那件家具,他朝一边歪着,摇摇晃晃地走着。他看起来真滑稽,真的。但是当你走在他身旁的时候,快乐就从他穿的手工呢衣服里散发出来。它就涌了出来,把你包裹在其中,就像电暖炉放出的温暖,不过暖

---

① 一种偏灰的红色,因为类似在庞贝遗址发掘出来的罗马房屋的颜色而得名。

炉的温暖是不会让你想哭和祷告的——那个傲慢的笨蛋。

不,他一点都不傲慢。那就是粗鲁无礼!不,他也不是粗鲁无礼的。她不能追着他跑。他是一块闪亮的光斑,长着粉色耳朵和愈发银灰的头发。他沿着十八世纪房屋前的围栏重重地跑着,**他就是个十八世纪的人**[①]……但是十八世纪从来没有发过疯,唯一一个从来没有发疯的世纪。直到法国革命为止:法国革命那种事,要不是没有疯,要不就不是十八世纪会做的事情。

她犹豫地走进了阴影,她又犹豫地走到了光亮下……有种长长的空荡的声音传来——海在说:噢,噢,噢,绵延好几英里。这就是休战。今天是休战日。她已经忘记了。她要在休战日被与世隔绝地关起来了!啊,不是被关起来!不是被与世隔绝地关在这里。良人属我,我也属他。[②]但她最好还是把门关上吧!

她就像亲吻他的嘴唇那样小心地把门关上了。这是个预兆。今天是休战日,她应该离开的,但是她关上了门……不是对休战日关上了门!而是对做出……改变关上了门!

不!她不应该离开!她不应该离开!她**不**应该!他告诉她等在这里。她没有与世隔绝。这里才是整个地球最令人兴奋的地方。她不是注定要过上修女一般的生活的!她要在一个疯子身边度过她的白昼,还有她的夜晚……休战日的夜晚!无数代人都会记得

---

① 在通常的文化历史中,英国十八世纪被划入新古典时期,一切讲究得体和理智,但同时,作为商品社会的开端,十八世纪也以奢侈和开放的性道德闻名。

② 出自《圣经·雅歌》。下文会专门提到。

这个夜晚的。而一个活着见证过那一天的人一定会被问到这个问题：休战日的晚上你在做什么？良人属我，我也属他！

石砌的大台阶上没有地毯，踏上这样的台阶就像参加一个仪式。从前门一进来就是大厅，你要朝右转一个角才能走到一个房间的入口。真是奇怪的布局。也许十八世纪的人害怕穿堂风，也不喜欢把饭厅放在大门附近的地方。良人属我……为什么会一直重复这个滑稽的句子？再说了，它是《雅歌》里的，对吧？颂歌中的颂歌！那现在引用它是在亵渎神灵吧，当你要……不对，祈祷的关键是在意念，所以亵渎神灵的关键也应该是意念，她根本就不想引用这句话。它跳出来只是因为她紧张了。她在害怕，她在一幢空房子里等一个发了疯的人。空荡荡的台阶上传来了声响！

她就像法蒂玛一样，推开一间空荡荡的房间的门。①他也许会回来杀了她的。性压抑导致的疯狂常常是致命的……你在休战日那天晚上做了什么？"我在一幢空房子里被杀了！"因为，毫无疑问，他肯定不会让她活到午夜的。

但也许他没什么性压抑。她没有任何证据能证明他有，倒是有证据证明他没有。是的，他没有，他永远是个绅士。

他们把电话留下了！窗户上的百叶窗自然是拉得好好的，但是在从百叶窗的缝隙里透进来的昏暗光线里，白色的大理石闪着镍

---

① 童话故事《蓝胡子》里蓝胡子的最后一任妻子。她在丈夫离开的时候控制不住自己的好奇心，打开了她丈夫不准她打开的一扇门，发现门后都是她丈夫前妻们的尸体。

白的光。壁炉台，全都是帕罗斯大理石砌成的，壁炉台由两根雕刻着公羊头的柱子支撑着，非常贞洁。①天花板和直直的壁带组成了繁复对称的图案，也是贞洁的。十八世纪——但是十八世纪的人可不怎么讲贞洁……**他**就是个十八世纪的人。

她应该给她妈妈打个电话，立刻通知那位穿着不整洁的配有紫色腰带黑外衣的名人，她女儿即将采取的重要……

她的女儿要做什么？

她应该从这栋空房子里跑出去。因为想到他很有可能是要回来杀她，她应该是被吓得瑟瑟发抖。但是她没有。她是怎样？兴奋得颤抖？大概是。因为想到他要回来了，如果他杀了她……没办法！她还是激动得浑身颤抖。她必须给她妈妈打个电话，她妈妈也许想知道她在哪里。但是她妈妈从来都**不用**想就知道她在哪里。她太守规矩了，从来都不会惹麻烦！……想想看！

不过，在今天这样的日子里，她妈妈也许想知道。她们应该互相交换喜悦之情，因为她弟弟现在是永远的安全了，其他人也是。通常情况下，她打电话过去的时候，她妈妈都很不耐烦。因为她在写作。看她写作真是件难以置信的事情，也许她再也看不到了。一个小房间，非常小一间，到处都摆满了纸，妈妈从不愿意在大房间里写作，因为大房间会诱惑她走来走去，但是她连走来走去的时间都没有。

她现在同时写两本书。一本小说……瓦伦汀不知道那是讲什

---

① 瓦伦汀此处是在说反话。公羊通常是淫荡的象征。

么的。直到写完为止，她妈妈从来不告诉他们她的小说是讲什么的。还有一本是关于这场战争的女性历史，一本女人写给女人看的历史。她就坐在那张大桌子前面，除了在房间里四处走动以外，几乎不会离开那个房间。她灰色的头发，大个子，面色和蔼，一脸疲倦，她可能正在桌子边的一堆纸里翻来翻去，或者刚刚从她的小说稿上站起来，她松松的夹鼻眼镜滑了下来，绕到桌子边缘和墙之间去看散在那个地方的女性历史的稿子。她会在一本书上花十分钟，或者二十五分钟，或者一个小时，然后再花一个半小时，或者半个小时，或者四十五分钟在另一本书上。她那亲爱的脑袋里肯定是一团糊涂了！

她带着点不安拿起了电话。她必须要这么做，她不可能不告诉她妈妈就和克里斯托弗·提金斯同居。她妈妈应该有劝阻她的机会。他们说，在你和一个爱人彻底分手之前必须要给他或者她最后一次大闹一场的机会，更何况是你妈妈。那才是实诚人[1]该做的事。

它把承诺的话在耳前砸碎，那就是电话[2]！引用莎士比亚算不算亵渎，当你准备要……也许只是品位不佳而已。不过，莎士比亚也不是纯洁无瑕的。所以，他们是这么说的……等待！等待！

---

[1] 原文为 jannock，是英国的方言词，意为直接、诚实。

[2] 此句化用自莎士比亚《麦克白》第五幕麦克白对麦克德夫说的话。原文大意是"让我们不要相信那些玩弄人心的魔鬼了，/他们用模棱两可的话把我们玩弄，/他们在我们的耳前说出承诺的话，/又在我们期望时砸破诺言。"

人这一辈子有多少时间都花在等待上了,人的体重压得脚后跟都钻进了地里。但是这个东西什么声音都没有。它的嘴里没有传来巨响,你把旁边那个小玩意拨上拨下的时候也没有铃声响,它可能是被断开了。可能因为他没有付费,他们断掉了他的服务。或者是他故意把它切断的,这样当他掐死她的时候她就不会打电话尖叫着报警了。不管怎样,他们被孤立了。他们会在休战日的晚上和全世界隔绝开来……好吧,他们很有可能会被永远隔绝起来!

什么乱七八糟的,他又不知道她要来,他也没有找她来。

所以,慢慢地,慢慢地,她走上了石头砌的大楼梯。所有的声响都在她前方低声说道:"所以,慢慢地,慢慢地,她走了上去,然后,慢慢地环视自己周围。从此以后要汲取教训……"①好吧,她不需要汲取教训,她不会像芭芭拉·艾伦那样死去。恰恰相反!

他没有找她来,他没有让伊迪丝·埃塞尔给她打电话。那她应该感觉到被羞辱了才对,但是她不觉得被羞辱了!这其实挺自然的。他**的确**是非常明显的疯了,跑来跑去,朝一边歪着,胳膊底下夹着件小家具,显眼的头发上也没戴帽子。显眼!那就是他,他从不可能融入人群!他**已经**把他的家具都扔了,像伊迪丝·埃塞尔说的那样,很有可能他也没有认出门童来。她,瓦伦汀·温诺普,已经见到了他要去卖他的家具。疯了一样!跑着去!要是你还有理智,你去卖家具的时候是不会跑着去的。也许伊迪丝·埃塞尔见

---

① 这是一首英国古民谣,下文提到的芭芭拉·艾伦是这首民谣的主人公。她因为后悔对一个极端爱恋自己的年轻人过分冷酷而死。

过他头上顶着张桌子跑。她也没有任何办法可以确定他认出了她,瓦伦汀·温诺普!

所以伊迪丝·埃塞尔给她打电话差不多还是说得过去的。通常情况下,那是种冒犯,尤其是考虑到她们是怎么断交的,考虑到伊迪丝·埃塞尔说她正是给这个男人生了个孩子!就算她看到了他扛着家具在广场上跑来跑去,就算没有别的任何人可以帮忙,这也很过分。但是她应该派她那个可怜的耗子一样的丈夫来。没有任何借口!

然而,这里没有任何她,瓦伦汀,可以做的事情。所以他没有召唤她过来,没有让她觉得被羞辱了。就算她对这个人没有那种感觉她也会来,如果他的情况很糟糕,她也会留下来。

他没有找她来!这个曾经向她求爱,然后一句话都不说就走掉的人,连一张明信片都没有给她寄过的人,粗鲁,无礼,傲慢!还有什么别的词可以形容他吗?不可能有。那么,她应该感到被羞辱了,但是她没有。

她很害怕,蹑手蹑脚地爬上大楼梯,进到了一间大房间里,一间非常大的房间。墙都是白色的,也带着那种物件被移走之后留下的污迹。房屋从房间的窗户外盯着她看,似是十八世纪的感觉。但是它们红色的烟囱又有那么点欢快的感觉……现在是她在窥探了。她非常害怕,心跳到了嗓子眼,这间屋里有人住,就像是在野地里一样,反正这房间有这么大,那里立着一张给军官用的行军床,通常的说法是,军用物资一件。还有几个用交叉的白木棍支撑着的绿色帆布的物件:一把椅子,一个带着绳子提手的桶,一个洗脸盆，一张桌子。床上铺着一床灰色的破羊毛毯子。她非常害怕，越走进这幢房子，她就越陷入他的控制。她应该待在楼下的，她在被他窥探。

这些东西看起来又脏又悲惨。他为什么要把它们放在房间正中？为什么不靠着墙放？没有东西挡住枕头的时候，通常不都是把床头靠着墙的吗？那样枕头就不会掉下去了。她想要改动……不，她不会做。他把床放在房间中央是因为他不想要床碰到……的裙子扫过的墙。你不准想那个女人的坏话！

它们看起来不是又脏又悲惨，它们看起来很节俭，而且光荣！她弯下腰，把破毯子的一头拉下来，亲了亲枕头。她会给他买亚麻枕头的。战争已经结束了，你现在可以买到亚麻了。沿着那条长长的战线，人们都可以挺起身来了。

在房间的一头是一个木台，方方的木条做成的一个箱状东西，就像画家们会在画室里搭的假王座一样。她不可能是坐在木台上接待自己的客人的吧，就像皇室那样。她能做出……你**不准**……这也许是用来放钢琴的，也许她会办音乐会。木台现在被当成了书架，一排小牛皮封面的书立在木台靠墙那一侧。她靠近去看他选的都是什么书，那肯定是他在法国时读的书。要是她能知道他在法国的时候都读了什么书，她也就能知道他的某些想法了。她知道他睡的是非常便宜的棉布床单。

节俭而光荣，那就是他！而他设计了这间房间用来爱她。这就是她想要的房间。这种布置……阿尔克提斯从来没有……①因为她,瓦伦汀,也是习惯节俭的,还是他的崇拜者。反射过了光荣……该死,她在变得情绪化。但是很奇怪,他们的品位是如此一致。他不是傲慢或者粗鲁无礼,他给她的是真正的尊敬。他说的是:"她的思想和我的思想是并肩而行的,她会明白的。"

那些书的确是什么都有。它们的顶端沿着墙展开,就像一堆没有排列好的丘陵一样,有一本是小牛皮封面的大对开本,书名凹进去很深,很模糊。其他的是法国小说,还有小开本的红色军事教材。她从木台上探身去看那本大书的标题,她以为会是赫伯特的诗集或者他的《乡村牧师》②……**他**应该去做个乡村牧师,现在永远也当不了了。她夺走了教会的……一个高等数学家③,真的。那本书的书名是《不为人知的人》。④

她为什么觉得他们是要同居呢?他没有正式地告诉她他想这么做。但是**他们**想说话。除非住在一起,否则你们就不能说话。她的

---

① 在欧里庇德斯的悲剧中,阿尔克提斯是菲瑞国王阿德米图斯的王后,剧中阿波罗被从奥林帕斯放逐九年,在此期间,他受到了菲瑞国王阿德米图斯的热情款待,成为阿德米图斯官廷的一员。为了报答阿德米图斯,阿波罗灌醉了命运三姐妹,让她们答应当阿德米图斯的寿限到的时候可以由别人替他去死,但是当这个时刻到来的时候没有人愿意替阿德米图斯去死,这时阿尔克提斯站了出来,愿意代替自己的丈夫死去。此处瓦伦汀可能是在把她对提金斯的崇拜和阿尔克提斯对她丈夫的感情相类比。

② 乔治·赫伯特的散文集,全名是《靠近圣殿的牧师》,或译作《乡村牧师》。

③ 专指研究诸如数论或者拓扑学等方面数学知识的人。

④ Vir. obscur,拉丁文。

眼睛，沿着木台往下看，看到了纸上的字。它们从几张乱摆着的打字机打出来的纸上跳到了她的眼前；它们是大大的，有力的，用铅笔写成的字。它们很醒目的原因就是因为是用铅笔写的。它们是：

人可以在该死的山丘上挺起身来站着！

她的心暂停了，她肯定是要晕过去了。她都站不稳了，但是周围没有可以依靠的东西。她也——她不知道她也——看到了打字机打出来的字：

提金斯夫人要留下那个巴斯①的巴克②制作的陈列柜模型，她认为这是您所有……

她慌忙把视线从那封信上移开。她不想读那封信。她不能走开。她想她是要死了。快乐从来不会杀人……但是它……"让人害怕③"。"让人感到害怕。"害怕！害怕！害怕！现在他们中间什么障碍都没有了，就好像他们已经在彼此的怀中了。因为那封信剩下的内容肯定是说提金斯夫人搬走了家具。而他的评论——难以置信地回应了她刚才想到的话……则是他可以直起身站起来。但这其实一

---

① 英国地名，见前注。
② 托马斯·巴克（1769—1847），英国著名艺术家。
③ fait peur，法文。

点都不应该让人感到惊讶。良人属我……他们的思想是并肩而行的，一点也不让人惊讶。他们现在可以永远一起站在一座山丘上，或者永远一起钻进一个洞里。然后永远说话。她一定不能再读那封信剩下的内容了。她一定不能确认，要是她没有任何疑问了，她就没有希望保全自己……继续做一个……害怕，而且动也动不了。那样她就完了。她祈求般地透过窗子看出去，看着对面房子的外墙。它们很友好，它们会帮助她的。十八世纪，刻薄但是没有恶意。她一下跳了起来，那么她是可以动的，她没有给吓呆了。

蠢货，只是电话而已。电话一直响着，叮铃铃，叮铃铃，叮铃铃。声音从她脚下传来。不是，从木台下传来，听筒放在木台上。她没有特别注意到这个电话，因为她以为它已经被断了线。谁会注意一个被断了线的电话？

就好像是对着他的耳朵说一样，他是如此充斥在她的心中——她说："你是哪位？"

不应该什么电话都接的，但是人总是会自动地就这么做了。她不应该接这个电话的。她处在一个惹人怀疑的境地，她的声音可能会被认出来，就让它被认出来吧。她想要被人知道她处在一个惹人怀疑的境地！你在休战日那天做了什么！

一个声音，沉重而苍老："你**是**在那里，瓦伦汀……"

她叫了出来："啊，可怜的**妈妈**……但是他不在这里。"她接着说，"他没有和我一起在这里待过。我只是在等他而已。"她又说，"房子里是空的！"她看起来有点神神秘秘的，这栋房子在她周围低语，她似乎是在低声对她妈妈说话，求她救她，而且不想让这栋房子听见。这栋房子是十八世纪的,它刻薄,但是没有恶意。它想要她的毁灭,但是也知道女人喜欢被……毁掉。

过了很长时间之后,她妈妈说:"你一定**要**这么做吗?……我的小瓦伦汀……我的小瓦伦汀!"她不是在哭。

瓦伦汀说:"是的,我必须要这么做!"她抽泣了。突然,她又停止了抽泣。

她飞快地说:"听着,妈妈。我还没有和他说过话。我甚至都不知道他神志是不是还清醒。他看起来疯了一样。"她想给她妈妈点希望。她说得飞快的原因就是为了赶快给她妈妈一点希望。但是她接着说,"我相信如果我不能和他住在一起我会死的。"

那句话她说得很慢,她想要表现得像一个想让妈妈明白真相的小孩。

她说:"这么多年,我等了太久了。"她还不知道她的声音里还有这么悲凉的腔调。她可以看到她每说一句话,她妈妈就看向远方,思考着。苍老的,而且庄严又善良,她妈妈的声音传了过来:"我有的时候也怀疑……我可怜的孩子……有很久了吗?"她们两个人都没说话,都在思考。

她妈妈说:"没有任何实际的解决办法吗?"她想了很久,"我想你一定已经都想清楚了,我知道你的头脑很好用,你也是个好孩子。"一阵沙沙声传来,"但是我赶不上这个时代了。如果有解决的办法,我会很高兴。如果你们可以等待对方,我也会很高兴,或者找到一个法律的……"

瓦伦汀说:"啊,妈妈,别哭!"……"啊,妈妈,我不能……""啊，我会回来……妈妈，如果你命令我，我会回来的。"每说一句话，她的身体就好像是受到波浪冲击一样摇晃。她以为人只有在戏台上才会这么做。

她的眼睛对她说：……**尊敬的先生，我们的客户，克里夫兰的格罗比的克里斯托弗·提金斯先生的夫人……**

它们说：**在位于……的训练营地事件之后……**

它们说：**认为这是毫无用处的……**

她为她母亲的声音而痛苦。电话用降 E 调嗡嗡响着，它试了一下 B 调，然后又回到了降 E 调。

她的眼睛说：**提议在合适的时候搬到格罗比……**宽大的蓝色的打印字体。她痛苦地大叫着，"妈妈，命令我回去，要不就会太迟了……"

她之前不是故意地低头看了下面，就像站着接电话的人常常会做的那样。如果她再低头把那句有"毫无用处"的话看完，一切就太迟了！她就会知道他的妻子不要他了！

她妈妈的声音传了过来，被传递声音的设备变成了命运转动的声音，"不，我不能。我在思考。"

瓦伦汀把脚放在了她旁边的木台上，当她向下看的时候她的脚就把信盖住了。她感谢了上帝。

她妈妈说："如果不和他在一起就会死，我不能命令你回来。"瓦伦汀可以感到她妈妈那副维多利亚晚期的先进头脑正在疯狂地寻找正确的说辞——寻找任何可以让她这么做而看起来又没有明显地依靠母亲的权威的说辞。她开始像一本书一样说话，一本严肃的维多利亚大书,像莫利的《格莱斯顿传》[①]。这很说得通,她写的就是那种书。

她说他们两个都是好出身的好孩子,如果他们的良心要让他们投身到某种行为中,他们可能也是正确的。但是她恳求他们,以上帝的名义,让他们自己确定,他们的良心**真的**驱使他们如此从事。她**只能像本书一样说话**!

瓦伦汀说:"这和良心没有关系。"这句话听起来有点刺耳。她心里在苦思有什么名言可以引用,但她找不到。引用名言可以缓解压力,她说:"人是被盲目的命运驱动的!"那就引一句希腊语吧!"正如祭坛上的牺牲。我倍感恐惧,却依然愿意!"这多半是欧里庇德斯,很可能是《阿尔克提斯》!如果是个拉丁作家,这句话就会以拉丁文的形式出现在她头脑里。和妈妈在一起也让她像本书一样说话。她妈妈像本书一样说话,然后,**她**也开始了。她们**只能**这么做,要不然她们会尖叫起来的……但是她们是英国淑女,还知书达理。这太恐怖了。

她妈妈说:"那多半和良心是一回事——种族的良心!"她不能向他们灌输他们想要采取的行动是多么愚蠢和悲惨。她说,她已经见过太多不值得人效仿的不正规的结合,还见过太多正规的结合是既不幸又树立了让他人丧失信心的坏榜样……她是个勇敢的人,她不能昧着良心违背自己一生的信念。她想要这么做,非常想!瓦

[①] 约翰·莫利的三卷本《格莱斯顿传》,出版于一九〇三年,长期被视为格莱斯顿的标准传记。

伦汀甚至可以感到她可怜的疲倦的大脑里几乎已经是生理层面的努力。但是她不能毁弃自己的信仰，她不是克兰麦①，她甚至也不是圣女贞德②！

所以她继续重复说："我只能恳求和祈求你，让你自己保证，如果不和那个男人同居，你会死去，或者受到严重的精神创伤。如果你觉得可以不和他一起生活或能等他，如果你觉得还有希望，以后和他在一起而你又不会受到严重的精神创伤，我恳求和祈求……"

她没法说完这句话……在你生命中的关键时刻还能保留尊严，挺不错！这很恰当，这很合适。这证明了你以前的哲学生活都是对的，而且这还挺狡猾的！狡猾！

因为现在她在说："我的孩子！我的小宝贝！你这一辈子都献给了我和我的信念。我现在怎么能够要求你去剥夺自己享受它们益处的机会呢？"

她说："我**不能**劝你去做一件可能会给你带来永远的痛苦的事！"那个"**不能**"就像一道痛苦的烈焰一样！

瓦伦汀颤抖了。这是残忍的施压，她妈妈毫无疑问只是想尽到她的责任，但那仍是残忍的施压。好冷啊，十一月是一个很冷的月份。楼梯上传来脚步声，她晃了晃。

---

① 托马斯·克兰麦（1489—1556），坎特伯雷大主教，在信仰天主教的玛丽女王统治下被迫当众放弃他的新教信仰，但是仍被判火刑烧死。

② 英法百年战争中抗击英军的法国国民英雄，后在鲁昂被火刑烧死。

"啊,他回来了!他回来了!"她叫了出来。她想说的是:"救我!"她说出的是:"不要走!不要……不要走开!"男人会对你做什么,你爱的男人?疯了的男人。他扛着一个大口袋。这个大口袋是他一开门的时候她见到的第一个东西。他推开的那扇门本来就半开着。在一幢空荡荡的房屋里,一个大口袋扛在一个疯子的肩上很吓人。他把口袋重重地放到了壁炉前,他右边的额角有煤灰。那是个很重的口袋,蓝胡子会在里面装着他第一任妻子的尸体。博罗①说吉卜赛人有个说法:"永远不要相信长灰头发的年轻人!"他只有一半的头发是灰色的,而且他也算不上年轻人了。他在喘着粗气,他一定不能再扛那么重的口袋了。他喘得像条鱼一样,一条大大的一动不动的鲤鱼,漂在鱼缸里。

他说:"我猜,你想出去。要是你不想出去,我们得生火,没有火你没法待在这里。"

同时,她妈妈说:"如果那是克里斯托弗的话,我要和他说话。"

她移开听筒说:"好,我们出去吧。哦,哦,哦。我们出去吧……休战……我妈妈想和你说话。"她觉得自己突然变成了伦敦东区一个小小的女店员,一个穿着模仿女童子军的制服的小女裁缝。"被这位绅士吓到了,我亲爱的。"人肯定可以保护自己不受一条大鲤鱼的侵犯!她可以给他来个过肩摔,她的柔道练得还可以。当然,如果他有准备的话,一个练过柔道的小个子是没有办法

---

① 可能指乔治·博罗(1803—1881),英国旅行家、作家。他因为在旅途中和吉卜赛人结下的友谊而著名,还编写过一部吉卜赛语的字典。

战胜一个没有练过的巨人的。但是如果他没有准备,她是可以的。

他的右手扣在了她左手腕上,转身面对她,用左手接过电话。窗户里有片玻璃真古老,它都鼓出来了,还发紫。那还有一片,有好几片,但是第一片的紫色最深。

他说:"我是克里斯托弗·提金斯!"除了这句套话,他就不能说的别的吗——这个不会说话的大个子!他的手凉凉地握住她的手腕。她很冷静,不过浑身流淌着幸福。没有别的词可以形容了,就好像你刚从一浴缸温暖的花蜜里站起来,幸福在你身上流淌。他的抚摸让她安定了下来,也用幸福包裹了她。

他慢慢地放开了她的手腕,为了证明那么一握是一次爱抚!那是他们的第一次爱抚!

在把电话交给他之前,她对她妈妈说:"他还不知道……噢,要记住,他还不知道!"

她走到房间的另一头,站在那里看着他。

他听到声音从电话里的黑暗深处传来:"你怎样?我亲爱的孩子?我亲爱的,亲爱的孩子,你永远都安全了。"这让他觉得很不舒服,这是他想要勾引的年轻女孩的母亲。他想要勾引她。他说:"我挺好的,有点虚弱。四天前,我刚从医院出来。"他再也不会回到那场血腥的游戏里去了。他的复员申请就揣在衣兜里。那个声音说:"瓦伦汀以为你病得很厉害。是的,她去你那里就是因为她是这么以为的。"那么,她来的原因,不是因为……但是当然,她不会那么想。但她也许想要两人一起过休战日!她也许是那么想的!失望充满他的全身,他气馁了。他很敏感。那个老恶魔,坎皮恩！但是人不应该敏感成那样。

他心怀敬意地说:"哦,是因为精神上的问题,而不是生理上的。不过,我的确是得了肺炎。"他接着说,坎皮恩将军让他负责在几支队伍的战线上押送德国俘虏。那真的是让他发疯了,他实在受不了当个该死的牢头。

到现在——到现在——他还是会看到那些包围和穿透了他战后的每一天的灰色幽灵。在意想不到的时刻,那幅画面会带着种憎恶的感觉在他脑海中涌现——在最意想不到的时候,没有任何提示,他的眼前就浮现出了那幅画面,灰扑扑的形状铺满了大地。在灰色的天空下,好几千人,坐在翻过来的桶上,旁边地上放着一罐罐他们要吃的肥肉,拿着已经算不上新闻的报纸。德国俘虏围绕着他,他是他们的牢头。他说:"这是一份肮脏的工作!"

温诺普夫人说:"不过,它为我们保住了活着的你!"

他说:"有时候,我希望它没有!"他很惊讶自己说了这么句话,他对自己声音里的苦涩感到吃惊。他补充道,"我不是冷血地希望那是真的,当然。"他又为自己声音里的尊敬语气感到惊讶。他正弯下腰,绝对的,就好像是面对着一位坐在那里的年长且著名的女士一样。他直起身来,突然想到这是非常没有品位的虚伪,向一位年长的女士鞠躬的时候心里想的却是要勾引她的女儿。

她的声音传来:"我亲爱的孩子……我亲爱的,你几乎就是我的儿子……"

他一阵慌张,这种语气是不会听错的。他转头看着瓦伦汀。她的双手扣在一起,就好像她正在绞手一样。她用她的眼睛痛苦地探索着他的脸,说:"哦,对她好点。对她好点……"

那她泄露了他们的……你不能管那叫亲密关系!

他从来就不喜欢她那身女童子军制服,他最喜欢她穿着一件白毛衣,还有一条麂色的短裙。她把帽子摘掉了——她那顶牛仔一样的帽子。她把她金色的头发剪了。

温诺普夫人说:"我必须得想,是你救了我们。今天我必须得想,是你救了我们……还有你经受的一切。"她的声音是忧郁、缓慢的,也是崇高的。

猛烈、空荡荡的回声充满了整栋房子。他说:"那没什么。那都结束了。你不用去想了。"

那阵响声明显传到了她的耳朵里。她说:"我听不见你说话,好像有股雷声。"

外面又安静了下来。他说:"我说的是,你不用想我受了什么苦。"

她说:"你们不能等等吗?你和她?**没有**……"那阵响声又开始了。等他能听到她的声音的时候,她在说:"必须要考虑这种因为自己的孩子而引起的没有预料到的情况。和这个时代的倾向作对是没有用的。但是我本来希望……"

下面敲门的人重重地敲了三下,但是回音让它们显得更长。他对瓦伦汀说:"那是个喝醉的人在敲门。但是可能全城一半的人都喝醉了。要是他们再敲,下去把他们赶走。"

她说:"我先下去吧,省得他们再敲。"

离开房间的时候,她不能自已地要等到他说完这句话,她**必须**要尽可能搜集到她妈妈和她爱人之间那场令人痛苦的对话的所有内容。同样,她也必须离开,要不她会疯的。说她的脑袋有多乖多听话都没有用,它不是。就好像她的脑袋里装着两团线球,她妈妈拽着这一个,另一个,他……

她听见他说:"我不知道。人是有迫切的需求的。我想说话,我有两年的时间没有真正地和人说过话了!"哦,被祝福的可爱的人!她听见他继续说了一大串,"就是有那么那么迫切。我跟你说,我给你举个例子,我那个时候扛着一个年轻人,头上步枪子弹乱飞,他的眼睛给打没了。如果我把他留在他原来在的地方,他的眼睛就不会给打没了。那个时候我以为他在那里可能会被淹死,但是我事后确认了那里的水根本就不会涨到那么高。所以他丢了一只眼睛是我的责任,这成了种偏执狂。你看,我现在就说起它了。它会一直重复的。而我不得不独自承受一切……"

她现在不害怕走下大楼梯了。他们依旧在低语,但她就像镇定的法蒂玛一样。**他就是她的安妮姐姐,也是她的一个兄弟。**① 敌人是恐惧的,她一定不能感到害怕。他把她从恐惧手里救了出来。如果因为一个年轻人的眼睛而感到后悔的话,你就一定要回到一个女人那里寻求庇护。

她的肠胃一阵翻滚。步枪子弹在他头上飞过!他看起来就跟

---

① 同样是童话《蓝胡子》中的内容,在蓝胡子要杀死法蒂玛的时候,是她的兄弟们,还有安妮姐姐救了她。

从来没有经历过那样的事情一样，一只灰色的獾子，一只温柔的，温柔的灰色的獾子弯腰拿着一部电话，带着温柔的关切在解释事情。他和她妈妈说话的方式真好，他们三个都在一起真好。但是她妈妈会让他们分开。如果她正在用和她说话一样的方式来对他说话，那她就是在采用唯一会让他们分开的办法。

那没法知道。她听见他说："谢谢上帝！"他还好……"啊，给了**我**珍惜他的机会！"有点虚弱……他刚从医院里出来。四天前，他的确是得了肺炎，但是折磨他的是心理上的痛苦，而不是生理上的……

啊，这整场战争最难受的地方就是——那种痛苦是——心理上的，而不是生理上的。而他们没有想到这点……子弹在他头上飞过。她一直想象的都是他待在一个营地里思考着。如果他战死了，他反倒不是那么痛苦。但是他回来了，被他的执念和心理问题困扰……他需要他的女人！这就是最糟糕的地方。他遭受了精神的折磨，现在却有人正在拨动他的恻隐之心，让他放开那个可以弥补一切的女人。

在此之前，想到这场战争她都只把它看作一种生理上的苦难。现在她只把它看作是一种精神上的折磨。一英里又一英里长长的战线上，满是被痛苦的荫翳遮蔽的人。他们也许可以直起身来站在山丘上了，但精神上的折磨是不会消散的。

她突然几步跑下剩下的台阶，在前门的一堆门闩里摸来摸去。她不怎么会开那道门，她还在想那场她痛苦地觉得还在继续的对话。她一定要让那个敲门声停下。那个敲门的人停下来的间隔就是一个没耐心的人在敲一扇大门时能放手不敲门的极限。她妈妈太狡猾了，他们对付不了她。就是那种让母野鸭像断了翅膀一样歪歪倒倒地落在你脚下，以把你从她的小东西那里引开的那种狡猾。"舐犊情"，吉尔伯特·怀特是这么说的！[①]因为，当然了，当她想到那位狡猾的、亲爱的、灰头发的名人坐在家里担心得发抖的时候，她是永远都不能让他的嘴唇印到她的唇上的……但是她**会**的！

她找到了用来开门的那个东西——那堆看不懂的，被油漆封了好几个世纪的东西里她试过的第三个。门开的时候恰好传来一个不耐烦的声响，一个人被他手里捏着的门环带得朝她扑过来……她拯救了他的思维。没有那个门环的打扰，他也许可以看出那位母亲的手段其实很狡猾。他们是很狡猾，那些伟大的维多利亚人……噢，可怜的妈妈！

一个穿着军服的可怕的人仇恨地看着她，一张拉长了的脸上有双刺人的、空空的黑眼睛。他说："我必须要见到提金斯那个家伙，你不是提金斯！"就好像她在骗他一样。"这很急，"他说，"和一首十四行诗有关。我昨天被军队开除了，是他干的。还有他老婆的情人坎皮恩！"

她语气强烈地说："他现在有事。你不能见他。要是想见他，你必须等着！"想到提金斯居然不得不要和这样粗野的野兽打交

[①] 这里是又一处瓦伦汀在不知情的情况下和提金斯想到了相同事物的例子。关于吉尔伯特和"舐犊情"，参见第二部第一章注解。

道，她内心就是一阵恐惧。他没有刮脸，黑黑的，还充满了仇恨。他提高嗓门说:"我是麦基尼奇，第九营的麦基尼奇上尉，副校长拉丁奖得主！老兄弟们里的一个！"他补充说，"提金斯强行挤到了老兄弟里！"

她感觉到了那种学者的女儿对得奖学金念大学的人的鄙视，她觉得阿波罗和阿德米图斯①混在一起给人的厌恶完全不能和提金斯被埋没在这样一群东西里相比。

她说:"没必要大喊大叫的。你可以进来等。"

无论如何，提金斯必须要不受打扰地和她妈妈说完话。她带着这个家伙绕过了大厅的一角。似乎有种无线信号把她和楼上的对话联通了起来。她能感觉到它穿过来，斜着穿过上面的墙，然后再排成垂直的波浪，穿过天花板，它好像阵阵波浪在她头脑里冲击、搅动她的头脑。

她拉开了拐角空房间的百叶窗。她不想单独和这个充满仇恨的人待在黑暗里。她也不敢上楼去警告提金斯。不论花多大的代价，一定不能打扰他。说她妈妈这么做很狡猾，这是不公平的。那只是本能，全能的上帝安放在她胸中的②，就像人说的那样……然而，那也是种维多利亚时代早期的本能！它本身就非常狡猾。

那个充满了仇恨的人嘟嘟囔囔地说:"我看，他也被卖了。这就是为了升职把你老婆卖给将军们的后果。他们是帮狡猾的家伙，

---

① 参见前注，此处依旧出自欧里庇德斯的《阿尔克提斯》。
② 此处指涉上文所说的云雀的"本能"，参见本系列第二部第一章。

但是他干得过火了。坎皮恩反悔了，不过，坎皮恩**他**也干得过火了……

她正朝窗外看去，看着绿色的广场的对面。光亮是一种舒服的东西。你在光线里可以更深地呼吸……维多利亚时代早期的本能！维多利亚时代中期的人就不得放宽松些了。她妈妈，站在维多利亚时代中期的思想潮头，不得不承认"不正规的结合"也是道德的，只要那两个人是品格高尚的人。但是品格高尚的人不会在不正规的结合里有肉体关系。因此，她所有的书里给你看到的都是品格高尚的人出于思想投契或者彼此怜悯而组成了不正规的结合，但是从来不会走到那必然的最后一步。从道德上来说，他们可以这么做，但是他们不会。他们既要和道德那只野兔一起逃跑，又要和宗教那群猎狗一起捕猎……不过，当然，她不能因为事情出在她自己女儿身上就不承认自己整个信念的基础！

她对那个家伙说："对不起！"

他之前在说："他们太他妈狡猾了！他们干得过火了！"她晕了，她不知道他之前在说什么。她的头脑记住了他的话，但是她不明白它们是什么意思。她之前一直沉浸在对早期维多利亚思想的思考里。她记起了那段长长的——就叫"关系"吧，在伊迪丝·埃塞尔·杜舍门和小个子文森特·麦克马斯特之间。伊迪丝·埃塞尔全身罩着不透明的绉绸，像个寡妇一样沿着那些她现在就能看到的广场对面的围栏鬼鬼祟祟地走着，走向她品格高尚的通奸，周围是维多利亚中期英格兰的压低了声音的掌声。如此的谨慎而正确!……她要照顾好她的想法,的确是。①控制得真好!……好吧,她曾经耐心过。

那个人痛苦地说:"我那个肮脏、该死的猪猡一样的叔叔,文森特·麦克马斯特。文森特·麦克马斯特爵士!还有这个家伙,提金斯,都合起伙来害我……还有坎皮恩……但是他干得过火了……在基地的时候,有个家伙跑进了提金斯他老婆的卧室。然后坎皮恩就把他踢到了前线,让他去送死。她的另一个爱人,你懂了吧?"

她听着,集中了全部注意力听着。她想要能够……她也不知道她想要能够做什么!

那个男人说:"爱德华·坎皮恩爵士、少将、维多利亚十字勋章获得者、圣麦克和圣乔治骑士团骑士,呜里哇啦,等等等等。他太狡猾了。太他妈狡猾得让人受不了了。坎皮恩把提金斯踢到前线去送死,我们三个人坐在一节闷罐车厢里去师部报道——提金斯,他老婆的情人,还有我。提金斯成了那个该死的蠢货的告解牧师,就像个该死的修士。告诉他在死的时候——在死亡的瞬间②,不过,你又不知道这句拉丁文是什么意思!——你的感官会完全麻痹,你既感觉不到痛苦也感觉不到恐惧。他说死亡就和麻醉差不多。那个颤抖的哭哭啼啼的蠢蛋全听了进去……我现在还可以看

---

① 化用英国诗人爱丽丝·梅纳尔《牧羊女》中的诗句,诗中有把羊比作牧羊女,原句是"她是如此的谨慎而正确,/她要照顾好她的灵魂"。

② articulo mortis,拉丁文。

到他们,在一节闷罐车里,在一段铺在路堑上的铁道里。"

她说:"你是有弹震症吗?你现在像是得了弹震症!"

他像一只暴怒的獾子,说:"我没有!我有个糟糕的老婆,就像提金斯的。至少她不是那样糟糕,她是个有欲望的女人。她也要满足她的欲望,这就是为什么他们要把我从军队里踢出来。但是至少我没有把她卖给将军们,卖给爱德华·坎皮恩爵士、少将、维多利亚十字勋章获得者、圣麦克和圣乔治骑士团骑士,等等。我第二次请了假去离婚,但是又没有成功。然后我又一次请假去离婚,还是没有离掉她。这是有违我的原则的。她和一个大英博物馆的古生物学家住在一起,他还丢了工作。我欠提金斯那个家伙一百七十英镑。因为我请假去离婚。我没法还他钱。我没有离婚,但是我和我老婆把钱用了,还有她的朋友,一起到处逛。这是出于原则!"

他说了这么多,说得又这么快,而且他的话题换得如此之快,除了让那些话进到耳朵里之外,她什么都不能做。她听着那些话,然后把它们储存起来。有一条主线吸引了她的注意力,否则她都不能思考了。她只是让自己的视线溜到了对面房屋的中楣上。她听出来提金斯是被坎皮恩将军无故解职的,而且还在枪林弹雨中救了两个人。为了抹黑那位将军,麦基尼奇勉强承认了提金斯的英雄行为。那位将军想要西尔维娅·提金斯,为了得到她,他把提金斯派到了战线上战斗最激烈的地方。但是提金斯居然没有被打死,他是受保佑的。那就是老天不给将军面子了。不管怎样,天意也不可能喜欢提金斯,一个会去安慰自己老婆情人的傻帽。那是件肮脏的事情。在提金斯怎么都打不死的时候,将军跑到前线去狠狠地

训了他一顿。她,瓦伦汀,难道不明白是为什么吗?他想把提金斯开除了,这样他,坎皮恩,就不会因为和他老婆搞在一起让人恶心地丢那么大的脸。但是他干得过火了。你不可能因为自己在枪林弹雨中救人,所以没来得及去捧将军的臭脚就给开除了。所以那位将军只能收回自己的话,给提金斯找了份肮脏的捡垃圾的活。让他去当了该死的牢头!

她就站在门口,以防这个家伙跑到正在进行对话的楼上去。窗户抚慰了她。她只听明白了提金斯肯定有很大的精神问题。关于西尔维娅·提金斯和那位将军,除了他们漂亮的容貌以外,她什么都不知道。但是提金斯肯定有很大的精神问题。真可怕!

太可恨了。她怎么能受得了!但是她必须不让这个人去见提金斯,他正在和她妈妈说话。

如果他的妻子是个非常糟糕的妻子,它不……

窗户很安慰人。有个小个子的黑黑的年轻军官从屋外的围栏旁走过,抬头看着窗户。

麦基尼奇把自己的嗓子都说哑了。他在咳嗽,并开始抱怨他的叔叔,文森特·麦克马斯特爵士,拒绝为他写封推荐信到外交部。那天早上他已经在麦克马斯特家里吵了一架。麦克马斯夫人——一个憔悴的荡妇,如果有这种人的话——她拒绝让他去见他叔叔,说他的精神崩溃了。

他突然说:"现在说这首十四行诗,我至少要让这个家伙看看……"又有一高一矮两个军官从窗口走过,他们笑着,大喊着。"我是个更好的拉丁学者,比起他这个……"

她蹿进了大厅。雷声又从前门传了过来。

在外面的灯光里站着一个小个子军官,他用侧脸对着她,看起来好像是在倾听一样。在他旁边是一位瘦瘦的女士,非常高。在台阶底下是两个在大笑的军官。那个年轻人的眼睛看向她,带着一种慢慢消退的胆怯,用温柔的声音大声说着:"我们是来找提金斯少校的,这是南茜,巴约勒人,你知道吗?"他把脸更多地扭向了那位女士。她看起来又瘦又高得不合理,脸上化了妆。她穿着黑衣服,年纪要大得多,还充满了敌意。她肯定往脸上抹了不少颜色,有点发紫了。她把头低下去了点。

瓦伦汀说:"我很抱歉……他有事……"

那个年轻人说:"哦,但是他会见我们的。这是南茜,你知道吗?"

那两个军官中的一个说:"我说过,我们会来找提金斯的……"他只有一只胳膊。她要疯了。那个年轻人军帽上有一条蓝色的带子。

她说:"但他正在接一个极其紧迫的……"

那个年轻人把脸转过来对着她,摆出一种恳求的样子。

"哦,但是……"他说。她退步太猛,差点摔倒在地。他的一个眼窝里什么都没有,只剩一个乱糟糟、红乎乎的伤疤。那让他看上去好像是瞎了眼还要眯着眼睛看。缺少的一只眼睛把另一只眼睛的存在也抹去了。他用一种东方人的恳求的语调说:"少校救了我的命,我一定要见他!"

那个少了条胳膊的军官喊了起来:"我们说过,我们会来找老提金斯的……那是个军队……呃……在鲁昂的酒吧里……"

那个年轻人继续说:"我是阿兰胡德斯,你知道吗?阿兰胡德斯……"他们上周刚刚结婚,他明天就要去驻印度的部队了。他们**必须**要和少校一起过休战日。没有少校,一切都没有意义了。他们在霍尔本①订了个位子。

第三个军官——他是个皮肤很黑,有丝绸一样柔滑声音的年轻少校,他慢慢地走上台阶,挂着一根拐杖,他的黑眼睛落在她的脸上。

"这是个约定,你知道吗!"他说。他有丝绸一样柔滑的声音和大胆的眼睛。"我们那个时候真的约好了今天到提金斯家来……不管什么时候停战……在鲁昂的时候,很多在二号医院的人一起约定的。"

阿兰胡德斯说:"营长也要来,他要死了,你知道吗?要是没有少校,一切都没有意义了……"

她转过身去,她在哭泣,是因为他声音里恳求的语气,还有他小小的手。提金斯正顺着楼梯下来,有点出神地慢慢走着。

---

① 伦敦中心城的大饭店,在霍尔本街和国王路的交会处。

第二章

站在电话机前,提金斯马上就听出这毫无疑问是一位用娴熟的斡旋手段为自己的女儿求情的母亲。他怎么还可以继续……想要勾引这个声音的女儿?……但他**就是想**。他不能。他想。他**不能**。他想……你可以用苦苦哀求赶走人的天性……你可以用草叉子把人性赶走,但是她总会小跑着回来。①她必须要在午夜之前躺在他怀里。剪了头发之后,她的脸看起来长了点,却无比吸引人。没有那么直率了,却更精致。忧郁!渴望!必须要安慰她。

从情感方面他没有什么好给那位母亲解释的。他非常想要瓦

---

① tamen usque recur,拉丁文。提金斯在这里化用了罗马作家贺拉斯的一句名言,原文为"Naturam expelles furca, tamen usque recurret"。

伦汀·温诺普,所以要带她走。那就会是温诺普夫人这位老一代开明作家的人生智慧所不能抵挡的答案。过去这种答案让她满意,现在,今天,当人可以直起身站着的时候,就更应该让她满意了。不过,他不能就这么让一位年长、令人尊敬又糊涂的女士无力反抗!不能这样做!

他靠着陈述事实来回避问题。温诺普夫人的立场不再那么坚定,问道:"就**没有**什么法律上的解决办法了吗?瓦诺斯多切特小姐告诉我,你的妻子……"

提金斯回答说:"我不能和我的妻子离婚,她是我孩子的母亲。我也不能和她生活在一起,但是我不能和她离婚。"

温诺普夫人听了提金斯的话之后没有加以反驳,重新回到她之前的立场。她说他熟悉整个情况,而如果他的良心……等等,等等。不过,如果可以做到的话,她相信还是低调地安排好一切比较好。他机械地低头看去,同时听着电话。他读到,我们的客户,克里夫兰的格罗比的克里斯托弗·提金斯先生的夫人,要我们通知您:她认为,在近期的发生在法国一处训练营地的事件之后,您和她再考虑日后共同生活是毫无意义的……这些事实他已经考虑得够多了。坎皮恩休假的时候住到了格罗比,提金斯不认为西尔维娅成了他的情人。这是不可能的,想想都不可能!他去格罗比是提金斯允许的,目的是为了去试探他成为那个选区候选人的前景。那也就是说,十个月前,提金斯告诉他,他可以像过去那么多年那样把格罗比当成他的司令部。但是在那道交通壕里,他没有告诉提金斯说他是从格罗比来的。还特别强调了他说的是"伦敦"。

这有**可能**是奸夫的良心上过不去,但是更有可能是他不想要提金斯知道西尔维娅能够影响他。他毫无顾忌地就冲着提金斯来了,对于一个和他手下的营长说话的总指挥官而言,这根本就不合理。当然,他有可能只是憋了一肚子气,因为要到堑壕里来,要他在那么靠近一次真正的进攻的地方等那么久。说不定他把那场火炮游戏当真了。可能他发脾气只是为了放松自己紧绷的神经。不过,更有可能是西尔维娅已经迷住了他那副老脑瓜,让他以为他,提金斯,已然恶贯满盈,不应该让这样的人玷污了大地,更别说坎皮恩将军麾下的堑壕了。

坎皮恩后来非常慷慨地把他的话都收回了——带着一种遥远而高傲的不满。他甚至还说提金斯应该被授勋,但是现在能给的勋章只有那么多,而且他猜提金斯也希望这些勋章是发给那些通过授勋能给他们带来更多益处的人。并且他也不想推荐一位和他自己关系这么密切的军官获得勋章。这些话是当着他的参谋人员的面说的……当着莱文和其他人。他又带着一副庄重的样子接着说,他要任命提金斯去负责一项非常重要且精细的工作。鉴于敌人向海牙[①]抗议说有虐待战俘的行为,国王陛下的政府已经要求他安排一位尤其值得信赖的、社会地位高又有分量的军官来管理军部和海岸线之间的所有敌方俘虏。

---

① 荷兰第二大城市,欧洲各国分别于一八九九和一九〇七年两次在此召开和平会议,成立了旨在和平解决争端的国际仲裁法庭。现在也是各大国际法庭所在地。

提金斯就这样丢掉了获得荣耀、指挥津贴、快乐，甚至镇定的机会。还丢掉了所有证明他冒着枪林弹雨救人的确凿证据——如果他那场无能的笨拙泥浆浴也能算作冒着枪林弹雨救人的话。他会被西尔维娅一直诋毁到世界的尽头，除了他当过牢头这个毫不光彩的事实之外，没有任何东西可以反驳她。聪明的老将军！令人佩服的老教父！

提金斯让自己吃了一惊，因为他自语道，如果有任何能证明坎皮恩和西尔维娅偷情的证据，他就会杀了他！约他决斗，然后杀了他……这自然是荒谬的。你不会杀死一位指挥一个军的将军，更别说还是个好将军。他整编整个军的措施是有序而专业的。在接下来的战斗里，他的指挥也是无可挑剔、令人钦佩的。事实上，那算得上是职业军人的巅峰表现。仅此一项就已经算是国家的福气了。他还通过自己的政治运动做出了贡献，强迫政府接受了统一指挥。当他去格罗比的时候，他还放出话来：他准备好了在是否接受统一指挥这个政治问题上和整个克里夫兰选区斗到底——在他去往法国的时候也会斗下去。不用说，西尔维娅会替他组织这场政治攻势！

好吧，这些，再加上大批涌来的美国部队，毫无疑问，让唐宁街不得不接受。再也不可能讨论从西线撤军的问题了。那帮走廊里的猪猡动弹不得了。坎皮恩是个好人。他是一名——无可挑剔的——好军人！他非常对得起他的国家。但是，如果提金斯有任何证据证明他和他的，提金斯的，妻子偷情，他会非常正式地和他决斗的。照着十八世纪军人的传统来，那个老家伙不能拒绝。

他也是个遵守十八世纪传统的人。

温诺普夫人正跟他讲她是从一位瓦诺斯多切特小姐那里听说瓦伦汀去了他那里的。她说,一开始她也认为,如果他已经又疯癫又潦倒,同意瓦伦汀来照顾他是很合理的。但是那位瓦诺斯多切特小姐接着说,她从麦克马斯特夫人那里听得提金斯和他女儿已经有一段持续多年的情史。而且……温诺普夫人的声音变得犹豫了……瓦伦汀似乎也向瓦诺斯多切特小姐宣布了她要和提金斯同居。"像夫妻一样",瓦诺斯多切特小姐是这么说的。

温诺普夫人说的话他听进去的只有最后一个词。人们会传关于他的谣言的。这就是他的命,还有她的。那些传话的人的身份让作为一位小说家的温诺普夫人感兴趣。流言是小说家的养料。但这对他来讲都一样。

那个词,"像夫妻一样",像一道蓝光一样从电话里爆绽而出!那个有雅致脸庞的姑娘,头发留得有点长,但是更显出了她的精致之处……那个姑娘渴望着他就像他渴望她一样!这种渴望让她的脸庞变得更加雅致。他必须要安慰……

他意识到,有那么一段时间脚下有个声音在不停地小声说话,而且一直是一个声音。瓦伦汀会找到谁聊,或者听谁说这么久?老麦克马斯特几乎是他能想到的唯一一个名字了。麦克马斯特不会伤害她。他觉得她的灵魂和他的灵魂之间有一道电流相连。他一直觉得她的灵魂由一道电流同他的灵魂联系在了一起。那今天就是那个日子了!

战争把他变成了一个男人!它把他变得更粗犷,也把他变得更强硬。战争给他的影响就是这样。它让他不再愿意忍受不可忍受的东西了。至少是来自和他平等的人！他把坎皮恩算作和自己平等的人，自然，别的也没有几个人。而想要的东西他也准备好了去争取……他以前是什么样的，上帝才知道。一个小儿子？一个永远的副指挥官？谁知道。但是今天，这个世界变了，封建主义完了，它最后的一点遗迹也消失了。对他来说，它没有任何意义了。他要——他妈的绝对要！——在那里面腾出地方来给……人现在可以直起身来站在一座小山上了，所以他和她自然也可以一起钻进一个洞里！

他说："哦，我还没到潦倒的地步，但是我今天早上一个便士也没有，所以我跑出去把一个柜子卖给了约翰·罗伯逊爵士。那个老家伙战前给这个柜子开了一百四十英镑，他今天只愿意给四十英镑——因为我低劣的品格。"西尔维娅已经完全控制住了这位老收藏家。他接着说："休战来得太快了。我下定了决心，休战那天一定要和瓦伦汀过的。我卖了些书，明天就会有张支票来，而且约翰爵士要去乡下了。我就穿了件旧**便服**，而且我连顶平民的帽子都没有。"前门传来了一阵响声。

他诚恳地说："温诺普夫人……如果瓦伦汀和我可以，我们会的……但今天是今天！……如果我们不可以，我们会找个洞钻进去的……我听说巴斯附近有个古董店。没人要求古董家具商要过得特别规矩。我们会很开心的！我还被推荐去申请一个副领事的职位。在土伦①，我相信，我能够解决生活的现实问题！"

---

① 法国南部港口城市。法国主要的海军基地之一。

统计部巴不得他调走。所有的政府部门,它们的雇员自然都是没有参战的人,都急着把那些服过役的人调去任何一个别的老部门。

楼下传来了一大群人的声音,他不能让瓦伦汀一个人对抗一大群人。他说:"我得走了!"

温诺普夫人说:"好的,去吧。我很累了。"

他有点出神地顺着楼梯慢慢走下去。他微笑着大声说:"上来吧,你们这帮家伙。给你们准备了老烧!"他就像国王一样带着一副无所不能的样子。他们推开她,然后又挤过楼梯上的他。他们都跑到了楼上,连那个拄拐棍的人也是。那个少了条胳膊的人在跑过的时候还用左手和他握了手。他们兴奋地大叫着……在所有节庆里,只要一提到威士忌,国王陛下的军官们就理当大叫,然后跑上楼去。今天就更是如此了!

现在只有他们两个还在大厅里,他走下来和她站在一起。他看着她的眼睛,笑了。他以前从来没朝她笑过。他们一直都是如此正经的人。他说:"我们要庆祝一下!但是我没有疯。我没有潦倒!"他跑出去是为了筹集和她一起庆祝的钱。他本来想去把她找过来,一起庆祝这个日子。

她想说:"我拜倒在你的脚下。我的双臂拥抱着你的膝盖!"

实际上,她说的是:"我想,今天一起庆祝是挺合适的!"

她妈妈等于已经给他们做了媒。他们互相凝视了很长时间。

他们的眼睛感觉到的是什么？就好像眼睛是浸泡在令人放松的液体里，他们可以看到对方也看向自己，再也不是一个人看过来，另一个人把眼睛转向一边了，两个人交替着如此。她妈妈替他们传了话。他们自己可能永远说不出口！在她说话这段时间里，他们确定了他们之间的结合已经延续了许多年。这是温暖的，他们的心静静地跳着。他们已经依偎着共同生活了许多年。他们就像是在一个洞窟里一样。庞贝红的墙壁在他们的头顶鞠躬致意，楼梯低语着向上延伸。现在只有他们俩在一起了，永远都会在一起！

她知道他想说的是："我揽你在我怀中。我的双唇印在你的前额。你的胸口被我的胸膛挤得发疼！"

他说："你把谁留在饭厅里了？那边原来是饭厅！"

莫名的恐惧穿过了她，她说："一个叫麦基尼奇的人。别进去！"

他朝危险走了过去，心不在焉地走着。她本来要拉住他的衣袖，但是恺撒的妻子必须和恺撒一样勇敢。不管怎样，她先快步走了进去。她以前也在一座旋转木门那里快步超过了他，一座肯特郡的接吻门①。

她说："提金斯上尉来了！"她不确定他到底是上尉还是少校。有的人叫他上尉，有的人叫他少校。

麦基尼奇看起来只是在发脾气，没有要杀人的意思。他抱怨说："你看，我那个蠢猪一样的叔叔，你的好伙伴，把我从军队里开除了！"

---

① 一种特殊设计的木门，可以让人通过，把牲畜拦下。

提金斯说:"得了吧。你知道你是要退伍替政府去小亚细亚工作的。来庆祝吧。"麦基尼奇拿着个脏兮兮的信封。提金斯说,"哦,对了。十四行诗。你可以在瓦伦汀的监督下翻译。她是英国最好的拉丁学者!"他介绍说,"麦基尼奇上尉。温诺普小姐!"

麦基尼奇握住了她的手:"这不公平。要是你真是这么好的拉丁学者……"他嘟囔说。

"你得先去刮个脸才能和我们一起上去!"提金斯说。

他们三个人一起走上了楼梯,但他们俩单独走在一起,好像他们正在去蜜月旅行的路上一样。新娘要走了!……她不应该想这些事情。这也许是种亵渎。你穿着整齐闪亮的绸缎衣服离开,后面跟着穿制服的男仆!

他重新布置了房间。他绝对重新布置了房间。他移开了洗漱用品,用绿帆布盖住它们。行军床——三个军官坐在上面——放在靠墙的地方,这是他想得周到的地方。他不想让这些人以为她和他一起睡在这里……为什么不?阿兰胡德斯和那位瘦瘦的充满敌意的女士坐在木台上的绿帆布枕头上。绿帆布桌上的酒瓶靠在一起。他们都举着杯子。这里一共有五位国王陛下的军官,他们是从哪里来的?还有三张宽大的带绿色棱纹布弹簧坐垫的红木椅子。酒杯就在壁炉台上。那位瘦瘦的充满敌意的女士不习惯地握着一杯暗红色的酒。

他们都站起来叫道:"麦基尼奇!老麦基尼奇!""麦基尼奇万岁!""麦基尼奇!"你能看出来他们把嘴张到最大,用整副肺里的空气喊着!

一阵嫉妒的剧痛飞快地从她身上穿过。

麦基尼奇把头转向一边。他说:"兄弟们!老兄弟们!"他的眼里含着泪。

一个叫喊的军官从行军床上跳了起来——她的婚床!她**乐意**看着三个军官在她的婚床上蹦来蹦去吗?真是个阿尔克提斯!她小口地喝着甜波尔图酒^①!这是那个温柔的、黑黑的、少了一只胳膊的军官放到她手里的!那个叫喊的军官猛拍着提金斯的后背,大叫道:"我找了个姑娘……一个合适的柔软的小玩意,长官!"

她的嫉妒平息了,眼睑发凉。有一个瞬间,它们湿了,水气带来的凉意!自然,那是盐!……她属于这支队伍!她是附加在他身上的……靠他分发配给、维持纪律。所以她是属于这支队伍的。哦,幸福的一天!多么幸福的一天!……有首歌就是这么唱的。她从来没有想过会见到这一天,她从来没有想过……

小阿兰胡德斯朝她走了过来,他有温柔的双眼,就像一头鹿。他的声音和小手抚摸着……不,他只有一只眼睛!啊,多恐怖啊!他说:"你是少校的亲密朋友……他两分半钟就写了一首十四行诗!"他想说的是提金斯救了他的命。

她说:"他真是太神奇了!"为什么?

他说:"他什么都能做!什么都行!……他应该成为……"一位绅士一样戴着眼镜的军官走了进来……自然,他们忘了关前门

---

① 产自葡萄牙的高甜度葡萄酒,因为在酿造中在葡萄汁里添加了葡萄酒蒸馏酒精所以比一般的葡萄酒烈,一般做甜品酒或者餐后酒。

了。他用一种讲究的声音说:"你好,少校!你好,蒙蒂!……你好,兄弟们!"走到壁炉台上拿了一个酒杯。他们都在大喊着:"你好,鸭脚……你好,铜脸蛋!"他小心地把酒杯拿在手里,说:"敬希望!……军官们!"

阿兰胡德斯说:"我们唯一的一个维多利亚十字勋章……"嫉妒飞快地穿过了她。

阿兰胡德斯说:"我说……他……"好小伙子!亲爱的小伙子!亲爱的小兄弟!……她自己的弟弟在哪里?也许他们俩再也不会说话了!围绕着他们的全世界都在呐喊。他们正在尽力变成一小支呐喊的队伍,喧闹蔓延到了安静的角落!

那个坐在木台上的穿黑裙子的瘦瘦的女人正在看着他们,把裙子收拢了。阿兰胡德斯正举着他的小手,就好像他要恳求般地把它们放在她的胸口。为什么是恳求般地?求她忘记他丑陋的眼窝。他说:"是不是很好……南茜就这么嫁给我是不是很棒?我们会是最好的朋友。"

她注意到了那个瘦瘦的女人,虽然她一动不动,但是她看起来比任何时候都像在收拢她的裙子。那是因为她,瓦伦汀,是提金斯的情人……国家画廊里有幅画就叫《提香的情人》[①]……可能他们全体都以为她……那个女人朝她笑了笑,强逼出来的痛苦的笑。

[①] 提香是文艺复兴时期的意大利著名画家,但是伦敦的国家画廊里并未收藏这么一幅画。在威灵顿公爵的伦敦宅邸,阿普斯利宅邸里有一幅被称作"提香的情人"的无名仕女图,可能福特想到的是这幅画。

因为休战日，她不知道该做出什么反应。除了节假日和举国庆祝的日子……

她觉得，她的左边像裸露出来了一样，果然，提金斯已经不在了。他领着麦基尼奇去刮脸了。那个戴着眼镜的人审视了整间正在呐喊的房间。他看着她，然后朝她走过来，站在一旁，两只脚分得很开。他说："嘿！你好！谁能想到会在这里见到**你**？在普林塞普家见过你。你是友善的德国佬的朋友，对吧？"他说，"你好，阿兰胡德斯！好些了吗？"

就像一头鲸鱼和小虾米说话一样，但是更像一位叔叔和他最喜爱的侄子说话！阿兰胡德斯纯粹因为高兴而脸变得通红，他退到了一边，就好像是被无比高大的大人物震撼了一样。对他来说，瓦伦汀也是个大人物，他人生英雄的……女人！

那位维多利亚十字勋章得主正有心情和人辩论政治问题，他一贯都是如此。她在一个叫普林塞普的朋友家的晚会上见过他两次。她没有认出他来是因为他戴着眼镜。他肯定是戴眼镜的时候把他的勋章绶带也一起别上了。那条绶带让人紧张得喘不过气来，就像一滴被一种从来没有过的光照亮的血一样。

他说："他们说你在替提金斯接待客人！谁会想到这个？你是个亲德派，他又是这么传统的托利党人。格罗比的乡绅，还有呃，哪里的？"

他说："你知道格罗比吗？"他眯着眼睛从眼镜里打量了一圈这个房间。"这里看起来一团糟……就差《巴黎生活》和'**粉红玩**

意'①了……我猜他把东西都搬到格罗比去了。他现在要住在格罗比了。战争结束了!"

他说:"但是你和老提金斯在一个房间里……朱庇特在上,战争结束了……狮子和羊羔睡在一起都不算什么。"他大叫道,"哦,该死!哦,该死,该死,该死!我说……我不是那个意思……不要哭。我亲爱的小姑娘。我亲爱的温诺普小姐。我一直认为你是个好姑娘。你不会以为……"

她说:"我哭是因为格罗比,真的……这是个该哭的日子,不管怎样……你是好人,真的!"

他说:"谢谢你!谢谢你!再多喝点波尔图酒!他是个不错的胖老家伙,老提金斯。一个好军官。"他接着说,"多喝点波尔图酒!"

他曾经是最愚蠢的,不停地喊着:"你的国王和国家怎么办",一个吃惊、愤怒、说不出话的人,这些年来那么多反对她抵制人不能直起身来的人中的一个……现在他成了个相当善良的哥哥!

"不错的老提金斯!不错的老胖家伙!战前的威士忌!他就是能搞到这种东西的人。"没有谁能像胖子提金斯!他靠在门口,整个人轻松和蔼,现在穿着军装了,这样好多了。一个军官,像一个发怒的印第安人一样在他肩胛上重重地捣了一拳。他晃了晃,朝房间的中心笑了笑。有一个军官温柔地把她推到了房间的正中,她就

---

① 《巴黎生活》是一份法国杂志,起初是介绍巴黎社会艺术生活的杂志,后来略带有色情性质,在法国相邻的几个国家里都是被禁的。"粉红玩意"指的是英国的《运动时报》,这份报纸因为上面刊载的逸事和八卦而著名。

靠在他身上。着卡其布军装的军官在他们周围围了一圈,他们开始大喊,还蹦蹦跳跳,大多数人都手拉着手。其他人摇动着酒杯,把玻璃杯摔碎在脚下。吉卜赛人结婚的时候就会摔玻璃杯。那张床靠着墙,她不喜欢床靠着墙。曾经擦过墙的是……

他们在他俩周围绕着圈,一起大喊着:

到这边!嘭嘭!到这边!嘭嘭!
就是这个词,就是这个词。到这边!

至少他们不是在那边!他们都在蹦跳着。他们俩周围的整个世界都在大喊着绕着圈蹦跳。他们俩是无尽呐喊的圆环的中心。那个戴眼镜的人在另一只眼睛上贴了一枚半克朗①的硬币。他是一个好心的哥哥。那个维多利亚十字得主就是她的一个哥哥,他们都是一家人。

提金斯正把他的两只手从腰上往外伸。不明白他在做什么。他的右手放在了她的背后,他的左手放在她的右手里。她害怕了。她惊讶了。你什么时候……他,那头大象,在慢慢地摇动。他们在跳舞!阿兰胡德斯搂着那个高个女人,就像小孩挂在电报线杆上。那个说他找到了个柔软的小玩意的军官……好吧,他真的有!他跑出去把她接了过来。她戴着白色棉手套和插花帽子。她说:"哇!现在!"……还有一个声音非常好听的人,他领着大家唱歌,比留声机还好听。还好……

---

① 英国旧币,币值两先令六便士。

小木偶，做！做！做！①

在一头大象身上。一头亲爱的面口袋缝的大象。她踏上了……

---

　　① 法语儿歌，原文是"Les petites marionettes, font! font! font!"

图书在版编目（CIP）数据

挺身而立 /（英）福特著；肖一之译. —上海：上海三联书店，2017.10
ISBN 978-7-5426-5589-9

Ⅰ.①挺… Ⅱ.①福… ②肖… Ⅲ.①长篇小说－英国－现代 Ⅳ.① I561.45

中国版本图书馆 CIP 数据核字（2016）第 106369 号

队列之末 Ⅲ：挺身而立

著　　者 /〔英国〕福特·马多克斯·福特
译　　者 / 肖一之
责任编辑 / 陈启甸
特约编辑 / 李　昕　王正磊
装帧设计 / 王绍帅
监　　制 / 姚　军
出版发行 / 上海三联书店
　　　　　（201199）中国上海市都市路 4855 号 2 座 10 楼
印　　刷 / 北京旭丰源印刷技术有限公司
版　　次 / 2017 年 10 月第 1 版
印　　次 / 2017 年 10 月第 1 次印刷
开　　本 / 787×1092　1/32
字　　数 / 199 千字
印　　张 / 8.75

ISBN 978-7-5426-5589-9/I.1139

定　价：34.80元